U0612517

于丹

重温最美古诗词

于丹 著

北京联合出版公司
Beijing United Publishing Co.,Ltd.

图书在版编目（CIP）数据

于丹：重温最美古诗词 / 于丹著.—北京：北京联合出版公司，2018.10
ISBN 978-7-5596-2176-4

Ⅰ. ①于… Ⅱ. ①于… Ⅲ. ①古典诗歌—诗歌欣赏—中国 Ⅳ. ①I207.22

中国版本图书馆CIP数据核字（2018）第115417号

于丹：重温最美古诗词

作　　者：于　丹
特约策划：唐建福
特约编审：文龙玉　李健秋
责任编辑：王　巍
审读编辑：徐向东
装帧设计：黄柠檬 · 樊瑶　大汉方圆
封面插图：夏吉安
责任校对：瞿昌林

北京联合出版公司出版
（北京市西城区德外大街83号楼9层　100088）
北京市雅迪彩色印刷有限公司印刷　新华书店经销
字数：237千字　700毫米×990毫米　1/16　印张：19
2018年10月第1版　2018年10月第1次印刷
ISBN 978-7-5596-2176-4
定价：48.00元

目录

唤醒心中的诗意（代序）

每个中国人，都是在诗歌里不知不觉中完成了自己生命的成长。

小的时候，谁没有跟着李白[①]看过“床前明月光”？虽然不懂得什么叫思乡，但孩子的眼睛却像月光一样清清亮亮。谁没有跟着孟浩然[②]背过“春眠不觉晓”？背诗的声音起起落落，一如初春的纷纷啼鸟。

长大以后，恋爱中或失恋时，谁没有想起过李商隐[③]的比喻——“春蚕到死丝方尽，蜡炬成灰泪始干”[④]？春蚕和蜡烛，两个简单的、日常生活中的物件，通过诗歌，变成了我们可以寄托情感的意象。

再长大一些，开始工作，忙碌、烦恼纷至沓来。我们想安静，想放松，谁没有想起过陶渊明[⑤]呢？“采菊东篱下，悠然见南山”，千古夕阳下，陶渊明的诗意温暖了后世的每一丛带霜的菊花。

然后，我们日渐成熟，就有了更多的心事，更复杂的焦虑，更深沉的忧伤，我们会不由自主地想起李后主的“问君能有几多愁，恰似一江春水向东流”。与我们的一己之悲比起来，那样浩荡的悲伤、深刻的哀痛，是不是会使我们的心稍稍放下一点，使我们的胸稍稍开阔一些呢？

终于当年华老去的时候，我们轻轻叹一口气，想起蒋捷[⑥]说“流光容易把人抛，红了樱桃，绿了芭

① 李白（701—762），唐诗人。字太白，号青莲居士。自称祖籍陇西成纪（今甘肃静宁西南）。诗风雄奇豪放，想象丰富，语言流转自然，音律和谐多变。与杜甫齐名，世称“李杜”。

② 孟浩然（689—740），唐诗人。以字行，襄州襄阳（今湖北襄樊市襄阳区）人。诗与王维齐名，并称“王孟”。其诗清淡幽远，长于写景，多反映隐逸生活。

③ 李商隐（约813—约858），唐诗人。字义山，号玉谿生。擅长律、绝，富于文采，构思精密，情致婉曲，具有独特风格。然因用典太多，或致诗旨隐晦。与杜牧并称“小李杜”，又与温庭筠并称为“温李”。

④ 相见时难别亦难，东风无力百花残。春蚕到死丝方尽，蜡炬成灰泪始干。晓镜但愁云鬓改，夜吟应觉月光寒。蓬山此去无多路，青鸟殷勤为探看。[唐·李商隐《无题》]

⑤ 陶渊明（365或372或376—427），东晋诗人。一名潜，字元亮，私谥靖节，浔阳柴桑（今江西九江市西南）人。长于诗文词赋。诗多描绘田园风光及其在农村生活的情景，其中往往隐寓着他对污浊官场的厌恶和不愿同流合污的精神，以及对太平社会的向往。其艺术成就兼有平淡与爽朗之胜；语言质朴自然，而又颇为精练，具有独特风格。

⑥ 蒋捷（约1245—1305后），南宋词人。字胜欲，世称竹山先生，常州宜兴（今属江苏）人。咸淳进士。宋亡后隐居不仕。其词颇多追昔伤今之作，词风豪爽。

① 一片春愁待酒浇。江上舟摇，楼上帘招。秋娘度与泰娘娇，风又飘飘，雨又萧萧。 何日归家洗客袍？银字笙调，心字香烧。流光容易把人抛，红了樱桃，绿了芭蕉。
[南宋·蒋捷《一剪梅·舟过吴江》]

蕉”[①]。面对逝水流光，这里面没有撕心裂肺的悲号。那种淡淡的喟叹，既伤感青春，又欣慰收获，不也是一种深沉的人生吗？

今天，很多人会疑惑，在现代的忙碌生活中，诗对我们究竟是一种必需品，还是一种奢侈品？可能相比于我们的房贷、医药费、孩子的学费，还有每个人的工作现实、生活梦想，诗歌变成了一件奢侈品。但是我想，如果我们真的愿意相信诗意是生命中的必需品，我们也许就真的可以过得诗意盎然。

我很喜欢的一位中国人林语堂先生，他曾经在《吾国与吾民》[△]中说过一段关于诗歌的话——

平心而论，诗歌对我们生活结构的渗透要比西方深得多，而不是像西方人那样，似乎普遍认为对它感兴趣，却又无所谓的东西。……如果说宗教对人类的心灵起着一种净化作用，使人对宇宙、对人生产生出一种神秘感和美感，对自己的同类或其他的生物表示体贴的怜悯，那么依我所见，诗歌在中国已经代替了宗教的作用。宗教无非是一种灵感，一种活跃着的情绪，中国人在他们的宗教里没有发现这种灵感和活跃情绪，那些宗教对他们来说，只不过是黑暗生活之上点缀的漂亮补丁，是与疾病和死亡联系在一起的。但他们在诗歌中发现了这种灵感和活跃的情绪。诗歌教会了中国人一种生活观念，通过谚语和诗卷深切地渗入社会，给予他们一种悲天悯人的意识，使他们对大自然寄予无限的深情，并用一种艺术的眼光来看待人生。

△《吾国与吾民》：林语堂先生的著作，原书是用英文写作，名为*My Country and My people*。作者在此书中以冷静犀利的视角剖析了中国这个民族的精神和特质，向西方展示了一个真实而丰富的民族形象。

诗歌通过对大自然的感情，医治人们心灵的创痛，诗歌通过享受俭朴生活的教育为中国文明保持了圣洁的理想。它时而诉诸浪漫主义，使人们超然在这个辛苦劳作和单调无聊的世界之上，获得一种感情的升华；时而又诉诸人们的悲伤、屈从、克制等情感，通过悲愁的艺术反照来净化人的心灵。它教会人们静听雨打芭蕉的声音，欣赏村舍炊烟袅袅升起，并与流连于山腰的晚霞融为一体的景色；它教人们对乡间小路上朵朵雪白的百合要亲切，要温柔；它使人们在杜鹃的啼唱中体会到思念游子之情；它教人们用一种怜爱之心对待采茶女和采桑女、被幽禁被遗弃的恋人、那些儿子远在天涯海角服役的母亲，以及那些饱受战火创伤的黎民百姓。

更重要的是它教会了人们用泛神论的精神和自然融为一体，春则觉醒而欢悦，夏则在小憩中聆听蝉的欢鸣，感怀时光的有形流逝，秋则悲悼落叶，冬则雪中寻诗。在这个意义上应该把诗歌称做中国人的宗教。我几乎认为如果没有诗歌——生活习惯的诗和可见于文字的诗——中国人就无法幸存至今。不过，要是没有某些特定的原因，中国诗歌也不会在中国人生命中获得这么重要的地位。首先中国人的文学和艺术天才使他们用充满激情的具体形象思维去进行想象，尤其工于渲染气氛，非常适合于作诗。他们颇具特色的浓缩、暗示、联想、升华和专注的天才，不适合于创作具有古典束缚的散文，反而可以轻而易举创作诗歌。这种诗歌的意义在于诗人将自己的感情投射在自然景物之上，用诗人自己感情的力量，迫使自然与自己生死相依，共享人间的欢乐与悲伤。

之所以把林语堂先生这段文字抄写在这里，是因为我觉得很少有人可以用如此精练简约、直指要害的语言，概括出中国人和诗歌之间的关联。

林语堂离我们不远，他所展现的是一个游走于世界的中国人的心灵，是一个现代中国人对自己民族的诗歌传统的认识和品味。他不认为诗是生活的点缀，他把诗歌称为中国人的宗教。今天，相比起古人，我们的科学技术更发达了，我们的生活物质更繁盛了，我们的个人眼界更开阔了，我们每个人生命中的可能性更多了，但是，我们的心灵、我们的诗意有所托付吗？在二十一世纪的今天，我们还能不能够唤醒心中的诗意呢？

其实，诗意一直都在，只不过我们的忙碌把它遮蔽了；诗意随时会醒来，但在它醒来的时候，我们要准备好一颗中国人的“诗心”来迎接它。

汉代的人曾经说过：“诗者，天地之心。”汉代人眼中的“诗”主要是指《诗经》。天地如此壮阔，长天大地之间，生长着万物和人，天地山川的巨变，万物草木的生长，人的命运变迁和人生的细微动静，共同合力，凝聚成诗。在天地和时间之中，唯独人是“有灵”的，陆机[①]在《文赋》[△]中说“观古今于须臾，抚四海于一瞬”，壮观的天地和辽远的时间，一起涌进人的心灵，此刻，我们的那种感动就是诗意，把它表达出来就是诗歌：“笼天地于形内，挫万物于笔端。”

① 陆机（261—303），西晋文学家。字士衡。诗以华美深密见称，其重排偶的倾向对后人影响颇大。有较多拟古之作。所作《文赋》为古代重要的文学论文。

然而，在诗思澎湃，心灵像春水一样丰盈、润泽的时候，我们怎样做，才能把所思所感说出来、写出来？我们还是缺少一种表达方式。这时，中国的诗人们像林语堂前面所说的，向自然去“借”：“和自然融为一体，春则觉醒而欢悦，夏则在小憩中聆听蝉的欢鸣，感怀时光的有形流逝，秋则悲悼落叶，冬则雪中寻诗。”

春花，夏蝉，秋叶，冬雪，分别只是一种风景吗？不，在诗人笔

△《文赋》：文论。西晋陆机作。形式为赋体，主要论述作文利弊，涉及方面颇为广泛。他认为作文之由，一感于物，一本于学；而所难者，在于“意不称物，文不逮意”。

下，它们转变成为一个个意象，成为诗人感情的寄托。王国维△曾经说过：“一切景语，皆情语也。”一花一叶，一丘一壑，原本是安静的风景，在诗人眼中、心里、笔下，活跃起来，流动起来，寄托着人心诗情。

有了风景，有了诗情，有了意象，这种美好就足够了吗？在中国诗歌里，还有意境。什么是意境呢？就是林语堂说的，“精神和自然融为一体”。景物与人心，一静一动，互相映衬、互相呼应乃至融合，主观情意和客观物境构成一个流动的空间，这种艺术境界就是意境，让人品味，让人沉湎。

王国维的《人间词话》说：“能写真景物、真感情者，谓之有境界，否则谓之无境界。”王国维先生特别推崇这个“真”字。这里的“真”，是一种性情，用林语堂先生的话说就是“一种悲天悯人的意识，使他们对大自然寄予无限的深情，并用一种艺术的眼光来看待人生”。我们的眼睛看见风景，我们的心灵产生波动，我们将心灵的感动和天地万物的活动融为一体，从而更深刻地认识自己，唤醒自己，抵达最真实的自己——勇敢、坦率、真诚、天真，诗歌使我们触摸到内心不敢作假的人性。

让我们再回味一下汉代的那句“诗者，天地之心”。培育我们的“诗心”，需要从意象开始，意象是传递诗情、诗意、诗境的载体。所以这一次，我想说一说中国诗词的意象。

前面讲过的那些美丽、伴随我们成长的诗句，从“举头望明月”到“恰似一江春水向东流”，里面都有着一个核心元素，就是意象。不管是明月、啼鸟、菊花、春蚕，还是江水、樱桃、芭蕉，千百年来，它们在自然中美丽着，

△ 王国维（1877—1927），中国历史学家，语言文字学家，文学家。字静安，一字伯隅，号观堂，浙江海宁人。陈寅恪认为王国维的学术成就“几若无涯岸之可望、辙迹之可寻”。著述甚丰，以《观堂集林》最为著名。

也在中国的诗歌中绽放着。一代代的诗人传承着这些美丽的意象，传承着中国人的心事。他们是含蓄的、深沉的，或有所得，或有所失，从来不会大声地直接说——我喜、我悲、我愁，而是一定会把自己的情感托付给一个意象。这种意象的载体，通过心灵的息息相通，一直流传到今天。

说起千秋不厌的乡愁，很多朋友都会记得现代诗人余光中△先生的《乡愁》，他在台湾对大陆的那一段思绪牵绊：

小时候，乡愁是一枚小小的邮票，我在这头，母亲在那头；
长大后，乡愁是一张窄窄的船票，我在这头，新娘在那头；
后来呵，乡愁是一方矮矮的坟墓，我在外头，母亲在里头；
而现在，乡愁是一湾浅浅的海峡，我在这头，大陆在那头。

如果说“明月”曾经是李白的乡愁，那么千年之后，什么是余光中的乡愁呢？是邮票、船票、坟墓、海峡……这几个意象载体就贯穿了人的一生。

林语堂先生说，中国的“诗歌通过对大自然的感情，医治人们心灵的创痛”。我们谁没有经过春来秋往的涤荡？我们谁没有经历日月交叠的轮转？我们谁不曾登高看水阔山长？我们谁不曾渴望逃离喧嚣，寻访静谧的田园？少年飞扬时，我们谁不曾向往长剑狂歌的豪侠倜傥？岁月跌宕时，我们谁不曾在诗酒中流连……中国人是敏感的、多情的，虽然我们不都是诗人，可总会在人生的某种时刻，忽然间诗情上涌；总会有那样一个关节点，我们品味人生，给心

△ 余光中（1928—2017），诗人，散文家。历任台湾师大、政大，香港中文大学教授，曾在美国讲学4年。诗文兼擅，并营评论与翻译。多次获文学大奖。

灵充电；总会有那么一个契机，我们想寻找真实的自己。让我们从寻找中国诗歌的意象开始，从一草一木，从春花秋月开始起程，沿着诗歌的通幽曲径，抵达我们的心灵深处。

在有限的时间、有限的篇幅中，纵横千古，游历历代诗人丰满多彩的“诗心”，决定了我们这次踏上的寻访意象之旅，一日看不遍长安繁花，我们只能选择最好的景、最美的花、最迷人的意象、最深沉的意境，与大家分享。有选择也就有了随之而来的遗憾：

首先，好诗是浑然天成的，难以句摘，但为了不让我们的行囊过于臃肿，我们只能摘取几句诗、半阕词，往往不能够照顾到全篇的境界。

其次，我们以每一组意象群作为每一章的核心，所以不能够按照时序排列，特别是不可能把每位诗人的生平经历讲透彻。

再次，诗歌之美，按闻一多先生的说法，叫做“戴着镣铐跳舞”。因为中国的诗词讲平仄，讲格律，可是在这里，这些规矩就只能省略了。

最后，诗是用来吟诵的，那种抑扬顿挫、跌宕起伏，是诗歌的音律之美，可是我们也无暇顾及。

寻访“诗心”，这只是一次开始。带着这么多缺憾，我们还是要上路，因为那些曾令古人沉醉的意象，实际上从未远离我们，它们生生不息，在岁月中深情等待。

如果，我们愿意把自己交付给诗歌，也许可以循着美丽诗思，一路寻访到自己的心灵。

春风飞扬

小的时候写作文，老师总是说我们观察得不好，用的意象不足，让我们去学古人。当时只知道照搬照抄别人用过的意象，长大后才明白，我们远离的其实是一份精细的心情。每到春来，还感受得到春意在心中的悸动吗？古人给我们留下这么多首春天的诗词，一点一点打开我们的心门，让我们的心都经历一次苏醒，我们才会恍然惊觉生命深处对光阴的柔情。

引子：一年之计在于春

中国人爱说，“沐春风而思飞扬，凌秋云而思浩荡。”春风秋云，春来秋往，思绪翩跹，是春天和秋天，与我们的生命有着特别深刻的呼应吗？

在汉语里，和时间观念最亲密的词，大概就是春秋了。问老人家的年龄，会问“春秋几何”，一说到年华流光，也喜欢使用一个词——“春秋”，连歌里也在追问着“几度风雨，几度春秋”。甚至在中国的古代典籍里，我们常说的四书五经中也有一部《春秋》，是由孔子删订最后定稿的鲁国编年史，也是中国较早的史书之一。后来，叫“春秋”的书更多了，比如秦国吕不韦的《吕氏春秋》、齐国晏婴的《晏子春秋》。因为孔子编的史书叫《春秋》，那段历史——从公元前770年到公元前476年，也被我们叫做“春秋”。

为什么我们用“春秋”二字来概括历史？怎么从来没管它叫“冬夏”呢？也许，在中国，特别是在中原文明发轫的黄河流域，相比于酷暑严冬，温暖的春、凉爽的秋，更适于中国人的诗情吧。

中国人喜欢用春、秋之间的变化来形容时间的流转。白居易[①]的《长恨歌》[②]里有名句“春风桃李花开日，秋雨梧桐叶落时”，写的是唐玄宗离宫之前和回宫之后强烈对比的心灵之感。安史之乱之后，人在归来的时候，物是人非，今昔之感，这种沧桑心理的落差变化，为什么会用“春风桃李、秋雨梧桐”来形容呢？

实际上，春秋更多变化的特征，冬夏更多稳定的特征。小楼一夜听雨声，第二天满眼繁花，从听觉到视觉的转变，这个情景

① 白居易（772—846），唐诗人。字乐天，晚年号香山居士。其先太原（今山西太原市西南）人，后迁居下邽（今陕西渭南北）。其诗语言通俗，相传老妪也能听懂。

② 春风桃李花开日，
秋雨梧桐叶落时。
西宫南内多秋草，
落叶满阶红不扫。
梨园弟子白发新，
椒房阿监青娥老。
夕殿萤飞思悄然，
孤灯挑尽未成眠。
[节选自　唐·白居易《长恨歌》]

清·蒋溥　《月中桂兔图》（局部）

是春天能看见的；一夜听风声，第二天满地落叶，这个情形是秋天能看见的。在夏和冬，虽然也有雨有雪，有风有雷，可是雨过天晴，变化不大。春与秋，生物的苏醒和衰残，都在瞬间完成，来得那么蓦然那么剧烈，强化了人和风景相遇时猝不及防那一瞬间的感动，深深地激荡我们的内心。

所以从这个意义上讲，在春秋之间，我们看见生命的成长和希望，也看见生命的颓败和老去的感伤……这就是我们为什么在春秋上寄予了这么深的诗情的原因。

什么是春天？春天其实是人心中朦胧的一种憧憬，是对生命所有的寄予和希望。“一年之计在于春”，春光中，时间刚刚开始，人们可以一点一点地把梦想种在现实的土地上，看它开花，看它抽穗，看它结果。这个生长与成熟的过程，人还可以企望。

岁月在春光中苏醒

人对春天的憧憬总是来得格外细腻。中国人的诗情，总是在早春时节活泼泼醒来，从心头到笔端，舒展开一些美丽的发现。

词人冯延巳①的一首小词《玉楼春》②里面有一句，写从残冬进入早春时天空的变化："雪云乍变春云簇，渐觉年华堪纵目。"我在上学时，听叶嘉莹△先生讲过这两句词，带我们温婉细腻地体会每一个字。"雪云乍变春云簇"。我们想一想冬天的云是什么样的？是沉郁的，堆积的，一块一块的，像石头，层次不分明，光线不明朗。我们眼中的残冬，还是一片沉沉暮气。但是早春呢？我们会看见春天的云像一朵一朵花，忽然爆出来，蓬勃烂漫地绽放着。所以这首词里面用了一个字，"簇拥"的"簇"，也是"花簇"的"簇"。不知什么时候，某一个刹那，沉沉的雪云"乍变"，一下子变成了春云拥簇。就在天空云朵变化的一瞬间，大地上的词人开始感慨逝水流光，"渐觉年华堪纵目"。在这样的早春，人眼中、心中的一切，是如此舒展，又带着些许惆怅。

我们从小就读熟了韩愈③写的《早春呈水部张十八员外》，一首七绝，寥寥四句，每一个字都耐人寻味：

天街小雨润如酥，草色遥看近却无。

① 冯延巳（903—960），五代南唐词人。一名延嗣，字正中，广陵（今江苏扬州）人。所作词留存百余首，均为小令，多写男女间的离情别恨，语言清丽，善于以景见情。对北宋晏殊、欧阳修等颇有影响。

② 雪云乍变春云簇，渐觉年华堪纵目。北枝梅蕊犯寒开，南浦波纹如酒绿。　芳菲次第长相续，自是情多无处足。尊前百计见春归，莫为伤春眉黛蹙。
[五代南唐·冯延巳《玉楼春》（一说作者欧阳修）]

③ 韩愈（768—824），唐代文学家、哲学家。字退之，河南河阳（今河南孟州南）人。其诗风奇崛雄伟，力求新警，有时流于险怪。又善为铺陈，好发议论，后世有"以文为诗"之评，对宋诗影响颇大。

△ 叶嘉莹（1924—　），加拿大籍中国古典文学专家。号迦陵。代表作有《迦陵论词丛稿》、《中国古典诗歌评论集》、《迦陵论诗丛稿》等。

最是一年春好处，绝胜烟柳满皇都。

“天街小雨润如酥”。想一想，在我们的记忆中，细腻绵滑奶油的酥润是什么味道？酥软、酥麻的感觉是什么样子？今天，我们会觉得雨落下来，落到身上皮肤上，是潮的、湿的。“润”，我们能理解，但还能触摸到“如酥”的质地吗？

韩愈的这句诗总让我想起汤显祖[1]的《牡丹亭》[△]，杜丽娘在游园之前看春天，对春天的形容——“袅晴丝吹来闲庭院，摇漾春如线。”蛛网般的丝线，被微风吹进闲到空旷的院落——在二八年华的少女杜丽娘眼前，春天恰如这些在风中飘浮的游丝，在阳光下一根一根抽开，在春风中闪闪摇漾……诗人要有什么样的心，才能去发现润如酥的小雨，还有这如丝袅袅袭来的春天呢？

① 汤显祖（1550—1616），明戏曲作家、文学家。字义仍，号海若、若士、清远道人。在戏曲创作上主张“言情”，反对拘泥于格律。

韩愈接着说“草色遥看近却无”。这个感受我们每个人都有过，只是不知道我们是不是还记得。远远看，连成片的草地似乎已经满是蒙蒙绿色，但是近了去看，却又好像没有了！在远方的淡淡的一抹，在眼前却消失了。这一视觉偏差，对于寻春探春的诗人，是一个“谜”。“最是一年春好处，绝胜烟柳满皇都”，现在真是春天最好的时光了，那种早春几近透明的绿，是浅浅，淡淡的，朦朦胧胧的，只可远观不可亵玩，这一点娇嫩撩人初初萌动的春色，还真胜过了满城柳丝的浓春景色呢！

形容水面袅袅变化，有一个词叫“烟波”；柳丝荡漾，依

△《牡丹亭》：明朝剧作家汤显祖的代表作之一，共55出，描写杜丽娘和柳梦梅超越生死的爱情故事。与其《紫钗记》、《南柯记》、《邯郸记》并称为“临川四记”。

然如烟。人的心思如烟，世事岁月的变迁如烟。一个“烟”字里面，袅袅涌荡的那种气息，那种光影斑驳，打动着我们的心。这才是春天真正的意味啊。

再晚一些日子，春光再盛一些的时候，绿意分明，柳条飘荡。我们小时候都背过贺知章[①]的《咏柳》：“碧玉妆成一树高，万条垂下绿丝绦。不知细叶谁裁出，二月春风似剪刀。”在我很小很小的时候，爸爸就教我背，带着我去看什么叫“细叶谁裁出”。等到我的孩子上幼儿园，又在我身边奶声奶气地念这首诗。每个人的年华都曾经从早春经过，都曾经天真地用小手拈着柳叶，用小脑瓜去浪漫地想象什么叫“二月春风似剪刀”——是春风一缕一缕地，像我们做手工剪彩纸那样，把柳枝裁成了婀娜的模样吗？如今，感到疲惫的时候，我还是喜欢对着一盏春茶，在氤氲的香雾里淡淡看见这些小时候念熟的景象，在默诵中，心渐渐柔软松弛，被春雨滋润，被烟柳感动，就轻盈起来，如同被春风托举。还可以闭上眼睛问问内心，在如今忙得分不出一年四季的生活中，我们还有多少春光可以流连？

① 贺知章（659—约744），唐代诗人。字季真，自号四明狂客。好饮酒，性狂放，与李白友善。与张旭、包融、张若虚合称“吴中四士”。工书法、尤擅草隶。其诗今存二十首，多祭神乐章和应制诗；写景之作，较清新通俗。

| 日出江花红胜火，春来江水绿如蓝 |

恍然望见白居易信马由缰，迤逦行来，西子湖畔的春天依旧真切：

孤山寺北贾亭西，水面初平云脚低。
几处早莺争暖树，谁家新燕啄春泥。
乱花渐欲迷人眼，浅草才能没马蹄。
最爱湖东行不足，绿杨阴里白沙堤。[②]

② 唐·白居易《钱塘湖春行》。

“孤山寺北贾亭西”，这个地方是哪儿呢？“水面初平云脚低”，显然这是西湖了。只有春天的水面才可以用“初平”形容。从远处看，春水缓缓涨起来，天边的春云渐渐垂下来，水和天就相连到了一起。再看近处，“几处早莺争暖树，谁家新燕啄春泥”，一切都是那么新鲜、玲珑、活泼、流利。在描述“早莺”、“新燕”时，白居易用的是“几处”、“谁家”，而不是“处处早莺”、“家家新燕”，那样的莺歌燕舞就用不着“争暖树”、“啄春泥”了，一个浓郁的春天哪有这零星“几处”和不知“谁家”的意象，让人的心中产生蓦然相逢的惊喜呢？“乱花渐欲迷人眼，浅草才能没马蹄”，花逐渐开得繁盛了，纷纷扰扰的乱红之间，人眼开始变得迷离沉醉；花绽放的时候草跟着长，但是草还未深，踏马游春，萌生的小草将将没了马蹄。面对着蓬勃的早春气象，诗人在细致的描摹之后，转换语气，由对春意的特写一变而成直抒胸臆，“最爱湖东行不足，绿杨阴里白沙堤。”

我们对比一下他写过的洛阳春天。洛阳的春天什么样呢？《魏王堤》[①]中说“花寒懒发鸟慵啼”，洛阳寒气尚重，北方的花比南方的花要懒，没那么勤快，太早的时候起不来，所以“花寒懒发”。再看懒得叫的鸟，“慵啼”也是一份慵懒。北方的早晨很冷，人伸个懒腰都不愿意冒出热乎乎的被窝，花、鸟随人，懒懒的，晚晚地再出来，没有那么多生命的欢欣啊。白居易同样踏马寻春，“信马闲行到日西”，信马闲情，到处找春天，一直找到沉沉落日都西斜了。“何处未春先有思，柳条无力魏王堤。”何处可以寄放他对春天的渴求？终于寻得了一个地方：由洛水形成的魏王池

① 花寒懒发鸟慵啼，信马闲行到日西。何处未春先有思，柳条无力魏王堤。［唐·白居易《魏王堤》］

边，魏王堤上有几株柳树，“未春先有思”，柳条悬垂，春意已经萌动，姑且可以让他托付一点思情吧。南方北方的春天，信马杭州或者信马洛阳，西湖的白堤或者魏王池的魏王堤，白居易对春意的寻访和刻画，在今天读来让我们动心动情。我们曾经如此专情地感受过春天吗？

白居易任杭州刺史的时间是穆宗长庆二年（公元822年）七月到长庆四年（公元824年）的五月，后来转任苏州刺史，五十五岁时回到了洛阳。面对着洛阳这一片慵懒沉重的春色，他的心中对江南有什么样的牵绊呢？游宦四方，回到北方后，他对江南的思念变得更加蓬勃热烈，魂牵梦萦。他的思念，念的还是春。

我们都熟悉白居易在六十七岁的暮年时光写出的《忆江南》[①]。在他的记忆中，“江南好，风景旧曾谙。日出江花红胜火，春来江水绿如蓝。能不忆江南。”江南有多好呢？一片片花团锦簇的颜色——江南的花、江南的水如此明艳，红得比火还亮，绿得比蓝还要浓。这样灿烂的春光让我们不禁想起另一位善用色彩的诗人杜甫[②]，他笔下也点染出一个鲜亮的春天：“江碧鸟逾白，山青花欲燃。”[③]江有多么绿呢？小小的鸟儿盘旋在大片碧水之上，非但没被色彩“淹没”，反而衬出鸟羽的洁白。山又有多么青呢？斑斑点点怒放的鲜花，像燃烧的火焰一样跳跃。我们更熟悉杜甫的“两个黄鹂鸣翠柳，一行白鹭上青天”[④]，黄鹂、翠柳、白鹭、青天……所有颜色如水彩画般晕染开来，清丽光润，照亮蓦一接触的眼神。这样的诗，就是随物赋形，到处都是蓬勃，到处都是新鲜。

大概每个人都看过杜甫、白居易眼中的春色，但是我们既没有

① 江南好，风景旧曾谙。日出江花红胜火，春来江水绿如蓝。能不忆江南。 江南忆，最忆是杭州。山寺月中寻桂子，郡亭枕上看潮头。何日更重游。 江南忆，其次忆吴宫。吴酒一杯春竹叶，吴娃双舞醉芙蓉。早晚复相逢。［唐·白居易《忆江南》］

② 杜甫（712—770），唐诗人。字子美，自称少陵野老。善于运用各种诗歌形式，尤长于律诗，风格多样，而以沉郁为主；语言精练，具有高度的表达能力。与李白齐名，世称“李杜”。宋以后被尊为“诗圣”，对历代诗歌创作产生巨大影响。

③ 江碧鸟逾白，
山青花欲燃。
今春看又过，
何日是归年？
［唐·杜甫《绝句二首》（其二）］

④ 两个黄鹂鸣翠柳，
一行白鹭上青天。
窗含西岭千秋雪，
门泊东吴万里船。
［唐·杜甫《绝句四首》（其三）］

那样一种细腻明媚的笔触去点染，也没有远离之后魂牵梦萦的那种热烈蓬勃。我们生命中曾经相逢过的春天，就让我们从这些古人的诗句里，去一点一点唤醒吧。

李山甫[①]在《寒食》[②]里面说，“有时三点两点雨，到处十枝五枝花。”这就像“几处早莺争暖树，谁家新燕啄春泥”，写的也是有时，而不是时时；到处，是散落在不同的地方。三点两点雨，十枝五枝花，就在于它的蓬勃中刚刚透出一点春的消息，还没有到烂漫，还没有满目都是春意。

陆游[③]说得更好，“小楼一夜听春雨，深巷明朝卖杏花。”[④]一夜枕上无眠，听着淅淅沥沥的春雨，诗人想到明天早晨应该早早地就有卖杏花的人了——一夜春雨，吹开多少早春心事，心事飞花，在春雨中绽放……梅尧臣[⑤]出去一看，“野凫眠岸有闲意，老树着花无丑枝”[⑥]。就在这样的春天里，哪怕是飞来的野鸭子，都在旁边闲闲地安眠，人心也跟着它悠闲舒展了。“老树着花无丑枝”，这句话让我特别感动：人终有年华老去的那一天，“自古美人如名将，不许人间见白头”[⑦]，我们在今天如此害怕衰老，去打扮，去化妆，去用各式各样的滋补品，想方设法对抗衰老，就是因为觉得人老了不好看。但是树不怕老，因为树有春天，只要有花，即使是枯涩盘曲的老树，也没有一枝是不漂亮的。其实，诗意就是我们心里的花朵，不管年华怎样老去，心中有春意春色，每个年华都可以诗意地绽放，如同年近七旬的白居易，以少年青春的心热烈蓬勃地

① 李山甫(?—?)，晚唐诗人，其诗作多关注和反映社会现实，表现出一种强烈的“刺世疾邪”的现实主义风格。诗风豪迈清俊、含蓄婉转，语言不避俚俗、浅近平易，在晚唐诗坛上独树一帜，为后人所推重。

② 柳带东风一向斜，
春阴澹澹蔽人家。
有时三点两点雨，
到处十枝五枝花。
万井楼台疑绣画，
九原珠翠似烟霞。
年年今日谁相问，
独卧长安泣岁华。
[唐·李山甫《寒食二首》(其一)]

③ 陆游(1125—1210)，南宋诗人。字务观，号放翁，越州山阴(今浙江绍兴)人。其诗多抒发政治抱负，反映人民疾苦，风格雄浑豪放，表现为渴望恢复国家统一的强烈爱国热情。

④ 世味年来薄似纱，
谁令骑马客京华？
小楼一夜听春雨，
深巷明朝卖杏花。
矮纸斜行闲作草，
晴窗细乳戏分茶。
素衣莫起风尘叹，
犹及清明可到家。
[南宋·陆游《临安春雨初霁》]

⑤ 梅尧臣(1002—1060)，北宋诗人。字圣俞，宣州宣城(今属安徽)人。所作颇致力于反映社会矛盾和民生疾苦，风格力求平淡，盖欲以矫靡丽之习，但有时不免流于板滞。对宋代诗风的转变影响很大，与欧阳修并称“欧梅”。

⑥ 行到东溪看水时，
坐临孤屿发船迟。
野凫眠岸有闲意，
老树着花无丑枝。
短短蒲茸齐似剪，
平平沙石净于筛。
情虽不厌住不得，
薄暮归来车马疲。
[北宋·梅尧臣《东溪》]

⑦ 出自袁枚《随园诗话》。

“忆江南”。这样的生命会老得不好看吗？“老树着花”那一刻，我们的生命依然蓬勃新鲜。

对春天的描述，要说最细腻，还是来看一位女词人。李清照[1]在她少女时候写的《如梦令》[2]中有什么样的春天呢？一首小词、几句问答而已。“昨夜雨疏风骤，浓睡不消残酒。试问卷帘人，却道‘海棠依旧’。知否，知否？应是绿肥红瘦！”寥寥六句小词，说的是一个贵族少女，担心昨天晚上的“雨疏风骤”凋落了院中的海棠，与丫鬟之间发生的一段有趣的对话。按照周汝昌[△]先生的解释，这里的“疏”不是疏朗之“疏”，而是雨很狂，夹杂着风，密集地打过来。她听着听着，带着酒意，不知不觉就睡着了。天色亮起来，乍醒时酒意尚在，头疼未消，她想起昨夜的风雨，担心起院中的海棠，赶快吩咐丫鬟去看看。粗心的小丫头忙着卷起门帘，随口应付：“还好啦还好啦，海棠花没怎么变。”主人说，你这个傻丫头，太粗心了，你再去看看，应该红的少了很多，绿的却添了不少，这就叫做“绿肥红瘦”。

六句小词，无数曲折，一步一景，就如同我们去游一座园林。那种惜春之心，就在少女的问答之中尽显纸上，这不动人吗？古人和今人隔的只是一段岁月吗？“谁道闲情抛掷久？每到春来，惆怅还依旧。”[3]有的时候我想，我们粗疏了多少心情。年年春来，但是我们还有当年人们的那种心事惆怅吗？

① 李清照（1084—约1151），南宋女词人。号易安居士。婉约词派代表。所作词，前期多写其悠闲生活，后期多慨叹身世，情调感伤，有的也流露出对中原的怀念。

② 昨夜雨疏风骤，浓睡不消残酒。试问卷帘人，却道“海棠依旧”。知否，知否？应是绿肥红瘦！
［南宋·李清照《如梦令》］

③ 谁道闲情抛掷久？每到春来，惆怅还依旧。日日花前常病酒，不辞镜里朱颜瘦。　河畔青芜堤上柳，为问新愁，何事年年有？独立小桥风满袖，平林新月人归后。
［五代南唐·冯延巳《鹊踏枝》（一说欧阳修作）］

△ 周汝昌（1918—　），中国红学家、古典文学专家、诗人、书法家。天津人，本字禹言，号敏庵，后改字玉言，曾用笔名玉工、石武、玉青、师言、茶客等。代表作《红楼梦新证》是红学研究历史上里程碑式的著作，也是近代红学研究的奠基之作。

风乍起，吹皱一池春水

后唐的冯延巳和李璟[①]，一臣一主，在春天的水边有过一段有趣的问答。冯延巳作一首词，词牌叫做《谒金门》[②]，开头就说“风乍起，吹皱一池春水”。起笔很突兀，风起，但是春水不是大海，没有狂风之下的波澜，只是淡淡地起了皱纹。就这句词，中主李璟开玩笑问他：“吹皱一池春水，干卿何事？”水起了波纹，你一个大男人，有你什么事啊？冯延巳一笑说：“未若陛下‘小楼吹彻玉笙寒’[③]。”他说我写得还不算好，不如陛下的“细雨梦回鸡塞远，小楼吹彻玉笙寒”，在细雨中，守候在小楼上，长久的等待，彻夜的吹奏，以至于玉笙的声音都薄了、凉了，

清·钱杜《虞山草堂步月诗意图》（局部）

① 李璟（916—961），五代时南唐国主。字伯玉，徐州（今属江苏）人。在位十九年，庙号元宗，世称中主。其词今仅存四首，蕴藉含蓄，深沉动人，在晚唐五代词中意境较高。

② 风乍起，吹皱一池春水。闲引鸳鸯香径里，手挼红杏蕊。　斗鸭栏干独倚，碧玉搔头斜坠。终日望君君不至，举手闻鹊喜。［五代南唐·冯延巳《谒金门》］

③ 菡萏香销翠叶残，西风愁起绿波间。还与韶光共憔悴，不堪看。　细雨梦回鸡塞远，小楼吹彻玉笙寒。多少泪珠何限恨，倚栏干。［南唐·李璟《山花子》］

这种“痴”，我又怎样去比呢？有这样的心才有这样的洞察力，才有这样的笔触。小的时候写作文，老师总是说我们观察得不好，用的意象不足，让我们去学古人。当时只知道照搬照抄别人用过的意象，长大后才明白，我们远离的其实是一份精细的心情。每到春来，还感受得到春意在心中的悸动吗？古人给我们留下这么多首春天的诗词，一点一点打开我们的心门，让我们的心都经历一次苏醒，我们才会恍然惊觉生命深处对光阴的柔情。

春天意识的苏醒，其实是一份人心中的春意荡漾，有时宛如春天那种女儿心情去看自己娇嫩的青春生命。写边塞壮语的王昌龄[①]，曾写过一首生动

清·童钰《月下墨梅图》（局部）

① 王昌龄（？—约756），唐代诗人。字少伯，京兆长安（今陕西西安）人。有“诗家夫子王江宁”之称。尤擅长七绝，多写当时边塞军旅生活，气势雄浑，格调高昂。

① 闺中少妇不曾愁，春日凝妆上翠楼。忽见陌头杨柳色，悔教夫婿觅封侯。[唐·王昌龄《闺怨》]

② 欧阳炯（约896—971），五代后蜀词人。益州华阳（今四川成都）人。善吹长笛，工词。其词多写艳情，也有写南方风物之作。曾为《花间集》作序，表述了花间派词人对于词的一般看法。

的《闺怨》[①]。“闺中少妇不曾愁，春日凝妆上翠楼。”一位闺中少妇，可能刚刚十几岁，娇憨贪玩，还不知道忧伤，看见了春天，自己打扮得好好的，上楼头去看景了。“忽见陌头杨柳色，悔教夫婿觅封侯。”她忽然之间看到柳色青青，枝繁叶茂，想着自己的青春，大好年光无人陪伴。柳色今天有她欣赏，但是她的美丽谁来陪伴呢？她的丈夫把最好的时光用去建功立业，去追逐浮名，而我们的情爱呢？生命的欢欣呢？青春澎湃的时光呢？难道我们全都丢掉了吗？人心里还是多多少少会有点悔意的。这是什么呢？这是一种发现。

欧阳炯[②]的《清平乐》写尽了一个少妇的春情。寥寥八句，连用十个“春”字。“春来阶砌，春雨如丝细。春地满飘红杏蒂，春燕舞随风势。春幡细缕春缯[△]，春闺一点春灯。自是春心缭乱，非干春梦无凭。”在诗词里面，一个字来回反复用，这是大忌。但在这里，八句里面连用十个“春”，读者不觉得累赘，也不觉着啰唆，只会觉得满纸生春，扑面春风。

再看这首《清平乐》的下半阕，写的是春中少妇的心情。“春幡细缕春缯”，春幡是什么？是那些漂亮的女孩子和少妇去迎春的时候挂在柳树上或系在自己的簪子上的，用薄薄的漂亮的丝绸做的窄长条的小旗。春缯指做春幡的又薄又细的丝织品。也许这个巧手的少妇自己做了很多小春幡，想要系在簪子上迎接她的丈夫，让丈夫陪她游春。但是丈夫没有归来，她只有懒懒地把这些春幡扔在桌上。“春闺一点春灯”，在春闺不眠之夜陪她的只有一盏灯。梦里依稀见到爱人归来，醒来时心里失落中更添烦

△ 缯（zēng）：古代对丝织品的总称。

乱，于是终于明白，“自是春心缭乱，非干春梦无凭。”为什么会有这样的梦？恼人缭乱的不是春光，而是自己的一颗春心……心里有花开，心里有发现，人的生命才蕴涵春色。

《牡丹亭·游园》一折写十六岁的少女杜丽娘，一步跨入自己家的庭院，发现原来的大好年华都因为在闺塾中跟腐儒陈最良读书而浪费了，长叹一声，“不到园林，怎知春色如许？”人不把自己投入到春色里，春风哪得与人结缘？细细看去，“原来姹紫嫣红开遍，似这般都付与断井颓垣。良辰美景奈何天，赏心乐事谁家院？”[①]这姹紫嫣红的繁花就算开遍，也只剩下断井颓垣相伴，无人怜惜，无人赞赏。就算有良辰美景、赏心乐事，原来都在别人的院落别人的生活里发生，一切和自己无关。看着那些“朝飞暮卷，云霞翠轩。雨丝风片，烟波画船。锦屏人忒看的这韶光贱”，一道锦绣屏风把她隔在屋里，大好春光被挡在屏风之外，一切的一切与她是不相关的。也正是因为这样的感春伤怀，所以丽娘做了那个惊天动地的大梦，梦见书生柳梦梅持着柳枝来寻她，深情款款对她说“则为你如花美眷，似水流年，是答儿闲寻遍。在幽闺自怜”[②]。这个生命的觉醒突如其来，来得蓬勃难挡，“情不知所起，一往而深”[△]，生死相随，无悔无怨。

读这样的诗、看这样的戏，我们会感知到自己的生命中也有从未苏醒的春天。很多人直至生命老去，他的春天也一直没有苏醒，生命在冬眠状态下走完了全部的历程。虽然经历了很多困顿、沧

① 原来姹紫嫣红开遍，似这般都付与断井颓垣。良辰美景奈何天，赏心乐事谁家院？朝飞暮卷，云霞翠轩。雨丝风片，烟波画船。锦屏人忒看的这韶光贱。
[明·汤显祖《牡丹亭·皂罗袍》]

② 则为你如花美眷，似水流年，是答儿闲寻遍。在幽闺自怜。转过这芍药阑前，紧靠着湖山石边。和你把领扣松，衣带宽，袖梢儿揾着牙儿苫也，则待你忍耐温存一晌眠。是那处曾相见，相看俨然，早难道好处相逢无一言？
[节选自　明·汤显祖《牡丹亭·山桃红》]

△ 出自《牡丹亭》题记，是汤显祖对于杜丽娘、柳梦梅超越生死的爱情的精神提炼。完整段落为“情不知所起，一往而深。生者可以死，死可以生。生而不可与死，死而不可复生者，皆非情之至也”。

桑，有着很多的忧伤、惶惑、焦虑、悲苦，能对抗这一切的也只有忍辱负重。或者愤世嫉俗，或者指斥命运的不公，但是他从来不知道，还有一种“春光”，可以去抵抗外在的困顿挫折，可以给生命保鲜，让人在面对沉重时举重若轻。

细雨湿流光，芳草年年与恨长（春之意象之一）

小的时候，我们就会背杜牧[①]的《清明》：“清明时节雨纷纷，路上行人欲断魂。借问酒家何处有，牧童遥指杏花村。”就是这么寥寥的一首七言绝句，悠悠念出来的时候，你会觉得忧伤吗？

春天的忧伤有时候很深，深到“春恨”的地步，比如他乡客子春日思归。“入春才七日，离家已二年。人归落雁后，思发在花前。”薛道衡[②]是隋代著名的诗人，历经北齐、北周，隋朝建立以后任内史侍郎，隋炀帝时曾经出任刺史，后来又任司隶大夫。这首诗写的是他在江南做官时遇到的早春。诗题《人日思归》，人日就是每年农历正月初七，刚好是鸿雁从南方跃跃欲试要回北方的时候。虽然新的一年（“入春”）刚刚七天，但是他离开家乡已经两年，他回家的旅程将远远迟于鸿雁，但他的“思归之心”早已经萌发于花开之前。这就是春恨。

这首诗里有着鲜明的主题和意象，意象就是鸿雁、春花。

所有的春天里都满满生长着意象，先来选一个意象说，就是春草。

冬去春来，莺飞草长。春满人间的时候，春风染绿了萋萋春草。李白这样乐观飞扬的诗仙，在灞陵边送别的时候也会说：“送君灞陵亭，灞水流浩浩。上有无花之古树，下有伤心之春草。”[③]

① 杜牧（803—853），唐文学家。字牧之，京兆万年（今陕西西安）人。其诗在晚唐成就颇高，后人称杜甫为“老杜”，称牧为“小杜”。又与李商隐并称“小李杜”。

② 薛道衡(540—609)，隋代诗人。字玄卿。其诗辞藻华艳，边塞诗较为雄健。《昔昔盐》中的“空梁落燕泥”句，颇为人传诵。

③ 送君灞陵亭，
灞水流浩浩。
上有无花之古树，
下有伤心之春草。
我向秦人问路岐，
云是王粲南登之古道。
古道连绵走西京，
紫阙落日浮云生。
正当今夕断肠处，
骊歌愁绝不忍听。
[唐·李白《灞陵行送别》]

西安往东南三十里的地方有一条灞水，汉文帝陵就在这个地方，所以叫做灞陵。唐朝时的送别，人们出长安东门，都在这里分手。“上有无花之古木，下有伤心之春草”，抬头远观，花还没开上古木枝头，但地上的草已经缭乱，李白说这叫“伤心之春草”。

再看白居易那首著名的《赋得古原草送别》：“离离原上草，一岁一枯荣。野火烧不尽，春风吹又生。远芳侵古道，晴翠接荒城。又送王孙去，萋萋满别情。”这样年年生发、岁岁茂盛的春草，都是萋萋别情。草色萋萋，寄寓了他无穷的心事，尤其是别恨离愁。

亡国的后主李煜[①]写的《清平乐》[②]，短词小字咏出无限长情，故国故人，都在其中。“别来春半，触目愁肠断。砌下落梅如雪乱，拂了一身还满。”这个场景如果是内心欢愉的人，不失为闲情雅趣。人走在春景之中，梅花似雪，扑簌簌地落在人身上，刚把它扑打掉，一下又落满了。但是在李后主看来，断肠人眼中的春天都是断肠风景，这些花不惹人喜，而惹人烦，一落到身上他就要掸掉，掸掉后立刻又落满了。“雁来音信无凭，路遥归梦难成。”雁来空空，不衔音信，故国迢迢，归梦难成。满眼唯有春草远远近近，愁绪如织。“离恨恰如春草，更行更远还生。”人走多远，草就有多远，愁有多悠长，草就有多绵密……

所以，春天的“恨”都是渐渐滋长出来的，它不强烈，不汹涌，但是它缠绕在身上，牵绊在心中，久久挥之不去。

还是那个“吹皱一池春水”的冯延巳，在《南乡子》[③]中写过：“细雨湿流光，芳草年年与恨长。”在雨雾中朦胧的春草，绿得透明，就像飘动的流光，被细细的春雨给打湿了。在江南的

① 李煜（937—978），五代时南唐国主。字重光，初名从嘉，号钟隐，世称李后主。其词形象鲜明，语言生动，在题材与意境上也突破了晚唐五代词以写艳情为主的窠臼。

② 别来春半，触目愁肠断。砌下落梅如雪乱，拂了一身还满。　雁来音信无凭，路遥归梦难成。离恨恰如春草，更行更远还生。
[南唐·李煜《清平乐》]

③ 细雨湿流光，芳草年年与恨长。烟锁凤楼无限事，茫茫。鸾镜鸳衾两断肠。　魂梦任悠扬，睡起杨花满绣床。薄幸不来门半掩，斜阳。负你残春泪几行！
[五代南唐·冯延巳《南乡子》]

早春里雨是那种细得让你无法察觉的“雨丝”，风是薄薄的“风片”。“细雨湿流光”这五个字，王国维评价“能摄春草之魂”。春草是有魂魄的，谁抓住了它的魂魄？细雨打湿“流光”，简直把春草的魂魄都吸走了。

而流动在苏东坡[①]笔端的那幅春景呢，“花褪残红青杏小，燕子飞时，绿水人家绕。”[②]早春喷薄出的杏花，如今花瓣凋零，花蕊里面包裹着的小果子渐渐长大，青杏虽小，但春已渐渐老去。“燕子飞时，绿水人家绕。”一个“飞”，一个“绕”，眼前一切风景都在流动，亦幻亦真。“枝上柳绵吹又少，天涯何处无芳草！”春风扶摇，残存的柳絮越来越少，柳条渐密，时在暮春。这一个时刻，放眼四望，芳草萋萋，遍布天边，“天涯何处无芳草”，已经找不到没有绿意的地方了。这是生机蓬勃的春天，“春草如愁”，这就是寄托在春草上的时间的流逝感。

“苏门四学士”之一的秦观[③]，也有他的一片春草。

“倚危亭，恨如芳草，萋萋刬[△]尽还生。”[④]一上来就说他的恨像茂盛的春草，因为他心藏无法释怀的忧伤。有的时候我们喝酒，但发现借酒浇愁愁更愁，我们想要了断，却发现抽刀断水水更流。我们以为离恨恰如春草，草可以铲去，但“萋萋刬尽还生”。你以为忘记了，你以为离开了，但是某一个时刻突然看见它分明又在眼前了。这是什么样的“恨”萦怀不去……“念柳外青骢别后，水边红袂分时，怆然暗惊。”青青

△ 刬（chǎn）：削去，铲平。

① 苏轼（1037—1101），北宋文学家、书画家。字子瞻，号东坡居士，眉州眉山（今属四川）人。文汪洋恣肆，明白畅达，为“唐宋八大家”之一。诗清新豪健，善用夸张比喻，在艺术表现方面独具风格。与黄庭坚并称“苏黄”。词开豪放一派，对后代很有影响。

② 花褪残红青杏小，燕子飞时，绿水人家绕。枝上柳绵吹又少，天涯何处无芳草！　墙里秋千墙外道，墙外行人，墙里佳人笑。笑渐不闻声渐悄，多情却被无情恼。
[北宋·苏轼《蝶恋花》]

③ 秦观（1049—1100），北宋词人。字少游、太虚，号淮海居士。文辞为苏轼所赏识，是“苏门四学士”之一。工诗词。词多写男女情爱，也颇有感伤身世之作，风格委婉含蓄，清丽雅淡。诗风与词相近。

④ 倚危亭，恨如芳草，萋萋刬尽还生。念柳外青骢别后，水边红袂分时，怆然暗惊。　无端天与娉婷，夜月一帘幽梦，春风十里柔情。怎奈向、欢娱渐随流水，素弦声断，翠绡香减。那堪片片飞花弄晚，蒙蒙残雨笼晴。正销凝，黄鹂又啼数声。
[北宋·秦观《八六子》]

翠柳之外，我在马上，你在船头——我的青骢马映着你的红衣袖，这一相别再未相逢，我的内心能不怆然悲伤吗？这是离恨，也是春愁。

春愁是什么？李后主的愁是“离恨恰如春草”，是“问君能有几多愁，恰似一江春水向东流”。李清照的愁是“只恐双溪舴艋△舟，载不动许多愁”[①]。贺铸[②]的愁呢？他连着给出几个意象：“若问闲情都几许？一川烟草，满城风絮，梅子黄时雨！”[③]这三个意象，三幅画面，非常漂亮——“一川烟草”，你的脚下，都是萋萋芳草；“满城风絮”，你的天空，满眼蒙蒙的柳絮飞扬；在天和地之间，还有梅子成熟时丝丝缕缕永不停歇的黄梅雨。这三样东西加在一起，你还不明白什么叫春愁吗？

| 春啼呖呖：只道不如归去（春之意象之二）|

我们为什么要爱诗歌？我们为什么关注意象？并不是它能够让我们今天不发愁，而是我们的愁能有所托付，可以言说。它不能让我们今天少掉很多惶惑，但是惶惑之中，我们知道有所陪伴了，这样就好。这些萋萋芳草，它们越发繁盛，就越能够反衬出荒凉。

李白登上高高的金陵凤凰台，看见了什么？“凤凰台上凤凰游，凤去台空江自流。吴宫花草埋幽径，晋代衣冠成古丘。”[④]相传南北朝的刘宋元嘉年间（公元424年—453年），曾经有凤凰集于金陵凤凰山上，凤凰是中国古代的吉祥鸟，象征着刘宋王朝的“得

△ 舴艋（zéměng）：小船。

① 风住尘香花已尽，日晚倦梳头。物是人非事事休，欲语泪先流。　闻说双溪春尚好，也拟泛轻舟。只恐双溪舴艋舟，载不动许多愁。[南宋·李清照《武陵春》]

② 贺铸(1052—1125)，北宋词人。字方回，号庆湖遗老。好以旧谱填新词而改易其调名，谓之“寓声”。其词风格多样，善于锤炼字句，又常运用古乐府及唐人诗句入词。

③ 凌波不过横塘路，但目送、芳尘去。锦瑟华年谁与度？月桥花院，琐窗朱户，只有春知处。　飞云冉冉蘅皋暮，彩笔新题断肠句。若问闲情都几许？一川烟草，满城风絮，梅子黄时雨！[北宋·贺铸《青玉案》]

④ 凤凰台上凤凰游，凤去台空江自流。吴宫花草埋幽径，晋代衣冠成古丘。三山半落青天外，一水中分白鹭洲。总为浮云能蔽日，长安不见使人愁。[唐·李白《登金陵凤凰台》]

天命”，所以才筑凤凰台。李白看到的凤凰台，凤凰所象征的王气已去，凤凰台上空旷荒凉，时间流转繁华凋尽，只有江水浩荡不理会人间的变迁。颓败的宫殿下，只剩生生不息的花草，掩住依稀的小路；东晋南朝的钟鼎之家、文化风流的传说，变成座座古坟散布在凤凰台四周……一切繁华雨打风吹去。这首诗是什么时候写的呢？一说是李白暮年流放夜郎，半路遇赦，返回的时候写出来的。还有一说，说是作者在天宝年间（公元742年—756年）被排挤离开长安南游金陵的时候写出来的。不管怎么说，这都是他在失意落魄时看到的情形。满眼芳草之间生长出的就叫做沧桑。

杜甫去追觅他敬仰的蜀相诸葛亮，走到丞相祠堂的时候，寻到了什么？“映阶碧草自春色，隔叶黄鹂空好音。”[①]脚下有春草，头上的树叶里有黄鹂在鸣叫。无论碧草还是黄鹂，都是孤单的，恰似诗人的兀自寻觅。

在咏春诗里春草太多了，我们说不完，我只是在想，下一个春天里，我们能为自己去寻觅一点天涯芳草吗？如果看得见，这个意象就开在自己的心里。

春天还有许多声音，我们再来说说“春啼”。

春天是谁的季节呢？是杜鹃的季节。我们常说“子规啼血”，传说蜀帝杜宇死后化为子规，它的口舌都是红的，一开口啼鸣，就被人误认为满口啼血心有不甘。这个鸟恰恰就在春天啼鸣。辛弃疾[②]听啊听，“细听春山杜宇啼，一声声是送行诗”[③]，听的是送别的诗行。晏几道[④]听啊听，“十里楼台倚翠微，百花深处杜鹃

① 丞相祠堂何处寻，
锦官城外柏森森。
映阶碧草自春色，
隔叶黄鹂空好音。
三顾频烦天下计，
两朝开济老臣心。
出师未捷身先死，
长使英雄泪满襟。
[唐·杜甫《蜀相》]

② 辛弃疾(1140—1207)，南宋词人。字幼安，号稼轩，历城（今山东济南）人。一生力主抗金。其词抒写力图恢复国家统一的爱国热情，倾诉壮志难酬的悲愤，对当时执政者的屈辱求和颇多谴责；也有不少吟咏祖国河山的作品。

③ 细听春山杜宇啼，一声声是送行诗。朝来白鸟背人飞。　对郑子真岩石卧，赴陶元亮菊花期。而今堪诵北山移。
[南宋·辛弃疾《浣溪沙》]

④ 晏几道(1038—1110)，北宋词人。字叔原，号小山。晏殊第七子。其词长于小令，多追怀往事，凄楚沉挚，深婉秀逸。

啼”[①]，绵延旖旎的十里楼阁紧挨着翠微色的空山，百花丛中，子规们还叫得特别殷勤，“殷勤自与行人语，不似流莺取次飞”。鸟性也是有分别的，像那些流莺，它就那么唱着歌，飞来飞去很随意，它才不在乎谁是谁；但是子规不一样，“殷勤自与行人语”，它就盯住了我，它那么殷勤，一声一声，不停地要跟我说话。“惊梦觉，弄晴时，声声只道不如归。”它非得把我从陶醉的好梦里叫醒，偏偏满眼里丽日晴天，这么一个好时候，我听见了，我也听懂了，我知道你到底要跟我说什么，无非“声声只道不如归”！人们老说“子规啼血”，叫着的就是“不如归去，不如归去”。诗人终于被它叫得心理崩溃，他喃喃告诉子规，你难道觉得我不想回去吗？我难道不知道该走吗？“天涯岂是无归意，争奈归期未可期。”人在天涯，我怎么没有回去的心？但是“归期未可期”，身不由己，我还不知道回去的那个日子究竟是什么时候啊……这就是人在天涯听到的“子规啼血”。

当然，今天是不可能在大都市里听见“子规啼”了，连麻雀啼叫都少见。面对我们的孩子，真不知道怎么跟他们去讲这些啼鸟的诗意。我们现在只能听听笼子里的鸟叫，只能带着孩子去动物园的飞禽馆，看一看铁丝网里的飞翔。今天的都市人，哪里还听得出子规血色舌尖婉转的那一点恨意？

范仲淹[②]说：“夜入翠烟啼，昼寻芳树飞。春山无限好，犹道不如归。”[③]这样好的春景你还跟我说“不如归去、不如归去”——千年万代子规啼声不改，痴痴啼唤“不如归去”。贺铸

① 十里楼台倚翠微，百花深处杜鹃啼。殷勤自与行人语，不似流莺取次飞。　惊梦觉，弄晴时，声声只道不如归。天涯岂是无归意，争奈归期未可期。[北宋·晏几道《鹧鸪天》]

② 范仲淹（989—1052），北宋政治家、文学家。字希文，苏州吴县（今江苏苏州）人。工于诗词散文，所作文章富于政治内容，词传世仅五首，风格较为明健。《岳阳楼记》中“先天下之忧而忧，后天下之乐而乐”的名句，传诵千古。

③ 北宋·范仲淹《越上闻子规》。

写道："三更月。中庭恰照梨花雪。梨花雪。不胜凄断，杜鹃啼血。"[①]沉沉不眠之夜，独卧孤枕的少妇蓦然醒来，看见三更月好，映照着庭院中梨花胜雪。本来明月照着梨花，已然惊心，谁想到还有子规啼血的凄厉，打破寂静……这样的啼鸣，让人内心有挣扎，有蹉跎，有纠结，有困顿，所以人有的时候在躲避，有的时候在沉迷。

秦观写《踏莎行》[②]："雾失楼台，月迷津渡，桃源望断无寻处。可堪孤馆闭春寒，杜鹃声里斜阳暮。"人在楼台之上，但"雾失楼台"；远望渡口，但"月迷津渡"。人所在不知何方，人心之所往不知何处。就在这样一个"桃源望断无寻处"，天地茫茫托身无所的时刻，诗人客途羁旅，不胜春寒，蓦然听见"杜鹃声里斜阳暮"，一天又过去了。此情此景，情何以堪？人有多少情浓，子规

① 三更月。中庭恰照梨花雪。梨花雪。不胜凄断，杜鹃啼血。　王孙何许音尘绝。柔桑陌上吞声别。吞声别。陇头流水，替人呜咽。
[北宋·贺铸《子夜歌·忆秦娥》]

② 雾失楼台，月迷津渡，桃源望断无寻处。可堪孤馆闭春寒，杜鹃声里斜阳暮。　驿寄梅花，鱼传尺素，砌成此恨无重数。郴江幸自绕郴山，为谁流下潇湘去？
[北宋·秦观《踏莎行》]

清·石涛　《移节独自还》（局部）

啼血就有多少悔意和惆怅。人在天涯的时候，听到莺啼燕语子规鸣，都愿意托给它一点点使命，让它为自己去完成一点点心愿。

李商隐写《天涯》，什么是真的天涯啊？

春日在天涯，天涯日又斜。

莺啼如有泪，为湿最高花。

日暮西斜，人在天涯，我听见了春莺啼叫，声声啼鸣里隐隐含泪。黄莺啊，请你帮我做一件事情吧：趁着春花未凋，如果你真的有泪，就替我去打湿春日枝头最高的那一朵花吧——替我去诉说，去感动遥不可及的那一个人。这样的话说出来，后人评，“意极悲，语极艳。”内心的意绪如此悲凉，说出来的词句如此明艳，寥寥二十个字，意味无穷尽。很多人说“玉谿生”李商隐的诗太难懂，都知道他的诗好，“独恨无人作郑笺”，所以老有人考据这是哪年写的，这是什么路上写的，这后面有一段什么样的故事。后来还是有人很聪明地评道，你看《天涯》这样的诗，“不必有所指，不必无所指，言外只觉有一种深情。”△ 他有所指，无所谓，你不必知道；他无所指，无所谓，不一定非有寄托。你只要读完这二十个字，心中感受到那种深情就够了。

这就是汤显祖说的那种深情，叫“情不知所起，一往而深”。人生有情，就会被不同的季节唤醒。真能在春日中含情，就能懂得所有春鸟的啼鸣，那是让你春伤涌动的一个引子。“春啼”，是春天永恒的意象之一。

△ 出自屈复《玉谿生诗意》。

春柳依依：挽一段流光赠别离（春之意象之三）

春天还有什么意象？春意蓬勃，一年时光上路时，人们也纷纷上路，所以春天多送别。送别的时候就出现了一个意象，叫做“灞桥折柳”。“柳”字音同“留”，送你柳枝，它渺渺绵绵、丝丝悠长，让你觉得是人心牵绊，让你体会它是挽留你的一片心情。所以，离别的那一刻，柳丝间系上了眷恋。

李商隐的《离亭赋得折杨柳》写了两首咏柳的诗。一首说“暂凭樽酒送无憀，莫损愁眉与细腰。人世死前惟有别，春风争拟惜长

明·戴进　《月下泊舟图》（局部）

条”。他充满怜爱地对柳丝说，“暂凭樽酒送无憀”，我喝着酒，内心的愁闷、烦恼没法寄托，酒消不了，我就看看你，请你珍重，不要损伤了你的愁眉和细腰——因为过去形容美人，说她柳眉妩媚，说她柳腰纤细，不要让忧愁伤了你的眉，不要让憔悴伤了你的腰，惜柳其实也是在惜美人。接着他忽然说了非常沉痛的一句话，“人世死前惟有别”，人生一世，离世之前，还有无数离别，那些离别瞬间，锥心刻骨地镶嵌在老去的流光里。所以春风拂动时，让我们怜惜这些柳丝长条吧，也只有它聊慰我们今生的无数次离别。

第二首，“含烟惹雾每依依，万绪千条拂落晖。为报行人休尽折，半留相送半迎归。”你看这样的柳丝，含烟惹雾，依依地恋着人心，万绪千条都在夕阳落晖中变得朦胧。让人伤春之心中涌起怜惜，那就不折杨柳了吧，让它留在这里，一半的柳丝寄托送别的心绪，一半的柳丝飞舞，迎着旅人的归来。那一点点归来的寄托仍然嘱托在柳丝之上。

有时候我也在想，古代的人看到的春草，我们的都市马路上看不着了；古人听见的春啼声，城市的喧嚣里听不见了；看看柳条吧，都已经在公园了。现在的人们相送时谁还送柳枝？可能都去买一件水晶的首饰或者一支金笔，或者一块佩玉，没有人去送不值钱的柳条了吧。芳草、斜阳、柳丝、莺啼都是无价的，但是在今天都远离了我们。我们还回得去生命中那些不需要金钱去买来的春天吗？那些春天也真的随着这些信物走远了吗？花开花落，春去春来，蕴涵着宇宙无穷、人生有限这个永恒的矛盾，蕴涵着多少个体生命价值的思考探索，我们今天难道不想了吗？人的春愁、人的春思是永无停歇的。

《诗经·小雅·采薇》①最后句依然惊心动魄，“昔我往矣，

① 采薇采薇，薇亦作止。
曰归曰归，岁亦莫止。
靡室靡家，猃狁之故。
不遑启居，猃狁之故。
采薇采薇，薇亦柔止。
曰归曰归，心亦忧止。
忧心烈烈，载饥载渴。
我戍未定，靡使归聘。
采薇采薇，薇亦刚止。
曰归曰归，岁亦阳止。
王事靡盬，不遑启处。
忧心孔疚，我行不来。
彼尔维何？维常之华。
彼路斯何？君子之车。
戎车既驾，四牡业业。
岂敢定居？一月三捷。
驾彼四牡，四牡骙骙。
君子所依，小人所腓。
四牡翼翼，象弭鱼服。
岂不日戒？猃狁孔棘。
昔我往矣，杨柳依依。
今我来思，雨雪霏霏。
行道迟迟，载渴载饥。
我心伤悲，莫知我哀。
[《诗经·小雅·采薇》]

杨柳依依，今我来思，雨雪霏霏……”人在征途之上，当年走的时候是杨柳依依，但现在回来的时候，已经是雨雪霏霏了。在那样一条远行的路上，“载饥载渴，莫知我哀”，谁能够知道我内心的哀伤呢？我们都经历过杨柳依依，我们都见过雨雪霏霏，要怎么样才能够把人生春秋的变化，在一年四季的流光中串联起来呢？

刘希夷[1]写下的《代悲白头翁》说：“洛阳城东桃李花，飞来飞去落谁家？洛阳女儿惜颜色，行逢落花长叹息。今年落花颜色改，明年花开复谁在？已见松柏摧为薪，更闻桑田变成海。古人无复洛城东，今人还对落花风。年年岁岁花相似，岁岁年年人不同。”洛阳城是一座繁华的城市，到了武则天的时候，又建为帝国的东都，一直人来人往，看尽了繁华美景。今天的洛阳还有花卉，但是今天还有多少人在问“年年岁岁花相似，岁岁年年人不同”？我们今天还有这样一种面对着蓬勃春意，感慨着时光飞逝的悲伤吗？

中国的诗词真的是要念的，平白如话，朗朗上口。像《代悲白头翁》，我们就是念一遍，内心也会有一些春风拂漾，有一些春思涌动，可以湿润了眼睛。

杜甫在《曲江》[2]里说：“一片花飞减却春，风飘万点正愁人。”减一片花，春意就凋损了，何况眼前是风飘万点。

欧阳修[3]在《浪淘沙》[4]里面说：“把酒祝东风，

① 刘希夷（651—约679），唐诗人。字庭芝。其诗以歌行见长，多写闺情、从军，辞意柔婉华丽，且多感伤情调。《代悲白头翁》有“年年岁岁花相似，岁岁年年人不同”句，相传其舅宋之问欲据为己有，希夷不允，之问竟遣人用土囊将他压死。

② 一片花飞减却春，风飘万点正愁人。且看欲尽花经眼，莫厌伤多酒入唇。江上小堂巢翡翠，苑边高冢卧麒麟。细推物理须行乐，何用浮荣绊此身？
[唐·杜甫《曲江二首》（其一）]

③ 欧阳修（1007—1072），北宋文学家、史学家。字永叔，号醉翁、六一居士。吉州吉水（今属江西）人。散文说理畅达，抒情委婉，为“唐宋八大家”之一。诗颇受李白、韩愈影响，重气势而能流畅自然。其词婉丽，承袭南唐余风。

④ 把酒祝东风，且共从容，垂杨紫陌洛城东。总是当时携手处，游遍芳丛。　聚散苦匆匆，此恨无穷。今年花胜去年红。可惜明年花更好，知与谁同？
[北宋·欧阳修《浪淘沙》]

且共从容，垂杨紫陌洛城东。总是当时携手处，游遍芳丛。”想起当年与恋人携手，在东风里游遍春花洛城，那个时候洛阳牡丹也曾经映着他们两个人默契的笑影。但今天呢？“聚散苦匆匆，此恨无穷。今年花胜去年红。可惜明年花更好，知与谁同？”这里写了三年的看花人，去年双双来见，今年孤单一人，今年的花比去年要好，明年的花会更好，但“知与谁同”，更不知人在何方，不知明年的花让谁来看。这是诗人看见世间的春意烂漫，油然产生出的珍重之感。春愁中的“恨”，真的只是一种落寞的哀伤吗？它在我们内心唤起多少由惜春而生发出的留恋。

还是欧阳修，感伤的心留不住三月暮春天。“雨横风狂三月暮。门掩黄昏，无计留春住。泪眼问花花不语，乱红飞过秋千去。”[①]暮春时候，春意要走了，所以这里有一个动作，“门掩黄昏”，赶紧关上门，想要把春天留住，但徒劳无计，春还是关不住。所以唯有泪眼问花能不走吗，春花无语，静默之中“乱红飞过秋千去”……最后两句，王国维先生评价说，这就叫做“有我之境，以我观物，故物皆著我之色彩”。春色岁岁老去，而人心中不舍的眷恋，永远带着新鲜的疼痛。

流水落花春去也，天上人间

秦观说：“韶华不为少年留。恨悠悠，几时休？飞絮落花时候一登楼。便做春江都是泪，流不尽，许多愁。”[②]这是一个什么时节？是一个人的少年时光留不住的季节。所以这个时候，飞絮落花，人想要去登楼，然后看见满眼春江，就算春江都是泪，也流

① 庭院深深深几许？杨柳堆烟，帘幕无重数。玉勒雕鞍游冶处，楼高不见章台路。　雨横风狂三月暮。门掩黄昏，无计留春住。泪眼问花花不语，乱红飞过秋千去。
[北宋·欧阳修《蝶恋花》]

② 西城杨柳弄春柔。动离忧，泪难收。犹记多情曾为系归舟。碧野朱桥当日事，人不见，水空流。　韶华不为少年留。恨悠悠，几时休？飞絮落花时候一登楼。便做春江都是泪，流不尽，许多愁。
[北宋·秦观《江城子》]

不尽他许多愁。春恨多深啊！

我们今天可能会说，春恨无聊。现实的烦恼已经这么多，为什么在诗词里还要给我们添愁增恨呢，诗词难道不是为了解忧的吗？有时候我想，今天我们期待那种有品质的快乐，但有品质的忧伤都很难得了。我们有很多的烦恼，因为失业，因为失恋，因为失去身边有形的拥有。但是，烦恼不是忧愁，忧愁是你骨髓深处悲天悯人的情怀，是人看见自然流光带走世界上更多有价值的东西时那种深深的悲叹。真正的忧伤是人生有情，对人世间一切的不公正，对那些更弱势者的同情和相助。所有这一切，需要人心柔软，需要自己的心能够在流光中有一种唤醒，有一种珍惜。

古人对春天有多珍惜呢？辛弃疾这样一个铁骨铮铮、“试手补天裂”的老将，在春天面前亦有着无数柔情，惜春之心万般缠绵。“更能消、几番风雨？匆匆春又归去。惜春长怕花开早，何况落红无数。”[①]一番一番的风雨，匆匆间春天又走了。在花开之前，他就跟盼花的别人不一样，老在祈祷花开晚点儿，晚点儿开它就会晚点儿走。即便他过去有着害怕有着祈祷，一晃还是到了眼前“落红无数”，更让他的“惜春”之心无法安放：果然春天是要走了。这一刻，他急急地要留住春天，他对春天断喝，“春且住。见说道、天涯芳草无归路。”他说春天啊，你站住吧，你回不去了，你已经迷了归途。李白所谓“却顾所来径，苍苍横翠微”[②]，人回头一看，走过的路已经不在，被青山挡住，找不到了。辛弃疾如此多情，他跟春天说：你也会迷路，春草已经迷了你的归途，你就留在这

① 更能消、几番风雨？匆匆春又归去。惜春长怕花开早，何况落红无数。春且住。见说道、天涯芳草无归路。怨春不语。算只有殷勤，画檐蛛网，尽日惹飞絮。　长门事，准拟佳期又误。蛾眉曾有人妒。千金纵买相如赋，脉脉此情谁诉？君莫舞，君不见、玉环飞燕皆尘土！闲愁最苦。休去倚危栏，斜阳正在、烟柳断肠处。
[南宋·辛弃疾《摸鱼儿》]

② 暮从碧山下，
山月随人归。
却顾所来径，
苍苍横翠微。
相携及田家，
童稚开荆扉。
绿竹入幽径，
青萝拂行衣。
欢言得所憩，
美酒聊共挥。
长歌吟松风，
曲尽河星稀。
我醉君复乐，
陶然共忘机。
[唐·李白《下终南山过斛斯山人宿置酒》]

儿吧。“怨春不语。算只有殷勤，画檐蛛网，尽日惹飞絮。”但是春天没有回答。这时候，词人惆怅地看到，世间比他更多情的，是在画檐角上暗暗织出来的那些蜘蛛网，一天到晚想用自己的网子多粘一点柳絮。这也算是另一种挽留，另一种深情吧。

说春花红、春柳碧，这是多情，我们今天都懂得。但是谁会觉得蜘蛛网多情呢？在辛弃疾眼中，蜘蛛网也是多情的。世间万物皆有情，所以说听不得杜宇声声催归，因为人在这个时候会感情迸发。为什么古人会伤春，会惜春？说到底是他们心中有春愁，有深情，最后人间多少风景还是落在自己的心事上。

最深的春恨还是家国之悲。投降宋朝的后主李煜，他在春天里听见了什么又看见了什么？那样一个不眠深夜，听见“帘外雨潺潺，春意阑珊”[①]。在潺潺的雨声中，一个春天又凋谢了。“罗衾不耐五更寒”，身上的被子耐不住阵阵袭来的春寒。为什么会感觉到冷呢？惊醒之后才知道，“梦里不知身是客，一晌贪欢。”刚刚做了一个梦，梦见了故国的江山，梦见了当年的胜景乐事，但如今身在北方，北方的暮春的凄冷从肌肤一直透入心底。醒来之后，知道了自己“客居”的身份，于是告诫自己，“独自莫凭栏，无限江山。别时容易见时难。”上了楼台就要远眺，就要想念故国的无限江山。什么时候再相见？今生还会再相逢吗？“流水落花春去也，天上人间。”

“林花谢了春红，太匆匆。”[②]这么快春花都谢尽了吗？真快啊！“无奈朝来寒雨晚来风”，人生经得起这样的忧伤吗？早晨下

① 帘外雨潺潺，春意阑珊。罗衾不耐五更寒。梦里不知身是客，一晌贪欢。 独自莫凭栏，无限江山。别时容易见时难。流水落花春去也，天上人间。[南唐·李煜《浪淘沙令》]

② 林花谢了春红，太匆匆。无奈朝来寒雨晚来风。 胭脂泪，留人醉，几时重？自是人生长恨水长东！[南唐·李煜《相见欢》]

着寒雨，晚间起了骤风，这样的风雨消磨，春红怎么能留住呢？突然想起当年的离别，留下了多少宫娥，那一刻涕泪相送，“胭脂泪，留人醉，几时重？”还能够回去看她们吗？还能够为她们拭去泪花吗？“自是人生长恨水长东！”人生长恨，江水长东，这是永恒的规律。年年春来，年年春去，故国江山不可重逢，良辰美景不可再现，这就是李煜的春天。

清朝有个评论家叫周济[1]，说温庭筠[2]的词漂亮得像一个盛装丽人，打扮得很功利，韦庄[3]的词是淡妆的佳人，李煜的词简直粗服乱头，什么打扮都没有，但是不掩天姿国色。王国维先生特别推崇李煜，他对周济的评价加以引申，“词至李后主而眼界始大，感慨遂深，遂变伶工之词而为士大夫之词。”看似不加雕琢，写出来的却是真丈夫语。李煜的伤春不是小女子的闺怨，而是一个失去江山的国君在异国他乡的古今伤怀之感。

|一个人走过的春天|

古今感怀的“伤春”，诗人面对春天，回头眺望几百年之前，会看见什么？柳色又青了，韦庄喟叹，“江雨霏霏江草齐，六朝如梦鸟空啼。无情最是台城柳，依旧烟笼十里堤。”[4]台城是三国时吴国的后宫禁城，东晋成帝的时候改建。从东晋到南朝，这里一直都是皇宫的所在地，是帝王歌舞升平的地方。朝代的兴废，时间的变迁，在刘禹锡[5]所处的中唐时候，“万户千门成野草”[6]，而到了韦庄所处的唐末，这

① 周济（1781—1839），清词人。字保绪。为常州派重要词论家，曾编《宋四家词选》，强调“词非寄托不入，专寄托不出”。

② 温庭筠（?—866），唐诗人、词人。原名岐，字飞卿。其诗词藻华丽，多写个人遭际，于时政亦有所反映。词多写闺情，风格浓艳。现存词六十余首，在唐词人中数量最多，大都收入《花间集》。其诗与李商隐齐名，称“温李”。词则与韦庄并称“温韦”。

③ 韦庄（约836—910），五代前蜀诗人、词人。字端己。其词语言清丽，多写闺情离愁和游乐生活，在《花间集》中较有特色。

④ 唐·韦庄《台城》。

⑤ 刘禹锡（772—842），唐文学家、哲学家。字梦得。和柳宗元交谊很深，人称“刘柳”，晚年与白居易唱和甚多，并称“刘白”。其诗雅健清新，善用比兴寄托手法。

⑥ 台城六代竞豪华，
结绮临春事最奢。
万户千门成野草，
只缘一曲《后庭花》。
［唐·刘禹锡《台城》］

里更加破废不堪了。这个时候再想起前朝往事——“六朝如梦”，当年的繁盛看不见了。江草长起来了，江鸟啼鸣着，台城的柳丝依旧烟笼十里长堤，但有谁记得那些繁华，那些故事？这就是春天的伤情。

所以我说感伤的春天也会见证古今。一个人走过一生中不同的春天，你会真正看见不同的心情。

我们来跟着一个人走过春天。那就是杜甫。

大家都熟悉杜甫的《春望》[①]，“国破山河在，城春草木深。感时花溅泪，恨别鸟惊心。”这首诗写在安史之乱爆发的第三年，也就是公元757年，长安已经沦陷了。这样一个烂漫早春，草木深深，花鸟有情，因为感慨时事的剧烈变化，伤感战乱中无数的生离死别而“惊心”、“溅泪”。国家虽然破碎，山河犹在，杜甫做了一件勇敢的事。他当时没什么官方身份，却断然地把妻儿家小安顿在鄜州乡村，一个人离家去追随唐肃宗，但是在路上被叛军抓住，又被押送回来。

在乱离之中，他说：“烽火连三月，家书抵万金。白头搔更短，浑欲不胜簪。”诗人回到沦陷的长安，觉得自己的头发越来越少了，连个簪子都别不住。一心牵挂着自己的家小，却家书难得。这是一个多么伤痛的春天。国破了，家散了，自己的君王也追随不到。杜甫被叛军所虏押回长安时，很多有身份的官员此时都被囚禁，但杜甫连囚禁的待遇都达不到，因为他太没身份，都没有人囚禁他。他只有困顿于长安城中，蹉跎着生命。

也是在这个时候，他写了《哀江头》[②]。他走到曲江边，“少

① 国破山河在，
城春草木深。
感时花溅泪，
恨别鸟惊心。
烽火连三月，
家书抵万金。
白头搔更短，
浑欲不胜簪。
[唐·杜甫《春望》]

② 少陵野老吞声哭，
春日潜行曲江曲。
江头宫殿锁千门，
细柳新蒲为谁绿？
忆昔霓旌下南苑，
苑中万物生颜色。
昭阳殿里第一人，
同辇随君侍君侧。
辇前才人带弓箭，
白马嚼啮黄金勒。
翻身向天仰射云，
一笑正坠双飞翼。
明眸皓齿今何在？
血污游魂归不得。
清渭东流剑阁深，
去住彼此无消息！
人生有情泪沾臆，
江水江花岂终极？
黄昏胡骑尘满城，
欲往城南望城北。
[唐·杜甫《哀江头》]

陵野老吞声哭，春日潜行曲江曲。”看看这三个字“吞声哭”，不敢悲号，不敢纵声，他连哭都是忍着，哽咽着，一声一声吞着自己的声音。走在春花烂漫的曲江池边——曲江池原来有这么多的曲折，如同人有着宛转跌宕无穷的心事。“江头宫殿锁千门，细柳新蒲为谁绿？”原来的宫殿已经上了锁，但是柳条依依。在这样的萋萋春柳之下，杜甫开始回忆，当年院中的万物颜色是那么鲜明，当年昭阳殿里的第一人，那个常伴君王侧的杨贵妃，现在又在哪里？“明眸皓齿今何在？血污游魂归不得。”马嵬坡下，香魂杳去，杨贵妃埋葬地所在的渭水和唐明皇逃亡的四川剑阁相隔遥远，彼此不通消息。所以杜甫说出了深情的一句话，“人生有情泪沾臆，江水江花岂终极？”人生如果有情，每到春来就会有深刻的忧伤涌在心头，泪水常沾胸臆。每年春水起，每年春花开，春水春花是没有终了的。这就是一个人在生命中走过的春天。

走过这样的伤春，再忍着悲痛往下走，杜甫终于走过他的遥遥八年，盼到了官军收复河南河北的那一天。这首诗被称为老杜“平生第一快诗”，一生中他真的很少写出如此快乐的诗。“剑外忽传收蓟北，初闻涕泪满衣裳。却看妻子愁何在，漫卷诗书喜欲狂。白日放歌须纵酒，青春作伴好还乡。即从巴峡穿巫峡，便下襄阳向洛阳。”[①]如此流利跌宕！这首诗写在唐代宗宝应二年（公元763年）的春天，那时候老杜已经年逾五十。就在前一年，唐军刚刚在洛阳附近的横水打了一个大胜仗，把洛阳和现在的郑州、开封几个重镇纷纷收复，紧接着的763年正月，叛军头

① 唐·杜甫《闻官军收河南河北》。

领史思明的儿子史朝义因为兵败自杀，很多叛军将领纷纷投降。就在这个时候，杜甫忽然听见了收复失地的消息，“初闻涕泪满衣裳”。生命经历了这么多蹉跎，终于江山收复了，这一句“初闻涕泪满衣裳”，不必吞声哭了，可以纵声号啕，喜极而泣。

一个书生的喜悦是什么呢？“漫卷诗书喜欲狂”。妻儿欢欣，能回老家了，要从远远的剑门之外回去了，这个时候五十二岁的杜甫说出“白日放歌须纵酒，青春作伴好还乡”。这个青青的春色对他来讲，是伴随他回乡的春天。接下来诗中连用四个地名，从巴峡穿巫峡，从襄阳到洛阳，一笔带过，跑马千里，这还不是生平第一快事吗？这也是发生在一个春天。

一个一个春天走过去，收复失地的欢喜过去之后，才发现江山的繁华终于不在。这个时候杜甫在江南，暮春时节，遇到了一个老友——著名的宫廷乐师李龟年△。杜甫的《江南逢李龟年》：“岐王宅里寻常见，崔九堂前几度闻。正是江南好风景，落花时节又逢君。”这首诗写得很淡，淡如尘埃落定之后，不易察觉的一声叹息。李龟年，开元盛世时最负盛名的音乐家，也是歌手，相传《霓裳羽衣曲》△△就出自他的手笔。最早与李龟年相遇的时候，杜甫是一位“开口咏凤凰”的倜傥少年。而当年的盛唐社会，“忆昔开元全盛日，小邑犹藏万家室。”①那时候的王公贵族都爱好文

① 忆昔开元全盛日，
小邑犹藏万家室。
稻米流脂粟米白，
公私仓廪俱丰实。
九州道路无豺虎，
远行不劳吉日出。
齐纨鲁缟车班班，
男耕女桑不相失。
宫中圣人奏云门，
天下朋友皆胶漆。
百余年间未灾变，
叔孙礼乐萧何律。
岂闻一绢直万钱，
有田种谷今流血。
洛阳宫殿烧焚尽，
宗庙新除狐兔穴。
伤心不忍问耆旧，
复恐初从乱离说。
小臣鲁钝无所能，
朝廷记识蒙禄秩。
周宣中兴望我皇，
洒血江汉身衰疾。
[唐·杜甫《忆昔二首》（其二）]

△ 李龟年（？—？），唐代宫廷乐师。善歌，又善奏筚篥、羯鼓。玄宗时在梨园供职，曾作《渭州曲》。安史之乱后，流落江南。杜甫有《江南逢李龟年》诗。

△△ 《霓裳羽衣曲》：即《霓裳羽衣舞》，简称《霓裳》。唐代宫廷乐舞，著名法曲。传为开元中西凉节度使杨敬述所献，初名《婆罗门曲》，后经玄宗润色并制歌词，改用此名。

① 新丰绿树起黄埃，
数骑渔阳探使回。
霓裳一曲千峰上，
舞破中原始下来。
[唐·杜牧《过华清宫绝句三首》（其二）]

② 王维（约701—761），唐代诗人、画家。字摩诘。前期写过一些以边塞为题材的诗篇，但其作品以山水诗最为后世所称道。通过对田园山水的描绘，叙写隐逸情趣和佛教禅理，体物精细，状写传神，具有独特成就。诗与孟浩然齐名，并称“王孟”。

③ 杨柳渡头行客稀，
罟师荡桨向临圻。
惟有相思似春色，
江南江北送君归。
[唐·王维《送沈子福之江东》]

艺，经常有各种聚会。杜甫因为很有才华，岐王李范[△]、秘书监崔涤[△△]都很喜欢他，所以岐王宅里，每次聚会他都会去，崔九堂前，就是崔涤那儿，每次集会也少不了他。杜甫与李龟年，一个是诗坛的才子，一个是音乐界的高手，两个人屡屡相见。那是何等风光，何等盛世，何等的少年意气，何等的诗意飞扬！几十年后，他们在江南蓦然重逢。大唐经历了八年安史之乱，从顶峰陡然跌落，“霓裳一曲千峰上，舞破中原始下来。”[①]两人在江南再相逢的时候，满腹心事，当时是什么时节呢？又是暮春落花时。这样的春色，不像杜甫当年在曲江边哀声沉沉时的痛心疾首，也不像杜甫初闻收复失地、漫卷诗书时的欣喜若狂，生命与王朝，终于迎来了凋零时节的片片飞花，一切的悲喜化作了意味悠长的一声招呼，“落花时节又逢君”。落花老去，暮春老去，年华老去，心意老去，而人又相逢。这么多的蹉跎心事，一个人走过了春天。

我们每个人今生还会走过很多个春天。春天是诗情最好的载体，有春草绵绵，有春柳依依，有春鸟啼鸣，有春思辗转。就让我们随着这些诗章，随着这些意象，一路走来。不要觉得它们离我们很远，王维[②]当年曾经给过我们一个誓言，“惟有相思似春色，江南江北送君归。”[③]就让我们相信吧，古人的诗情随着一个一个不朽的春天，江南江北一直相陪相送，只要我们的心中还有这些歌唱和吟诵，每一个春天我们都会有蓬勃的诗情。

△ 李范（？—726），唐睿宗李旦的儿子，唐玄宗李隆基的弟弟，被封为岐王，本名李隆范，后为避李隆基的名讳改为李范。以好学爱才著称，雅善音律。

△△ 崔涤（？—？），在兄弟中排行第九，中书令崔湜的弟弟。玄宗时，曾任殿中监，出入禁中，得玄宗宠幸。

秋思浩荡

秋天有最浓郁的色彩，最丰硕的果实。秋天之后便是严冬，一切都将归于华美之后的寥落，秋天也有最伤感的况味。

我们的生命是可以穿越秋风秋雨去成长的。大地渐近萧瑟，生命趋于凋敝，但是能不能安顿，这是人在流光中的一段自持。人可以伤春，可以悲秋，但所有的春恨秋愁走过之后，我们的心被春花秋月涤荡得宁静宽广。这才是诗词各种意象拂过心灵留下的真正意味。

|引子：怅望千秋一洒泪|

在中国四季分明的北方，如果说春天用了所有花朵和枝叶招摇舒展，向天空致敬，那么秋天就是用了它全部的果实和落叶俯下身来，向大地感恩，并且，心甘情愿，从有到无，用一次彻底的陨落腾空季节，为下轮春风中的从无到有留出足够的生命空白。

如果说春天的花儿是草本的，娇嫩，柔弱，让人怜惜，那么秋天的花儿就是木本的，灿烂，磅礴，让人赞叹。秋光照耀在一树一树的叶子上，把叶子燃烧成花朵，把花朵沉淀成醇酒，铺天盖地，让人陶醉得有些许震撼。

所以，秋天是一个意味深长的季节。

按照中国农耕文明的传统，一年的辛苦劳作要结束了，可以放下手中的农活去张罗些大大小小的人生仪式。很多人婚嫁选在秋天，经商的旅人归家选在秋天，考生赶“秋闱”的科考，也是在秋天的十月左右到达京城。当然还有一些烦恼的事情也发生在这个沉甸甸的季节，比如徭役在秋天的时候很繁重，甚至每一年处决犯人也选在秋天。金秋时节，悲喜交集，难免让人生出很多的感慨。人生逆旅，来来往往，看到这样一个鲜艳的季节在急剧变化，心灵也跟着激荡。

秋天可以看见什么呢？我们从不形容“夏光”或“冬色”，但我们从不吝惜赞叹“秋色”、“秋光”，可见这个季节一直流淌着色彩，闪耀着光芒。

在秋天，草木从早春的鲜嫩，经历了整个酷暑的蓬勃，一直历练到秋天的丰厚、鲜艳。这个时刻，它把最美的状态呈现在天地之间。

但是，马上就要跌入寒冬了。秋天的盛景如此短暂，草木凋零得迫不及待……逝水带走的不只是落叶，还有流光。人生的匆急之感，最容易在秋天激

南宋·法常　《渔村夕照图》（局部）

发。这就是中国传统的“悲秋”。

“悲哉秋之为气也！萧瑟兮草木摇落而变衰。”[①]千古之前，落叶扑簌而下的那个寻常秋天，宋玉[②]的一声悲慨让草木的摇落一直摇到我们肺腑里。关于离别、相思、生命仓促、年华凋零……这样的感慨从宋玉而下，一路悲歌，蔓延千古。以至于杜甫去寻访宋玉故宅的时候还续上那声叹息：“摇落深知宋玉悲，风流儒雅亦吾师。怅望千秋一洒泪，萧条异代不同时。”[③]每到秋风又起，草木摇落的时候，我就会想起宋玉的悲伤。他的吟唱如此深谙秋的况味，他如此风流儒雅，是我未曾谋面的先师。我与他相隔千秋，千秋在我的眼前积聚，一眼望断，落叶迷离，我不禁洒下一掬热泪。千年前宋玉伫立过的那个秋天，一定也曾见过此情此景，一定也有我此时的悲慨。

① 悲哉秋之为气也！萧瑟兮草木摇落而变衰，憭慄兮若在远行，登山临水兮送将归，泬寥兮天高而气清；寂寥兮收潦而水清，憯凄增欷兮薄寒之中人，怆怳懭悢兮，去故而就新，坎廪兮贫士失职而志不平，廓落兮羁旅而无友生。惆怅兮而私自怜。燕翩翩其辞归兮，蝉寂漠而无声。雁廱廱而南游兮，鹍鸡啁哳而悲鸣。独申旦而不寐兮，哀蟋蟀之宵征。时亹亹而过中兮，蹇淹留而无成。
[节选自　先秦·宋玉《九辩》]

② 宋玉（？—？），战国楚辞赋家。后于屈原。作品以《九辩》最为著名。篇中叙述他在政治上不得志的悲伤，流露出抑郁不满的情绪。其余均有争议。

③ 摇落深知宋玉悲，风流儒雅亦吾师。怅望千秋一洒泪，萧条异代不同时。江山故宅空文藻，云雨荒台岂梦思。最是楚宫俱泯灭，舟人指点到今疑。
[唐·杜甫《咏怀古迹五首》（其二）]

草木摇落，岁岁年年，从宋玉到杜甫已经千秋，从杜甫到我们又已千秋。怅望千秋，现在的我们，再见秋风，心中还有热泪随风摇落吗？

|何处合成“愁”，离人心上秋|

诗歌评论家钟嵘△在《诗品·序》里说：“气之动物，物之感人，故摇荡性情，形诸舞咏。”天地之间有气息流转，这些气会在世间万物中流动，比如树，比如草，比如朝阳和弯月，气的流动造就了万物的蓬勃生机；继而，万物的生机感染着人心，使人的情感和心灵获得寄托；人沉浸在万物生机之中，和万物交融，就会“手之舞之，足之蹈之”，写成诗词，歌而咏之。

《离骚》△△称：“日月忽其不淹兮，春与秋其代序，惟草木之零落兮，恐美人之迟暮。”屈原[①]的生命一直在路上，在政治动荡的路上，在

① 屈原（约前340—约前278），战国楚诗人。名平，字原；又自云名正则，字灵均。所作《离骚》自述身世、志趣，指斥统治集团昏庸腐朽，感叹抱负不申。

△ 钟嵘（约468—约518），南朝梁文学批评家。所撰《诗品》，成书于梁天监十二年（公元513年）以后，为诗歌批评专著。

△△《离骚》：《楚辞》篇名。战国楚人屈原作。“离骚”，旧解释为遭忧，也有解作离愁的；近人或解释为牢骚。全篇以自述身世、遭遇、心志为中心。

迁徙流浪的路上，看着春秋轮替，时光在他的眼中跑得比什么都要匆急。草木的凋零，美人的迟暮，都是梦想在时间中的消逝。

昆曲《玉簪记·琴挑》△一折，书生潘必正在一个秋分时节，忽然深夜梦断，出场唱了一支曲子《懒画眉》。“月明云淡露华浓，欹枕愁听四壁蛩△△。”一个人靠在枕上，听见四壁蟋蟀的叫声。“伤秋宋玉赋西风，落叶惊残梦。”睹秋色，听秋声，他也想起了宋玉；残叶落地，啪嗒一声，在寂静的秋夜仿佛惊雷，惊破了他的残梦，所以他披衣起来，要去白云楼下“闲步芳尘数落红”，去细数落红缤纷。让这么多扑簌而下的花瓣，不枉来人间一回。“落红不是无情物，化作春泥更护花”[①]，落红有情，首先在于爱花人有心。

秋叶落，秋花残，秋情深，秋恨起，在这样的时节，为什么人们会如此伤感，如此“悲秋”呢？清代诗人赵翼[②]说得好：“最是秋风管闲事，红他枫叶白人头。”[③]这一句诗何等明快！明快中又有着何等惊心！就是这点秋风，它从人间闲闲走过，枫叶在秋风中老去霜红，黑发在秋风里染成白雪。这个时节，看着转瞬即逝的年华，在眼前越来越美丽，越来越沉郁，步履匆匆，走得越来越急。

词人吴文英[④]说：“何处合成愁？离人心上秋。”[⑤]“忧愁”的“愁”字怎么合起来的？分离的人看秋色，秋色压在心上，愁绪渐起。人间如果没有分离，没有牵挂，单是望着秋色，何

① 浩荡离愁白日斜，
吟鞭东指即天涯。
落红不是无情物，
化作春泥更护花。
[清·龚自珍《己亥杂诗》]

② 赵翼（1727—1814），清代史学家、文学家。字雲崧，一字耘松，号瓯北，江苏阳湖（今常州）人。乾隆进士。所作五、七言诗中，有些作品嘲讽理学，隐寓对时政的某些不满之情。

③ 峭寒催换木棉裘，
倚杖郊原作近游。
最是秋风管闲事，
红他枫叶白人头。
[清·赵翼《野步》]

④ 吴文英（约1212—约1272），南宋词人。字君特，号梦窗、觉翁。其词或表现上层的豪华生活，或抒写颓唐感伤的情绪。讲究字句工丽，音律和谐，并喜堆砌典故词藻。

⑤ 何处合成愁？离人心上秋。纵芭蕉不雨也飕飕。都道晚凉天气好；有明月，怕登楼。　年事梦中休，花空烟水流。燕辞归、客尚淹留。垂柳不萦裙带住，谩长是、系行舟。
[南宋·吴文英《唐多令》]

△ 《玉簪记》：传奇剧本。明代高濂作。道姑陈妙常同书生潘必正冲破礼教教条和道教清规的约束而结合。剧本富于喜剧气氛，人物心理刻画细致，曲词优美。各剧种的《琴挑》、《偷诗》、《秋江》等折子戏，均出于此。

△△ 蛩（qióng）：古书上指蟋蟀。

来那么深的感慨呢？只有离人望秋色，心中才有不安，这一点不安就叫做愁。“纵芭蕉不雨也飕飕。”“秋雨芭蕉”，总让诗人们想起急迫的时光，流逝的年华。但在这个不堪别离的秋天，芭蕉展开它宽大的叶片，即使没有寒雨，也会觉得秋风飕飕，如此急促，如此清寒。“都道晚凉天气好；有明月，怕登楼。”别人都说晚秋的天气多好，但他们都是没有心事的人。有心事的人在光耀的明月之下，怎么敢登楼啊？楼头月色迎着飒飒秋风，人实在担承不起……今天多少哀愁，乍看是起之无端，其实和季节流光若有若无踩过心上的脚步有关。

薄雾浓云愁永昼，瑞脑销金兽。佳节又重阳，玉枕纱厨，半夜凉初透。　　东篱把酒黄昏后，有暗香盈袖。莫道不销魂，帘卷西风，人比黄花瘦。

在一年深秋重阳，李清照写了这首著名的《醉花阴》，寄给在外面做官的丈夫赵明诚。“薄雾浓云愁永昼，瑞脑销金兽”，日子走到九九重阳，薄薄的秋雾已经弥漫，浓云压下来，整个白天不明朗。不明朗的只是天气吗？还有她那颗含愁的心。秋风袭人，闺房中百无聊赖地看着香烟袅袅而起，“佳节又重阳，玉枕纱厨，半夜凉初透。”一个“又”字，是惊觉时光匆匆，还是想起了去年的重阳？词意宛转，只是说天凉了，无论是枕上还是床边的帷帐，都透着一番寒意。那份轻寒，从肌肤一丝一缕透进心里。“东篱把酒黄昏后，有暗香盈袖。莫道不销魂，帘卷西风，人比黄花瘦。”这一个季节把酒独酌或者对饮，袖间漾起菊花的清香。只是形销骨立的美人啊，比秋风里的憔悴黄菊，还要瘦去几分。

这首词寄到丈夫手里，赵明诚赞叹不已，三分心酸，三分激赏，还有三四分自愧不如。他心有不甘，闭门谢客，废寝忘食地按照李清照的韵脚填了五十首词，把李清照这首词也裹在其中，一并交给自己懂诗词的好朋友陆德夫品评。陆德夫把玩良久，思量再三，最后说：“只三句绝佳。”赵明诚追问哪三句，陆德夫道：“莫道不销魂，帘卷西风，人比黄花瘦。”

这是李清照当年的“销魂”，写尽了思念的百折千回。在今天，秋风再起的时候，我们会有这样宛转的心事吗？我们能够体会其中的细腻和曲折吗？一个人的心中真正有过这样的感受，再去读诗词，就会有所不同。有的时候，你会觉得她写的那个情景惟妙惟肖，因为你曾经经历过，就像我们有时候走在路上，隐隐地听到邻人唱歌，蓦然心惊——他唱的正是我们心里面哼的那个曲调。在诗词歌赋中，往往都会有这样让我们瞠目结舌的一瞬：这写的不就是我曾经那一刻的心境吗？

多情哪堪清秋节

每一个人的人生都在路上，只不过路上的境况不大相同。南唐降臣柳宜的儿子柳永[①]，纵使才情逼人，却坎坷落魄，求取功名屡屡不得。自许“忍把浮名，换了浅斟低唱”[②]，“才子词人，自是白衣卿相”，不想狷介狂言惹烦了宋仁宗，果真在科举中把他黜落了：“且去浅斟低唱，何要浮名？”从此，潦倒的柳永自称“奉旨填词柳三变”。

这样一个多情才子，一生走过多少心上留痕的清秋节，我们随他一路走过，还能有所体会、获得共鸣吗？柳永在仕途失意，离开汴京，跟恋人依依惜别时，写下了这首著名的《雨霖铃》：

寒蝉凄切，对长亭晚，骤雨初歇。都门帐饮无绪，留恋处、兰舟催发。执手相看泪眼，竟无语凝噎。念去去、千里烟波，暮霭沉

① 柳永（约987—约1053），北宋词人。原名三变，字景庄。后改名永，字耆卿，排行第七，崇安（今福建武夷山市）人。其词多描绘城市风光和歌妓生活，尤长于抒写羁旅行役之情。

② 黄金榜上，偶失龙头望。明代暂遗贤，如何向。未遂风云便，争不恣狂荡。何须论得丧。才子词人，自是白衣卿相。　烟花巷陌，依约丹青屏障。幸有意中人，堪寻访。且恁偎红倚翠，风流事、平生畅。青春都一饷。忍把浮名，换了浅斟低唱。[北宋·柳永《鹤冲天》]

沉楚天阔。　　多情自古伤离别，更那堪冷落清秋节！今宵酒醒何处？杨柳岸、晓风残月。此去经年，应是良辰好景虚设。便纵有千种风情，更与何人说？

这首词的开篇，短短三句，意象密集："寒蝉凄切，对长亭晚，骤雨初歇。"看他写的意象：第一句，写声音，蝉声叫得很冷，叫出了一份凄切。第二句写时间，写眼前的长亭走到了尽头，人要离别了，太阳也走到了尽头，一日将尽了。第三句写氛围，骤雨时，两个人都希望雨再久一些再大一些，分别的时间就可以再晚一些，但雨终于停了，人不得不上路。空气中到处都是湿润的，人心也湿漉漉的。雨后的这一个瞬间，最让人感伤，让心纷乱。那就再喝一杯酒吧！可是，两个人的心都想着真的要分别了，无情无绪，"都门帐饮无绪，留恋处、兰舟催发"，在两个人茫然相对、在两心依恋到最深的时候，船夫在催了："上船吧，再不走就赶不到下一个地方了。"这一刻的"催发"，催得人肝肠寸断。"执手相看泪眼，竟无语凝噎"，双手相握，泪眼相对，两心相依，还有什么话能说得出呢？说眷恋吗？眷恋也要走。说保重吗？对方又不在自己身边。说珍惜吗？为什么今天还是要远离？说重逢吗？重逢又不知归期。说什么样的话其实都不如"无语"，话、泪一切都在"凝噎"二字中，噎在了喉头，噎在了心头。在这个分别的时刻，两个人没有说话，只有蝉鸣和船夫的催促。其实，我们从诗词的节奏上来讲，读到"竟无语凝噎"，人真的好像是跟着他们哽咽了，觉得这首词走到这里走得很生涩，走得不流畅，跌宕到这里似乎就动不了了。但再往下念，"念去去、千里烟波，暮霭沉沉楚天阔"，突然之间词句开阔，境界疏朗了。走吧走吧，纵使前方千里烟波，水阔天高，纵使迷失了自己也要往前走出这一步。

接下来他吟出了千古名句："多情自古伤离别，更那堪冷落清秋节！"

在这一笔中，“清秋”的意义被点破。秋天是归来的季节，果实累累，红叶沉沉，人心更多眷恋，更渴望温暖，更希望守在家园。但这个秋天恰恰是分别的季节，让多情的心如何担承？一句“更那堪”，时间仿佛裂了个大洞，离别后独自醉酒，醒来后，置身何处呢？“今宵酒醒何处？杨柳岸、晓风残月。”自己已在摇摇晃晃的船上，依稀看到了杨柳岸边，晓风袭来，残月当空。这一问一答中间的迟疑犹豫，就像一段空白，从离别的长亭到酒醒的杨柳岸，地点忽然变幻了，身边的人儿已不在眼前，眼前唯有凄寒晓风，凋残明月。“此去经年，应是良辰好景虚设。便纵有千种风情，更与何人说？”心中有情有恋，但是人已远，即使眼前有美景，与谁共赏？与谁言说？

柳永的这首词千古不朽，写尽了清秋况味，写尽了离别一瞬所有的无语。自他之后，每逢离别，多少人会在心中默念这首词，体味它的凄切和宛转。《吹剑录》△记载了一个故事：以苏东坡的身份和才学，心中对“奉旨填词”的柳三变还有一点点不甘，有一天他问一个真正善歌之人：“我的词比柳七的如何啊？”回答的人说得真是妙：“柳郎中词只合十七八女郎，执红牙板，歌‘杨柳岸、晓风残月’。”你想想这番情景：十七八岁、青春貌美、已解风情、已品味过爱恋和离别的女孩子，拿着红牙板，缠绵悱恻地唱着最著名的离别词，倒也醉人。这人又说，学士你的词“须关西大汉，抱铜琵琶，执铁绰板，唱‘大江东去’。”由此我们就能看到北宋时豪放派和婉约派的区别，这种区别在词的创作中一直沿袭下来。

对潇潇暮雨洒江天，一番洗清秋。渐霜风凄紧，关河冷落，残照当楼。是

△《吹剑录》：笔记。南宋俞文豹撰。内容多评论史事、诗文，以及其他考证，对时政之弊端也有所揭露。

处红衰翠减，苒苒物华休。惟有长江水，无语东流。　　不忍登高临远，望故乡渺邈，归思难收。叹年来踪迹，何事苦淹留？想佳人妆楼颙望△，误几回、天际识归舟。争知我，倚栏干处，正恁凝愁！

这是柳永另一首著名的词《八声甘州》，还是清秋这等天气，但不同于《雨霖铃》的“对长亭晚”，这一次它对的又是什么呢？

“对潇潇暮雨洒江天，一番洗清秋。渐霜风凄紧，关河冷落，残照当楼。”一个人独在楼头，眼前天上是潇潇暮雨，整个铺天盖地洒下来，冲刷着人间的清秋季节。秋风秋雨愁煞人，秋风紧，秋雨飞，一番洗沥之后，满目寥落景象，“渐霜风凄紧，关河冷落，残照当楼”。这个“渐”字用得好，渐渐地逼紧了。放眼远望，是雨停之后的关河冷落，是雨后的斜阳残照倾洒在楼头。随着霜风，远处的长江，远处的关河、残照都凝聚于一点，凝定于柳永所在的楼头。随着视线的凝聚，让眼前的景物看得更仔细了，心也跟着起了震颤，“是处红衰翠减，苒苒物华休。惟有长江水，无语东流。”这个时候，红衰了，翠减了，花落了，叶残了，原本茂盛、蓬勃的草木经历一场秋雨，就走向了衰败，何况人心？有些心事也走向了它的结局。就在这一刻，人还能说什么呢？这一刻，诗人无语，长江无语，所有的心事都付东流水，古今的沧桑都随江水滔滔流去。

长江东流终入海，清秋过后是寒冬，秋天是起程回家的季节，冬天是在家休养的季节。动物会冬眠，人也需要休养生息，北方的老百姓有一个词叫“猫冬”，冬天已经冷得不能再出去干活了，就在家里面猫着一份安顿。但是那些客子呢？“不忍登高临远，望故乡渺邈，归思难收。”人在旅途，还在漂泊着，“红尘犹有未归人”，在这一刻登楼，人往远处看能看见家乡吗？看不

△ 颙（yóng）望：仰望。

见，故乡渺邈，但思归的心却再也收不回来。“叹年来踪迹，何事苦淹留？”这句话说得好！其实，今天的人都应该问问自己“何事苦淹留”。有人想做官，就漂泊在宦游的路上；有人想挣钱，就漂泊在经商的路上。我们每一个人都在路上，都匆匆忙忙，可这些年忙的是什么？得到了什么？悟到了什么？究竟有什么样重要的理由，让我们的心一直留在这段路上，不得回家？“何事苦淹留？”柳永这一句问自己，就看见了那一端等着的人，“想佳人妆楼颙望，误几回、天际识归舟。”那远方，在思绪的另一端，佳人坐在妆楼上，也像诗人这样远眺着，一次一次地看着天边归舟，暗念“这应该是我家良人归来了吧”。但是船到了，却是别家的旅人。再一艘归舟，应该是他了吧？到了，还不是。柳永说：我在这端想着，真不知道你认错了多少回归舟。但是你别怪我无情，你难道不知道我此刻也和你一样，“倚栏干处，正恁凝愁”？这一端楼头，那一端楼头，同一个时分遥遥相对，这就是清秋寥落的时节，心上秋风叠成的一个“愁”。

旷达的苏东坡很佩服柳永这首词，他评价“渐霜风凄紧，关河冷落，残照当楼”三句是“不减唐人高处”。读柳永这首词，我们想一想这种悲哉之秋气，弥漫于宇宙，积郁于楼头，压在沉沉的一颗心上。虽然柳永是婉约派的代表，但这种悲秋的意境，依旧壮观辽阔。实际上，在我们的生活中，即使有着分离，有着伤感，有着低落，但我们的心开阔，我们的伤感和低落，就不会变成一味的怨天尤人，而是变成生命中旺盛的一部分力量，让我们成长，迈过低潮，走向辽阔。

绿荷凝恨背西风（秋之意象之一）

这样的清秋一次一次地远离，又一次一次地走近，岁岁年年。晏殊[①]

① 晏殊（991—1055），北宋词人。字同叔，抚州临川（今江西抚州）人。景德中赐同进士出身。其词擅长小令，多表现诗酒生活和悠闲情致，语言婉丽，颇受南唐冯延巳的影响。

也曾经站在这样的清秋里——

槛菊愁烟兰泣露，罗幕轻寒，燕子双飞去。明月不谙离恨苦，斜光到晓穿朱户。　　昨夜西风凋碧树，独上高楼，望尽天涯路。欲寄彩笺兼尺素，山长水阔知何处！[①]

①北宋·晏殊《蝶恋花》。

“槛菊愁烟兰泣露，罗幕轻寒，燕子双飞去。”看看栏干外的菊花啊，它仿佛淡淡地蒙着那么一点如烟的哀愁；看看兰草上的露珠，像那么一点点隐隐含着的泪滴。这些花都在愁什么？燕子也成双成对地飞走了，只有明月不解人的心事，整夜整夜地把忧伤照亮。“昨夜西风凋碧树，独上高楼，望尽天涯路。”人在天涯，梦在天涯，望断的还有心中那些不肯罢休的心事。孑然一身，独立高楼，想要把自己的心意托付在信笺之中寄出去，但是水阔山长，又能寄到哪里去呢？

在这样清秋寥落的时节，一代一代人的心事，真的停歇了吗？寄不出去，人就不再写下来吗？总会有那样一些不甘的人，一次一次地把心事落在纸上。又在一个清秋时节，晏殊的公子晏几道接着写——

红叶黄花秋意晚，千里念行客。飞云过尽，归鸿无信，何处寄书得？　　泪弹不尽当窗滴，就砚旋研墨。渐写到别来，此情深处，红笺为无色。[②]

②北宋·晏几道《思远人》。

忧伤是代代兴起的，不是说老人经历了告诉孩子得豁达一点，孩子就不再起新愁。天不老，情难绝，只要有青春，就会有爱恋；只要有别离，就会有相思；只要有心意，就一定会有那些寄不出去的情书。“红叶黄花秋意晚，千里念行客。飞云过尽，归鸿无信，何处寄书得？”云走过，雁归来，都没有带来远方人的情书。即使无音无信，我也止不住要把心迹落在纸上，哪怕永远也寄不出。“泪弹不尽当窗滴，就砚旋研墨。渐写到别来”。眼泪一滴一滴地下来，一直都停不住，索性就着这些泪水研磨，写这寄不出去的情书，慢慢写下分别后的心事。写到情深处怎么样呢？“此情深处，红笺为无色。”红色的笺纸，都被泪水浸透了，冲淡了，变得没了颜色。这些词章映着秋色，情深几许！

古人云“人生自是有情痴，此恨不关风与月”[①]。他们心中的那些痴情，那些无法投递的书信，一点一点地留下来，积累成了万古诗情。他们要抓住一些意象，落在红笺之上。

哪几个意象属于清秋呢？先来说荷叶。

宋代的秦少游曾经问荷叶：“绿荷多少夕阳中。知为阿谁凝恨、背西风。”[②]这么多的荷叶是为谁凝恨，为什么你要背对西风呢？在他之前，唐代的杜牧也曾经说：“多少绿荷相倚恨，一时回首背西风。”[③]写得活灵活现！大家想一想，我们都见过这个画面：哗啦啦，一阵西风起，大片的荷叶被翻转过来，仿佛一下子背过身。仅仅在刚才，它们还带着安详的眷恋，厮磨偎依在一起，西风乍起，它们的心中，含着多少隐恨，却不得不无奈地躲避那不可逃避的秋寒，还有那接下来的残败！

秋天让荷叶无奈到什么地步？来鹄[④]写秋天荷叶的残破，更是刻画入微：“一夜绿荷霜剪破，赚他秋雨不成珠。”[⑤]原来在盛夏的时候，有很多人折下荷叶当伞，因为它很大、很圆。露珠一掉在它的茸毛上，就变成圆圆的一颗颗小珍珠，在荷叶上跌宕，跳跃。但是秋风

① 尊前拟把归期说，欲语春容先惨咽。人生自是有情痴，此恨不关风与月。　离歌且莫翻新阕，一曲能教肠寸结。直须看尽洛城花，始共春风容易别。
[北宋·欧阳修《玉楼春》]

② 行行信马横塘畔。烟水秋平岸。绿荷多少夕阳中。知为阿谁凝恨、背西风。　红妆艇子来何处。荡桨偷相顾。鸳鸯惊起不无愁。柳外一双飞去、却回头。
[北宋·秦观《虞美人》]

③ 两竿落日溪桥上，半缕轻烟柳影中。多少绿荷相倚恨，一时回首背西风。
[唐·杜牧《齐安郡中偶题二首》（其一）]

④ 来鹄（？—约883），唐诗人。又作来鹏，曾自称“乡校小臣”，隐居山泽。其诗多描写旅居愁苦的生活。

⑤ 近来灵鹊语何疏，独凭栏干恨有殊。一夜绿荷霜剪破，赚他秋雨不成珠。
[唐·来鹄《偶题二首》（其一）]

萧瑟，步步紧逼，短短一夜，荷叶就变得枯萎残破了。在最深最冷的秋风里，人们忽然发现早晨的荷叶已经被寒霜剪破了。“赚他秋雨不成珠”，这个时候再落下雨，它还托得住吗？原来周邦彦[①]写的那种“水面清圆，一一风荷举”[②]，现在看不见了……残破的荷叶，不再成珠的秋雨，在来鹄笔下，串联起来，变成新奇的意象。

即使秋荷残破，李商隐仍然对它们深情不减，“秋阴不散霜飞晚，留得枯荷听雨声。”[③]这样的荷叶显然已经托不住那些珍珠了，但留下来听着雨打荷叶也是好的。李商隐是一个多情的人，在“客散酒醒深夜后”[④]，他曾经“更持红烛赏残花”；在秋阴沉沉、霜飞已晚的时节，他仍然有心眷恋，听一段残荷秋雨的缤纷。

春去秋往，人生几度关情事？我还记得我在很小的时候看到李商隐的《暮秋独游曲江》，似懂非懂间，眼泪就下来了。他说：“荷叶生时春恨生，荷叶枯时秋恨成。深知身在情长在，怅望江头江水声。”李商隐是爱荷叶的，当荷叶刚刚生长的时候，他的春恨已经跟着荷叶生发了。当荷叶枯萎凋零的时候，他的秋恨已经在心中酝酿深沉了。此身常在，深情常在，这样的苦恨他挣脱不去，只有岁岁年年怅望江头江水声。人生有限时光，无限深情，如何担待得起呢？

李商隐过得很苦，但李商隐过得很值。我们今天想起来他那么多的《无题》，我们今天默默吟诵起他的《锦瑟》，多少心事都在春秋涤荡中传给了千秋万代。

深情的还有中主李璟，他说“菡萏△香销翠叶残，西风愁起绿波间”。荷花凋败了，碧叶跟着也残破了。就是从这样的荷塘之中，

① 周邦彦（1056—1121），北宋词人。字美成，号清真居士，钱塘（今浙江杭州）人。作品多写闺情、羁旅，也有咏物之作。格律谨严，语言典丽精雅，长调尤善铺叙。

② 燎沉香，消溽暑。鸟雀呼晴，侵晓窥檐语。叶上初阳干宿雨，水面清圆，一一风荷举。　故乡遥，何日去？家住吴门，久作长安旅。五月渔郎相忆否？小楫轻舟，梦入芙蓉浦。［北宋·周邦彦《苏幕遮》］

③ 竹坞无尘水槛清，相思迢递隔重城。秋阴不散霜飞晚，留得枯荷听雨声。［唐·李商隐《宿骆氏亭寄怀崔雍崔衮》］

④ 寻芳不觉醉流霞，倚树沉眠日已斜。客散酒醒深夜后，更持红烛赏残花。［唐·李商隐《花下醉》］

△ 菡萏（hàndàn）：荷花。

清·恽寿平　《花隝夕阳图》

泛起了一片愁风愁雨。“还与韶光共憔悴，不堪看。”韶光中是谁老去？看得见的是秋荷，看不见的是人生。看得见的是秋风凋谢了碧叶，看不见的是年华老去了的心情。在隐隐的韶光深处，伤情者心有不甘，心有眷恋。“细雨梦回鸡塞远，小楼吹彻玉笙寒。”又是一个不眠长夜，只有将心事托付给清寒的笙笛。这一夜，楼头的笙管，吹给谁听？“多少泪珠何限恨，倚栏干。”寒意沉沉，独自凭栏，放眼秋水秋风，静对年华默默走远。

就是这样一片荷叶，从绿荷葱郁，到残荷败叶，它前世今生的轮回，能够寄托多少秋意？找到诗词中的这种意象，你就会觉得千古秋风还会拂开今天匆忙的日子，千古诗意从来没有离开过你。

|万叶秋声里，千家落照时（秋之意象之二）|

还有一种意象是秋声。

张炎[1]说：“只有一枝梧叶，不知多少秋声！”[2]雨打梧桐点点愁，这是一种秋声。清人王士禛[3]说：“晚趁寒潮渡江去，满林黄

① 张炎（1248—1314后），南宋词人，词论家。字叔夏，号玉田、乐笑翁。临安（今浙江杭州）人。其词用字工巧，追求典雅，早年多反映优游生活，宋亡后则多追怀往昔、抒写哀怨之作。

② 候蛩凄断，人语西风岸。月落沙平江似练，望尽芦花无雁。　暗教愁损兰成，可怜夜夜关情。只有一枝梧叶，不知多少秋声！
[南宋·张炎《清平乐》]

③ 王士禛（1634—1711），清文学家。字子真，一字贻上，号阮亭、渔洋山人。早年所作清丽澄淡，中年转为苍劲，诸体兼擅，而尤工七绝。又以余力为词与古文，亦获时名。

叶雁声多。”[①]黄叶雁声，也是一种秋声。清人宋琬[②]说：“山色浅深随夕照，江流日夜变秋声。”[③]江流日夜，江水打出来的声音会变吗？如果你用心分辨，四季都有它的表情。四季的声音表情达意各不相同。

温庭筠说得最好：“玉炉香，红蜡泪，偏照画堂秋思。”[④]眼前有炉香袅袅升起，有蜡泪滴滴垂下，一处秋思托付在近处的两个景物上。“眉翠薄，鬓云残，夜长衾枕寒。”眉上点翠妆薄，鬓云已乱，不妨睡觉去吧，但是，秋意浸润，漫漫长夜，枕头和锦被都是凄寒彻骨的，长夜无眠。“梧桐树，三更雨，不道离情正苦。一叶叶，一声声，空阶滴到明。”一叶叶，一声声，只有愁深似海的人才能一点一点地听见，也只有愁深似海的人才能一声声地数到天明。所以，元代小令里说：“一声梧叶一声秋，一点芭蕉一点愁，

① 吴头楚尾路如何？烟雨秋深暗白波。晚趁寒潮渡江去，满林黄叶雁声多。［清·王士禛《江上二首》（其一）］

② 宋琬（1614—1674）明末清初诗人。字玉叔，号荔裳、无今。一生以诗著称，多抚时感物之作，情调凄清跌宕。与施闰章齐名，有“南施北宋”之称。

③ 塞鸿犹未到芜城，载酒登楼雨乍晴。山色浅深随夕照，江流日夜变秋声。上方钟磬疏林满，十里笙歌画舫明。空负黄花羞短发，寒衣三浣客心惊。［清·宋琬《九日同姜如农王西樵程穆倩诸君登慧光阁》］

④ 玉炉香，红蜡泪，偏照画堂秋思。眉翠薄，鬓云残，夜长衾枕寒。　梧桐树，三更雨，不道离情正苦。一叶叶，一声声，空阶滴到明。［唐·温庭筠《更漏子》］

三更归梦三更后。”[①]这一点梧桐，打出来的秋意就多了一分；那一声芭蕉，激荡的心中愁思又多了一点。三更不寐之后，就是因为这样的秋声让人意乱心烦……

如今的都市，秋声少了，失眠的人却多了。失去理由的神经衰弱，让我们的烦恼失去了诗意。

秋天里还有什么意象呢？再去看一看秋风落照。

秋日里，很少有人写到朝霞，但是千古风流，太多诗人咏叹斜照。杜甫写《秋野》[②]：“远岸秋沙白，连山晚照红。”秋山晚照，壮阔辽远而又明艳惊心。钱起[③]说：“万叶秋声里，千家落照时。”[④]家家的门里都有故事，人人宁静的表情背后，都隐匿着不为人知的心情。秋风晚照，把千家故事，万般心情都带出来了。“萧萧远树疏林外，一半秋山带夕阳。”[⑤]心事无语，托付给秋山夕阳。“梅妻鹤子”的林逋[⑥]写过“秋景有时飞独鸟，夕阳无事起寒烟”[⑦]，这样的寂寥秋景，一只孤单的鸟在浩荡长天中飞过，何等萧瑟，何等寂寞？夕阳残照，光影氤氲，如寒烟袅袅升起……夕阳下的这一刻缭乱，不是勾起人无限心事吗？

多少怀古伤情，抚今追昔，故国之悲、黍离之痛，都和秋意的夕阳残照、空山寂寂融合在一起。印证人生，喟叹历史，所有这一切的感受，都借着

① 一声梧叶一声秋，一点芭蕉一点愁，三更归梦三更后。落灯花，棋未收，叹新丰孤馆人留。枕上十年事，江南二老忧，都到心头。
[元·徐再思《双调·水仙子·夜雨》]

② 远岸秋沙白，连山晚照红。
潜鳞输骇浪，归翼会高风。
砧响家家发，樵声个个同。
飞霜任青女，赐被隔南宫。
[唐·杜甫《秋野五首》（其四）]

③ 钱起（约720—约782），唐诗人。字仲文，吴兴（今浙江湖州）人。诗以五言为主，多送别酬赠之作，应试时所作《湘灵鼓瑟》诗，颇为世所称。

④ 平津东阁在，别是竹林期。
万叶秋声里，千家落照时。
门随深巷静，窗过远钟迟。
客位苔生处，依然又赋诗。
[唐·钱起《题苏公林亭》]

⑤ 岸阔樯稀波渺茫，独凭危槛思何长。
萧萧远树疏林外，一半秋山带夕阳。
[北宋·寇準《书河上亭壁》]

⑥ 林逋（967—1029），北宋诗人。字君复。性恬淡，隐居西湖孤山，种梅养鹤，终身不仕，也不婚娶，故有“梅妻鹤子”之称，卒谥和靖先生。其诗风格淡远，内容多反映隐逸生活和闲适心情。“疏影横斜水清浅，暗香浮动月黄昏”（《山园小梅》）诗句颇有名。

⑦ 底处凭栏思眇然，孤山塔后阁西偏。
阴沉画轴林间寺，零落棋枰葑上田。
秋景有时飞独鸟，夕阳无事起寒烟。
迟留更爱吾庐近，只待重来看雪天。
[北宋·林逋《孤山寺端上人房写望》]

这些萧瑟的意象，一一地流露出来。

天妒英才，诗人王勃[①]只活了二十七岁。他曾经写过一首五绝《山中》[②]，寥寥二十字，写尽了“悲秋”。这首诗起笔就很凝重，“长江悲已滞”，五个字力道千钧。长江水万古东流，但在王勃眼前，长江水流已经几近凝滞了。为什么呢？一个字道出了全部理由：“悲”。因为他的悲伤，原本浩荡壮阔的长江水似乎托不动了，步履缓慢。为什么会“悲”？因为“万里念将归”。这句的“万里”，有着双重意味。一重指万里游子，一重指万里长江。一般的诗词起笔柔和，渐渐地一层一层晕染，到了结尾的时候才见浓墨重彩。这首诗起笔的两句，少年意气，恣肆磅礴，一首五绝二十个字，前面十个字如此壮观，后一半怎么样才接得住？接下来的两句却极为轻盈：“况属高风晚，山山黄叶飞。”诗人再放眼望出去，高山晚秋，扑扑簌簌，黄叶纷飞，漫山遍野。这是多么鲜明的对比！长江水本身是流动的，因为思情而阻滞，树木本身是静默的；因为思情而黄叶纷飞。这个秋深时节，只有在王勃的笔下，才能呼应成这样奇特的情景。

在秋风中思归的还有老杜。客居夔州[△]，九月九日登高的日子，杜甫写下这样的句子：“重阳独酌杯中酒，抱病起登江上台。”[③]这已是杜甫的晚年，已经快要到“潦倒新停浊酒杯”的时候了，但重阳节是登高饮酒赏菊的节日，他仍然勉强地喝了一杯，抱病强起去登台。“竹叶于人既无分，菊花从此不须开。”这里的“竹叶”指的是好酒竹叶青。杜甫的身体不好，实际上已经不能再喝了，酒

① 王勃（649或650—675或676），唐代文学家。字子安，绛州龙门(今山西河津)人。少时即显露才华。与杨炯、卢照邻、骆宾王以文辞齐名，并称“王杨卢骆”，亦称“初唐四杰”。其诗长于五律，偏于描写个人经历，多思乡怀人、酬赠往还之作，风格较为清新流丽。

② 长江悲已滞，
万里念将归。
况属高风晚，
山山黄叶飞。
［唐·王勃《山中》］

③ 重阳独酌杯中酒，
抱病起登江上台。
竹叶于人既无分，
菊花从此不须开。
殊方日落玄猿哭，
旧国霜前白雁来。
弟妹萧条各何在，
干戈衰谢两相催！
［唐·杜甫《九日》］

△ 夔（kuí）州：旧府名，府治在今重庆奉节。

必须得停下来。消愁之物都没了！竹叶青既然与他的生命没了缘分，那么菊花也不须再开了。他的日子里不再有酒，他的眼前不再有花，一切寥落了。“殊方日落玄猿哭，旧国霜前白雁来。”玄猿是黑猿，白雁又似雪，一黑一白形成鲜明的对比。诗人身在远方，听见猿声哀哀啼鸣；如此冷落的深秋，北方的雁都飞往南边了，似曾相识雁归来，那只飞来的白雁是从故乡来的吗？可曾带来了家乡亲人的音信？重阳本来是亲人团聚的日子，但现在自己流落在异乡，弟弟妹妹们又都在何方？“弟妹萧条各何在，干戈衰谢两相催！”不知道亲人何在，战争催老了年华，秋意逼老了生命。这种“两相催”，这样的寂寞晚境，让一个老病之躯何以担当？读这首诗，我们想一想，杜甫的心是何等的百转千回。

还是在夔州，杜甫写过著名的《秋兴八首》①。第一首一开始就很伤感，“玉露凋伤枫树林，巫山巫峡气萧森。”“凋伤”二字，用意极重，起笔写得气冷萧瑟。寒露晶莹剔透，但是它的冷气一点一点地把成片的红枫树林都伤残了；整个的巫山巫峡，秋气萧森。前一句极小，相当于今天的特写，眼前尽是伤残的枫叶；后一句极大，相当于今天的全景，从枫叶到巫山巫峡，视线的转换何等跌宕。再看“江间波浪兼天涌”，波浪随着江水的翻滚，一点一点地升上去，涌到了天边，再从天边一点一点落回来；“塞上风云接地阴”，天上的寒风连接着阴冷的地气，天地一体。前一句，从眼前推到了远方，后一句从地上看到了天边，再从天边回到了地上。波浪滔天，风云匝地，萧瑟秋光充塞巫山巫峡。千锤百炼始成老杜诗，只有杜甫的诗，才有这么大的气势，使秋景之悲，悲得辽阔，

① 玉露凋伤枫树林，
巫山巫峡气萧森。
江间波浪兼天涌，
塞上风云接地阴。
丛菊两开他日泪，
孤舟一系故园心。
寒衣处处催刀尺，
白帝城高急暮砧。
［唐·杜甫《秋兴八首》（其一）］

悲得苍茫。“从菊两开他日泪，孤舟一系故园心。”他在这个地方已经羁留了两年，眼里看着那些菊花开了两度，伴随他度过流浪岁月的，只有一叶孤舟，他身在此际，心在远方，穿过距离的隔绝，一直系在故乡那儿。“寒衣处处催刀尺，白帝城高急暮砧。”秋意真的是太深了，家家都开始准备寒衣，拿出尺子剪子裁剪更厚的衣服。捣衣砧上洗衣服的声音，如此多，如此密，隔着江面，从对岸的白帝城中传过来。年光就在漂泊中这样老去。杜甫曾经写过“岁暮阴阳催短景，天涯霜雪霁寒宵”[①]。到了秋已深，冬已近的时候，人就会觉得阴阳交叠，白天越来越短，夜晚越来越长，这叫“催短景”。而人在天涯，心在天涯，时在岁末，天涯、霜雪、寒宵，世界的冷、距离的冷、时间的冷，重重叠叠，直逼心上。

《秋兴八首》写在大历元年（公元766年）的秋天，杜甫滞留在夔州。这个时候，老杜五十五岁，蜀地战乱不息，他自己晚年多病，知交零落，壮志难酬。在心境最寂寞、最抑郁的时候，他在那个不朽的秋天，写出了八首七律。这八首诗是一个完整的乐章，缠绵连属，又各自成篇。凄清的秋色秋声，映衬了暮年抱病漂泊的境况，还有不忘社稷江山的衷情，这一切编织出独属于老杜的《秋兴》，成为中国诗歌史上律诗的巅峰之作。

秋色天涯：寂寂江山摇落处

走过了杜甫的秋天，我们再来看看刘长卿[②]的秋天。

秋景秋思，总是寄寓在某些载体上。比如看到江山胜迹，想到千载以前也有类似的生命，诗心怦然，油然产生惺惺相惜之感。

① 岁暮阴阳催短景，
天涯霜雪霁寒宵。
五更鼓角声悲壮，
三峡星河影动摇。
野哭千家闻战伐，
夷歌数处起渔樵。
卧龙跃马终黄土，
人事音书漫寂寥。
［唐·杜甫《阁夜》］

② 刘长卿（？—约789），唐诗人。字文房，河间（今属河北）人。天宝进士。诗多写仕途失意之感，也有反映离乱之作，善于描绘自然景物。风格简淡。长于五言，称为“五言长城”。

三年谪宦此栖迟，万古惟留楚客悲。
秋草独寻人去后，寒林空见日斜时。
汉文有道恩犹薄，湘水无情吊岂知？
寂寂江山摇落处，怜君何事到天涯！[①]

① 唐·刘长卿《长沙过贾谊宅》。

刘长卿的一生也不顺利，不断地经历贬谪。第一次，唐肃宗至德三年（公元758年），从苏州贬到现在的广东茂名。第二次，唐代宗大历八年（公元773年）至大历十二年（公元777年）间，从淮西被贬到睦州做司马。这首诗写在他第一次被贬之后，从贬谪地返回长安，路过长沙。那是秋冬之交的时候，刘长卿寻访贾谊[△]的故宅，想到了贾谊为终生不得大用，抑郁而终。类似的经历让他伤今悼古，感慨万千，写下了这首诗。

贾谊才高八斗，也有济世之心，但壮志和才华一直不得施展，在长沙做了三年长沙王的太傅，是他一生最伤情的时候。“三年谪宦此栖迟，万古惟留楚客悲。”贾谊住在长沙仅有三年，住的时间不长，但是到了今天，大家还在说着那段往事，说着贾谊的悲伤。“秋草独寻人去后，寒林空见日斜时。”在长沙寻访贾谊的踪迹，人已远去千古，只剩下秋草茂密，寒林暮日。当年，贾谊也是怀才不遇，但他遇上的还是明君贤主——西汉历史上以“文景之治”著名的汉文帝，“汉文有道恩犹薄”，他生逢明君，生逢盛世，又能如何呢？不是君无道，而是“恩犹薄”，明君不把他的赏识给贾谊。李商隐曾经悲叹“可怜夜半虚前席，不问苍生问鬼神”[②]。汉文帝曾经欣赏过贾谊，

② 宣室求贤访逐臣，贾生才调更无伦。可怜夜半虚前席，不问苍生问鬼神。［唐·李商隐《贾生》］

△ 贾谊（前200—前168），西汉政论家、文学家。

把贾谊召进宫，促膝畅谈，但问的不是国家大事、天下民生，而是鬼神之事，虚无缥缈，让贾谊的满腹治国之策无法言说，不得施展。刘长卿也一样悲叹，“汉文有道恩犹薄，湘水无情吊岂知？”今天他在这里凭吊贾谊，贾谊就能知道吗？湘水凄寒，远隔千载，能把他这份心意真正地传给贾谊吗？古人不见今人悲，今人多情吊古人，只因为相同的身世不断重复上演，相似的悲慨回响在一个又一个秋天。“寂寂江山摇落处，怜君何事到天涯！”寂寂江山，清秋摇落，如果贾生地下有知，一定要问我：你为什么要到长沙这个荒凉的地方来呢？最后这句话，托贾生之口，对自己发问，一个“怜”字，道尽忧伤。

有的时候，江山千古，甚至不需要想起哪个人的名字。刘禹锡有一首《西塞山怀古》，写的也是秋色秋景。当时，刘禹锡从夔州刺史调任和州刺史，乘船沿江东下，面对浩荡长江，透过历史的烽烟，想起兴衰往事。

王濬楼船下益州，金陵王气黯然收。
千寻铁锁沉江底，一片降幡出石头。
人世几回伤往事，山形依旧枕寒流。
今逢四海为家日，故垒萧萧芦荻秋。

当年，晋武帝令他手下大将王濬，带着高高的战船，从四川益州直下东吴。东吴的将领把一个个大铁锤沉到江底，用铁链连接，企图锁断长江，不料王濬一把大火烧断了所有铁链，直下东吴，轻取金陵。楼船远远扑来，东南兴盛之地、曾经的金陵古都，王气黯然沉默；千寻铁锁沉到了江底，一片降幡在石头城上飘荡。这样惊心动魄的故事，长江看得太多了。几度秋风，又到了今天。“人世几回伤往事，山形依旧枕寒流。”人生多少悲伤，多少朝代更迭，只有西塞山依旧伴着长江水。人心之中多少兴慨，千回百转，山形不动声色，寒流浩渺。“今逢四海为家日，故垒萧萧芦荻秋。”人在旅途，千古纵目，往日沙场的堡垒如今已荒废在秋风芦荻之中。从这荒凉的景象中，他看见的是江山千古，一如诗人包佶[1]路过金陵时的感慨：“江山不管兴亡事，一任斜阳伴客愁。”[2]这不是个人身世的感伤，而是历史的感伤，境界大了不少。

清秋时节，我们读到一些诗人的作品，了解一些意象，生命中就多了一些朋友。无论是春花满眼，还是秋叶遍地，我们都可以在某一个时分和它们相遇。千古之间，总会有一些错不过的相遇，经历着相同的故事，相同的心情。我们会觉得，冥冥中有一个人懂得自己，虽然他远隔千年。刘长卿觉得，贾谊会跟他说“寂寂江山摇落处，怜君何事到天涯”。而今我们离刘长卿也已经千年，我们又懂得他的心吗？

① 包佶（？—？），唐代诗人。字幼正，润州延陵（今江苏省丹阳市）人。

② 玉树歌终王气收，
雁行高送石城秋。
江山不管兴亡事，
一任斜阳伴客愁。
［唐·包佶《再过金陵》

清·吴石仙　《秋山夕照图》（局部）

以秋风的名义，我们走进这些人的身世。我们去触摸他们心灵上那些深深浅浅的纹路，和纹路背后隐匿的欢喜忧伤。如今这个资讯发达的时代，我们有了心事，会找朋友，会写博客，希望更多人明白自己，其实还有一种可能——懂得我们的人，就藏在诗词中，你一旦翻开，一旦全身心浸入其中，体味到诗的美，体味到诗人之心，那种与古人交流的“懂得”，永不误读，点滴在心。我们的生命，也许因此而不再孤单。

|随意春芳歇，王孙自可留|

清秋不光含着惆怅悲叹，清秋也会有安顿心灵的理由。

王维这样的“诗佛”，少年得意，一生起伏跌宕，最后当到了尚书右丞这样的高官。他经历了安史之乱，经历了太多的风雨沧桑，“一生几许伤心事，不向空门何处销”[①]，他的心事不需要提起，只需要安顿。

在清秋时节，他写给朋友裴迪[②]一首诗，《辋川闲居赠裴秀才迪》[③]。“寒山转苍翠，秋水日潺湲。倚杖柴门外，临风听暮蝉。”山是寒山，在别人眼中是青翠开始凋零，而他看见的是苍翠转深；水是秋水，在别人眼中是凝滞，他看见的是潺湲和从容。人已老去，所以要倚杖在自己的柴门外——“临风听暮蝉”，天已暮，秋已晚，一片山水暮景、寒蝉凄切，王维的心情怎么样？“渡头余落日，墟里上孤烟。”他说他不孤单，看见渡口的落日，看见墟里有孤烟袅袅升起。他的心中有古人相伴，是谁呢？“复值接舆醉，狂歌五柳前。”楚狂接舆是孔子时代的隐士，“五柳先生”就

① 宿昔朱颜成暮齿，
须臾白发变垂髫。
一生几许伤心事，
不向空门何处销。
［唐·王维《叹白发》］

② 裴迪（？—？），唐诗人。关中（今陕西渭河流域一带）人。与王维友善，曾同居终南山，相互唱和。现存诗多为与王维同游辋川所作之五绝，常写幽寂景色，与王维诗风相近。

③ 寒山转苍翠，
秋水日潺湲。
倚杖柴门外，
临风听暮蝉。
渡头余落日，
墟里上孤烟。
复值接舆醉，
狂歌五柳前。
［唐·王维《辋川闲居赠裴秀才迪》］

是大名鼎鼎的陶渊明："先生不知何许人也，不详姓字，宅边有五柳树，因以为号焉。"王维心仪陶渊明风范已久，所以对裴迪说，你就是那楚狂接舆，你的家是五柳村，在这个秋风萧瑟的晚上，我来和你饮酒同醉，和你放声纵歌。有好友共醉，有好友同歌，还有翠山秋水，落日孤烟，这样的心境还不足以安顿吗？

再看王维更小的短章——《山中》[1]。年少的王勃，在山中看见的是"长江悲已滞"，心中念的是"万里念将归"；而已经老去的王维就不同于这番少年游子的壮怀激烈，同题的《山中》，他眼中的景象很小，颜色鲜亮。"荆溪白石出，天寒红叶稀。"这就是他的"诗中有画，画中有诗"，以一个画家的眼光去观察：秋天的水一点一点低下去，水下去了，白色的石头就露了出来；天气冷了，树叶一点点凋零，红叶变得稀落。人走在红叶白石边，觉得"山路元无雨，空翠湿人衣"。本来没有落雨，衣服怎么湿了？秋天的点点寒露，青青雾气，一点一点将人的衣服浸得湿漉漉的。如同我们的生活经验中，在南方晾衣服比北方干得慢，为什么呢？南方空气潮湿，含着水分。我们今天只会去抱怨潮湿，谁会有兴趣知道山路无雨，那空空的翠色含烟，也可以打湿人衣呢？为什么要说身心安顿呢？安顿的时候，人才会觉得生命是有趣的，在仓皇中，什么样的趣味都和生命无缘。

王维有一份安顿，他常在山中，山不再是空旷，不再是寂寞，而是一种欣赏，一种闲适。看看他写的《鸟鸣涧》[2]，"人闲桂花落"，心是怎么闲？闲到枝头桂花那一丁点扑簌的声音，他居然也能察觉，这心还不闲吗？现在，不要说细小的桂花，就是大块的石头坠地，我们的心往往也没有感应。生活把我们的心磨粗糙了，怎么才能在生活的忙碌间

① 荆溪白石出，天寒红叶稀。山路元无雨，空翠湿人衣。［唐·王维《山中》］

② 人闲桂花落，夜静春山空。月出惊山鸟，时鸣春涧中。［唐·王维《鸟鸣涧》］

隙里，养起那份闲心闲情，去听见桂花落地的声音？“夜静春山空”，夜可以有多静？夜安静得让人觉得整个山都空了。真空了吗？鸟儿很敏感，明月出来的时候，居然把它们惊醒了。“月出惊山鸟，时鸣春涧中。”一声、两声，泠泠的鸟鸣声响起来，才知道什么叫“山空”，什么叫“夜静”。

民间做菜有个说法，“要想甜，加点盐”，其实说的就是一丁点反差，就像为了歌曲的流畅，加上半拍休止符。没有鸟鸣的一声两声作对比，空和静还不那么明显，不那么让人陶醉。而这种“空”和“静”，也只有王维才能发现，才能欣赏。因为王维的身心安顿。人心如果不悠闲，不纤细，不从容，他怎么可能看见、听见、体会、欣赏，沉醉在这一切中？

都说王维的诗有深深禅意，其实，这份禅意就是他晚年的心。我们从小就熟悉王维的《山居秋暝》[①]，以前读，最欣赏的是诗中描摹的美景，如今在安顿的意义上重新读，角度又有不同。还是那座空山，还是那个秋天，还有他的明月，还有他的清泉。空山新雨，晚来秋色，明月松峰，清泉白石。这一切千古不改，人在其中，却不孤单。他不光有画家的眼睛，还有音乐家的耳朵，他能听见别人听不到的动静。“竹喧归浣女，莲动下渔舟。”还没有看见人，他就听见竹林里女孩子打闹的嘻嘻哈哈声，就知道那些浣纱的姑娘要回来了。远远地望去，莲叶为什么哗啦啦地动起来了呢？莲叶动，渔舟就要回来了。这样的风情，这样的动与静，在眼前，在身边。“随意春芳歇，王孙自可留。”春天走远就走远吧！怎么那么多人伤春？非得念念不忘停留在春天里，才有蓬勃的生机和希望吗？四季流光涤荡，春天走远，人还可以留在清秋，留在内

① 空山新雨后，
天气晚来秋。
明月松间照，
清泉石上流。
竹喧归浣女，
莲动下渔舟。
随意春芳歇，
王孙自可留。
［唐·王维《山居秋暝》］

心的安宁中。

这是秋天真正的安顿。再往前走，就是一个严冬了，大地如此萧瑟，生命如此易逝，年华不可阻滞地又老了一岁。无论秋与冬，最关键的是人心能不能安顿，人在流光中能不能把持住自己的心，不让心跟着流光漂泊。人可以伤春，可以悲秋，在所有的春恨秋愁走过之后，我们的心能够获得安顿，能够被春花秋月涤荡得宁静宽广，这才是诗词在心灵中留下的真正况味。

| 秋风之约：便引诗情到碧霄 |

我们的生命可以穿越秋光去成长。我们再来跟着一个人走过秋天，这个人就是刘禹锡——疏狂不羁的刘郎。他笔下的《秋风引》说："何处秋风至？萧萧送雁群。朝来入庭树，孤客最先闻。"一首五绝，写出了那个风雨飘摇时节的悲秋。孤客之心，不等秋风摇落，自己敏感的心已自悲情，所以他说，这样的秋风秋叶响起了动静，他比谁都先听见。

这颗敏感的心，可以用一份轻盈在清秋中欣赏美景，他的《望洞庭》[①]写得流利清恬，天真宁静。"湖光秋月两相和，潭面无风镜未磨。"浩荡的洞庭，为什么在他眼中如此风平浪静呢？心静了，才看得见"潭面无风镜未磨"，像一片明镜。如此宁静的地方，"遥望洞庭山水色，白银盘里一青螺。"远远看过去，湖面如白银盘，小小的山包，就像小小的青螺。其实，人心和世相永远是一种相对的关系，人心小了就会觉得世界纷扰庞大，压在心上不堪重负；人心大了，赏世上的山水，不过就是一个精致的小小景观

① 湖光秋月两相和，潭面无风镜未磨。遥望洞庭山水色，白银盘里一青螺。[唐·刘禹锡《望洞庭》]

而已。

秋风涤荡中，心终于走到了真正自我的境界，这就是刘禹锡最广为传唱的《秋词二首》[1]。第一首，他说："自古逢秋悲寂寥，我言秋日胜春朝。"自古而今，一提到秋天，大家都觉得寂寞萧瑟，可他就是要说秋天比春天还好。"晴空一鹤排云上，便引诗情到碧霄。"你没有看见眼前的仙鹤吗？它引着你的诗情一路排云直上，直指碧空云霄啊！我们形容秋天，都会说秋高气爽、天高云淡，你不觉得秋天的天特别高吗？这样的高空，如果没有诗情，人心怎么能够得着？而有了这样的诗心，人又怎能不爱秋天？

第二首他还要说："山明水净夜来霜，数树深红出浅黄。"夜来风霜，对太多人来讲是不堪承受的，但在他看来，山明水净，有秋霜，又何妨？远远地看，那几棵不同的树上，深红浅黄的树叶夹杂在一起，跌宕起伏，参差铺展出一层层趣味，酿就一片次第老去的秋光。"试上高楼清入骨，岂如春色嗾△人狂。"秋天多好啊，他甚至有点不喜欢春天。春天有时候撩动得人春心乱动，人心中有多少感伤、多少欲望，都被春天招惹出来，这不是让人发狂吗？秋天多好，清风入怀，涤荡了喧嚣，他感到诗情离他更近了。从古至今，那么多人在清秋时节，不堪上楼，但是刘禹锡走上去，独爱清秋入骨，甚至觉得春色不敌秋风，这是因为他心中对清秋的寥落之美有一份真正的懂得。

人在老病之时，如果再听秋风，没有几个人心情能够舒畅开阔。但是刘禹锡真是了不起，他甚至和秋风成了相约的老朋友。尽

① 自古逢秋悲寂寥，
我言秋日胜春朝。
晴空一鹤排云上，
便引诗情到碧霄。

山明水净夜来霜，
数树深红出浅黄。
试上高楼清入骨，
岂如春色嗾人狂。
[唐·刘禹锡《秋词二首》]

△ 嗾（sǒu）：教唆人做坏事。

① 昔看黄菊与君别，
今听玄蝉我却回。
五夜飕飗枕前觉，
一年颜状镜中来。
马思边草拳毛动，
雕眄青云睡眼开。
天地肃清堪四望，
为君扶病上高台。
[唐·刘禹锡《始闻秋风》]

管病了，老了，但是听见秋风来，他还是深情款款，专门写了一首诗，叫《始闻秋风》①。“昔看黄菊与君别，今听玄蝉我却回。”去年黄菊凋败，初冬渐近的时候，我依依不舍地和你告别了；现在你听，深秋蝉鸣，我知道你又回来了，我的生命跟你有约呀！“五夜飕飗枕前觉，一年颜状镜中来”，诗人喃喃向老友感慨：夜半惊动我的风声，依旧那么劲疾爽利，而我的衰老镜中自知啊。然而秋风不能吹老的还有壮心，颈联笔锋陡然一转：“马思边草拳毛动，雕眄青云睡眼开。”思念边塞秋草的骏马抖动开拳曲的毛，鸷雕也睁开睡眼，盼顾万里青云。这一“动”一“开”，诗人豪气跃然纸上。在这首诗的最后，刘禹锡对秋风说：“天地肃清堪四望，为君扶病上高台。”天地之间，一片清澈，他愿意抱病为秋风登上高台，翘首四望，不负秋风之约。这就是一个人在秋风中所经历的生命成长。

刘禹锡也有脆弱的心，也易伤易感，从秋风中的一己之悲，渐渐走到千古兴亡之叹，走到可以玩赏安顿清秋景致，乃至于到盛赞清秋，最后自己年华老去，仍与秋风有约，扶病而上高台。我们可以看一看，秋风也是一种历练，可以让一个人变得多么疏朗。

刘禹锡不仅是唐代中晚期才名很盛的大诗人，有“诗豪”之称，还是王叔文政治改革集团的中坚力量之一。从永贞元年（公元805年）到宝历二年（公元826年），二十多年中，他政治上一直不得意，因为他为人太耿介，太豪放，总是直言，不懂得遮掩，因此一次一次被贬谪，流放到远方。王叔文政治改革失败，柳宗元、白居易、刘禹锡等人被赶出长安，流散到荒凉偏僻的州府，身世飘零，这就是著名的“八司马事件”。今天，我们看看这些大名鼎鼎的诗人，经历了政治坎坷，再相逢时，如何感叹身世，如何倾诉情感。刘禹锡见到白居易时说：“巴山楚水凄凉地，二十三年弃置身。”[①]经历了巴山蜀水的凄凉，二十三年来空度岁月，身心被弃置一边，居远身闲，怎么心甘啊？

从他被贬为朗州司马算起，到他与白居易再次相遇，整整二十三年的岁月，这期间他一次一次回到长安，又一次次被赶出长安。每次回长安，他都到玄都观里看桃花。“紫陌红尘拂面来，无人不道看花回”[②]，喧喧嚷嚷的通衢大道上，车水马龙，大家都说桃花好，大家都看桃花回来了。刘禹锡说什么呢？“玄都观里桃千树，尽是刘郎去后栽。”玄都观里桃花再繁盛，也都是我走后才栽起的啊！那些投机取巧的新权贵，不也都是我们这些人被排挤之后才出人头地的吗？

当再次获准回来，再去玄都观，再看桃花，傲骨铮铮的诗人还是不无讥讽地说：“百亩庭中半是苔，桃花净尽菜花开。”[③]现在大家到玄都观里，你以为还看得见桃花吗？能看到的不过是荒地上的青苔和菜花而已。你以为那些人也能够担纲朝政吗？不过是像菜花一样滥竽充数而已。“种桃道士归何处？前度刘郎今又来。”别说桃花已经没了，就是种桃道士现在又在哪里呢？当年打击革新运动的当权者也所剩无几了，而我前度刘郎，今又重来。读这样的诗，读这样一个人的心，我们就可以理解，为什么秋风秋雨凋零不了他的生命。他在秋光蹉跎中完成成长，年华老去，而刘郎气概仍

① 巴山楚水凄凉地，二十三年弃置身。怀旧空吟闻笛赋，到乡翻似烂柯人。沉舟侧畔千帆过，病树前头万木春。今日听君歌一曲，暂凭杯酒长精神。[唐·刘禹锡《酬乐天扬州初逢席上见赠》]

② 紫陌红尘拂面来，无人不道看花回。玄都观里桃千树，尽是刘郎去后栽。[唐·刘禹锡《元和十年自朗州至京，戏赠看花诸君子》]

③ 百亩庭中半是苔，桃花净尽菜花开。种桃道士归何处？前度刘郎今又来。[唐·刘禹锡《再游玄都观》]

然名垂千古。

天凉好个秋

春与秋，节序如流。走过春天，走过秋季，心情跌宕，怎么能不跟着季节更改？我们来看看李白、杜甫，盛唐天空上璀璨的双子星座。“李杜文章在，光焰万丈长。”[①]这是韩愈赞赏他们的话。两个人年龄相差十一岁，是生死至交。杜甫写过很多给李白的赠诗。我们来对比春天和秋天，他给李白写的两首诗，看看况味是多么不同。

杜甫的《春日忆李白》[②]中说：“白也诗无敌，飘然思不群。”他说李白诗歌天下无敌，风度翩翩，卓尔不群。“清新庾开府，俊逸鲍参军。”诗风的清新宛如庾信，诗句的俊朗宛如鲍照。庾信、鲍照是南北朝著名的两位诗人，他们的风韵都流传在李白的笔端。更可爱的是，杜甫又用了一个比喻，“渭北春天树，江东日暮云。”他说，我真是说不清李白的好处，我真是描摹不出李白的风度，在我眼中，这个人就如同渭北春天的花树，如同江东日暮辽阔的云彩。多漂亮的句子啊！只有心里爱极了一个人，才舍得分一段如此春色给他增光。他在这样一个早春想起李白，他远远地对空商量，“何时一樽酒，重与细论文。”你何时再回来，咱们两个人再在一起，喝着酒，聊着诗篇。这是春天的怀念，春天里，丰神潇洒的李太白翩翩来到我们的眼前。

在一个浓浓的深秋，杜甫又写下《天末怀李白》[③]。“凉风起天末，君子意如何？”秋风萧瑟了，我在遥远的甘肃天水，想起被流放到远方——偏僻的夜郎的你，你怎么样了？“鸿雁几时到，江湖秋水

① 李杜文章在，
光焰万丈长。
不知群儿愚，
那用故谤伤。
蚍蜉撼大树，
可笑不自量。
伊我生其后，
举颈遥相望。
[节选自　唐·韩愈《调张籍》]

② 白也诗无敌，
飘然思不群。
清新庾开府，
俊逸鲍参军。
渭北春天树，
江东日暮云。
何时一樽酒，
重与细论文。
[唐·杜甫《春日忆李白》]

③ 凉风起天末，
君子意如何？
鸿雁几时到，
江湖秋水多。
文章憎命达，
魑魅喜人过。
应共冤魂语，
投诗赠汨罗。
[唐·杜甫《天末怀李白》]

多。”不再说渭北春天树，眼前看到的是孤鸿断雁、江湖秋水，没有李白的音信。“文章憎命达，魑魅喜人过。”文章这个东西，从来都不垂青于那些命好的人，历经坎坷的人才能写出好文章，魑魅魍魉才最喜犯错误的人。“应共冤魂语，投诗赠汨罗。”诗人想象屈原永存，而屈原和李白遭遇相似，所以斗酒诗百篇的李白，一定会作诗相赠以寄情。

在怀念同一位朋友时，一个春，一个秋，遣词造句、意象选择，竟有天壤之别。那种“渭北春天树”，曾带着怎样的蓬勃和欢欣，眼前的秋风断雁、江湖风波，又带着何等无奈、寥落……春风、秋雨，涤荡生命，身世飘零，只在一句之中。黄庭坚[①]寄给朋友的诗说：“我居北海君南海，寄雁传书谢不能。”[②]我想给你写封信写不了，那我就告诉你一句话吧，我们分别后的故事可以用这句话概括：“桃李春风一杯酒，江湖夜雨十年灯。”往昔同学少年，我跟你在一起，那是“桃李春风一杯酒”的时光；如今，分别十年，却是江湖夜雨、十年孤灯。这两句，十四个字，概括了黄庭坚人生十年的漂泊，十年的流光。

今生苦短，我们要怎么样概括时光改变的生命呢？蒋捷在《虞美人·听雨》[③]中，用一个意象——雨，概括出了自己人生的三个片段。“少年听雨歌楼上，红烛昏罗帐。”少年孟浪，在歌楼上点着红烛，一片欢洽，歌舞风流，能听到雨声中的什么真意？无非是心不在焉，有雨无雨都不影响眼前的欢情。“壮年听雨客舟中，江阔云低断雁叫西风。”六个意象密密地排在一起，一叶小船中，远观是江阔，抬头见云低，耳听断雁在西风中声声哀鸣，再夹杂着秋

① 黄庭坚（1045—1105），北宋诗人、书法家。字鲁直，号山谷道人、涪翁。出于苏轼门下，为“苏门四学士”之一，又与苏轼齐名，世称“苏黄”。其诗多写个人日常生活，在艺术形式方面，讲究修辞造句，追求奇拗瘦硬的风格。在宋代影响颇大，开创了江西诗派。为“宋四家”之一。

② 我居北海君南海，
寄雁传书谢不能。
桃李春风一杯酒，
江湖夜雨十年灯。
持家但有四立壁，
治国不蕲三折肱。
想见读书头已白，
隔溪猿哭瘴溪藤。
［北宋·黄庭坚《寄黄几复》］

③ 少年听雨歌楼上，红烛昏罗帐。壮年听雨客舟中，江阔云低断雁叫西风。　而今听雨僧庐下，鬓已星星也。悲欢离合总无情，一任阶前点滴到天明。
［南宋·蒋捷《虞美人·听雨》］

雨淅沥，这是中年颠沛的心情。人至中年，漂泊客途，只有在大江的辽阔背景中，才能感觉到云彩低低地垂落下来；只有经历过风雨波折，才能体味到雨声中的悲凉，雨中有情，雨中含恨。“而今听雨僧庐下，鬓已星星也。悲欢离合总无情，一任阶前点滴到天明。”而今到了暮年，鬓已星星，在僧庐下听雨。人间的悲欢离合，都已经历，一任阶前雨，点点滴滴到了天明。少年时候听雨，不关于心，听不进去，耳中眼中都是莺歌燕舞；壮年时候听雨，深明于情，才会看到江阔云低。老年时候听雨，连那样的深情都已经远去，一任它秋雨自在滴了。这不仅是在秋风中的成长，这也是在秋雨中的彻悟。

所以，人在秋风中，不仅可以悲秋，还可以穿越悲秋，走到豁达的境界。黄庭坚曾经写过这样自我调侃的词：“催酒莫迟留，酒味今秋似去秋。花向老人头上笑，羞羞，白发簪花不解愁。”[①] 喝酒吧，喝酒吧，喝酒可别迟疑啊，“酒味今秋似去秋”，酒是年年有，秋风是年年来，酒不变，秋不变，人已老去。老人还能簪花吗？“白发簪花不解愁。”这里用了苏轼的一个典故，苏轼说“人老簪花不自羞，花应羞上老人头”[②]，但黄庭坚把这句化用，成了一句调侃，自我解嘲，白首簪花，对酒对秋，不解忧愁。

无论今天是喜是悲，是失是得，明天必将来临，这样的春风，这样的秋月，从我们生命中走过，一直都在，无论我们在不在乎。人生苦短，有了豁达的心，就会更加从容，穿越春秋。陆机说得好：“悲落叶于劲秋，喜柔条于芳春。”[③]这些春花，这些秋叶，我们的悲，我们的喜，都关乎生命成长与彻悟。漫漫人生，如果含

① 诸将说封侯，短笛长歌独倚楼。万事尽随风雨去，休休，戏马台南金络头。　催酒莫迟留，酒味今秋似去秋。花向老人头上笑，羞羞，白发簪花不解愁。[北宋·黄庭坚《南乡子》]

② 人老簪花不自羞，花应羞上老人头。醉归扶路人应笑，十里珠帘半上钩。[北宋·苏轼《吉祥寺赏牡丹》]

③ 出自陆机《文赋》。

情，如果有心，我们会看到很多意象；如果我们去寻找，去理解，去品味，就可以把意象酿成诗篇。我们的一生，写在历史上的功业，是一种记载；留在心中的诗意，是一种永恒。

明月千古

每个生命都有自己的一轮明月，每个轮回都有自己的阴晴圆缺。欧阳修说得好：『人生自是有情痴，此恨不关风与月。』人生多情，风月只是转移了我们的情思，给了我们一种寄托。明月这个意象高悬在诗坛上空，中国人从古至今保持着对它温柔的狂热，因为它对我们每个人都很公平，入心入怀，成为我们生命中恒久相伴的诗意。

引子：江月何年初照人

说起中国诗歌中的意象，如果让我们只选取一个最典型的，我们一定会想起头顶上的那一轮明月。

李太白问："青天有月来几时？我今停杯一问之。"他在唐朝停下的这只酒杯，被苏东坡在宋朝遥遥接起，"明月几时有？把酒问青天。"[①]一停一接之间，何止两次追问。

我们的古人，对头顶的那轮明月，有着无穷追问，寄托无限情怀。

江天一色无纤尘，皎皎空中孤月轮。
江畔何人初见月？江月何年初照人？
人生代代无穷已，江月年年只相似。
不知江月待何人，但见长江送流水。

张若虚[②]在《春江花月夜》[③]中追问，相比人生的短暂，江与月都是长久的、不变的，人与世界最初的相遇，发生在什么情景之下？究竟是谁，哪一位远古的先人，发现了江月的美？究竟是什么时候，在生命最初的美丽状态下，江月发现了人？流光在生命中悄悄逝去，我们的心在明月照耀下，不停地探寻——有迷茫，有欢喜，有忧伤，一切都被明月照亮，从人与月的最初相遇，一直到张若虚的发问，直到明月照耀我们的今天。

张若虚的问题有答案吗？其实，发问本身就是它的意义。

① 明月几时有？把酒问青天。不知天上宫阙，今夕是何年？我欲乘风归去，又恐琼楼玉宇，高处不胜寒。起舞弄清影，何似在人间！　转朱阁，低绮户，照无眠。不应有恨，何事长向别时圆？人有悲欢离合，月有阴晴圆缺，此事古难全。但愿人长久，千里共婵娟。
［北宋·苏轼《水调歌头》］

② 张若虚（？—？），唐诗人。字号均不详。扬州（今属江苏）人。中宗神龙中，与贺知章、张旭、包融齐名，号"吴中四士"。诗仅存二首。

③ 春江潮水连海平，
海上明月共潮生。
滟滟随波千万里，
何处春江无月明。
江流宛转绕芳甸，
月照花林皆似霰。
空里流霜不觉飞，
汀上白沙看不见。
江天一色无纤尘，
皎皎空中孤月轮。
江畔何人初见月？
江月何年初照人？
人生代代无穷已，
江月年年只相似。
不知江月待何人，
但见长江送流水。
［节选自　唐·张若虚《春江花月夜》］

闻一多先生在《宫体诗的自赎》一文里说："在这种诗面前，一切的赞叹是饶舌，几乎是渎亵。"作为一位现代诗人，闻一多先生用诗一样的语言，表达了自己对千年之前的张若虚的深刻理解："更敻[△]绝的宇宙意识！一个更深沉、更寥廓、更宁静的境界！在神奇的永恒前面，作者只有错愕，没有憧憬，没有悲伤。……'有限'与'无限'，'有情'与'无情'——诗人与'永恒'猝然相遇，一见如故，于是谈开了。"

《春江花月夜》之所以让人如此赞叹，是因为它道出了我们少年时心中都有的疑惑。但是这一生到老，我们都没有答案，我们也不需要答案。还是在这篇文章里，闻一多先生说："对每一问题，他得到的仿佛是一个更神秘的更渊默的微笑，他更迷惘了，然而也满足了。于是他又把自己的秘密倾吐给那缄默的对方……"

有时候，只有在明月之下，我们才会有这种奇妙的感受：一方面，我们感到了生命的迷茫；另一方面，我们在迷茫中感到了心灵的陶醉。人生有着无数无解的困惑，但是在月光之下，现实与审美的边界、人生与梦幻的边界，还有其他区隔着我们和世界交流的边界，都变得模糊了。我们就在这流光之中，看世界，看历史，更洞悉内心。

今人不见古时月，今月曾经照古人。
古人今人若流水，共看明月皆如此。
唯愿当歌对酒时，月光长照金樽里。

这是李白在《把酒问月》[①]中，停杯一问的答案吗？

① 青天有月来几时？我今停杯一问之。人攀明月不可得，月行却与人相随。皎如飞镜临丹阙，绿烟灭尽清辉发。但见宵从海上来，宁知晓向云间没？白兔捣药秋复春，嫦娥孤栖与谁邻？今人不见古时月，今月曾经照古人。古人今人若流水，共看明月皆如此。唯愿当歌对酒时，月光长照金樽里。[唐·李白《把酒问月》]

△ 敻（xiòng）：远、辽阔。

在这一轮中国的明月前，无论是张若虚，还是李白，还是闻一多，无论是今人还是古人，中国人心中所有的珍惜，都被明亮地照射出来。

向明月学一颗平常心

中国人之所以对月亮情有独钟，也许是因为月亮那种特殊的质感、独到的美丽。它是柔和的，它是清澈的，它是圆润的，更重要的是，它是不断变化的。

我们想想看：在初一，古人称为“朔”的日子里，我们几乎看不见月亮；初二以后，细细的一点点月痕露出它的内芽，然后逐渐丰满圆润；直到十五，古人称为“望”的时候，它如同冰轮，如同瑶台的镜子，变得那么丰满，那么圆润。月亮周而复始地变化着。从“朔”，经过“望”，再抵达“朔”，完成一个循环，就是一个月。这就是中国的阴历。月亮的这个周期，是一种循环，隐喻着一种不死的精神。大家最常听到的关于月亮的神话，就是“嫦娥奔月”——因为吃了长生不死之药，嫦娥飞到天上，居住在月宫；在月亮上有一棵婆娑的桂树，吴刚一斧接一斧地砍着这棵树，树砍而复合，合而复砍。所以，月亮代表着一种流转循环的永恒与轮回。

在中国的哲学里，月亮的这种变化是一个主题，甚至可以说，认识明月是中国哲学的一个命题：大地之上的天空，黑夜的月亮和白昼的太阳形成平衡，它们的形象被远古的中国人提炼为“阴”与“阳”。中国人讲究阴阳平衡，《周易》说：“一阴一阳之谓道。”世界上的一切匹配都在平衡之中，“广大配天地，变通配四时，阴阳之义配日月。”太阳是什么样子？我们每天迎着东升旭日去上班去工作，看见的一轮太阳永远是稳定的，热烈的，圆满的。它永远给予你光和热，给予能量，促使人们发奋进取。中国人从太阳那里学到了一

近代·于非闇《桃花蜜蜂》（局部）

种进取心。

但是在月亮之下，我们总是在休息，在独处，或者沉沉睡去，忽略了这一轮万古明月。就在一片宁静之中，我们发现月亮高悬在空中，它的阴晴圆缺，有着诸多面目，和太阳的永恒形状不一样。在它的周期性变化里，在它的阴晴圆缺中，我们品味着时光的承转流变，命运的悲欢离合，我们学到了平常心。

人向太阳学会了进取，在这个世界上可以奋发，可以超越；人向明月学会了沉静，可以以一种淡泊的心情看待世间的是非坎坷，达到自己生命的一种真正的逍遥。

月亮的这种阴晴圆缺，折射到世界万物和人生百态上，就是老子说的："物或损之而益，或益之而损。"有的东西残缺了，实际上它获得了另外一种"圆满"——月亮只有一弯月牙的时候，是一种"损"，一种缺失，但它已经蓄满了生命，正在迈向圆满，这就是"损之而益"。有的东西圆满了，完成了，实际上却逐渐走向残缺——圆月当空，流光泻地，是一种璀璨，一种“益”，但它的力量已经达到巅峰，无力再更圆一些、更亮一些，只能慢慢消瘦下去，这就是“益之而损”了。用一种辩证与变化的心情去看明月，再把这样的目光移到世间，我们就知道怎样完成内心困惑的消解和平衡了。

正是因为这样的满而损、损而满，盼望了很久之后，最圆满的日子——十五的月圆，就成了中国人心灵的寄托。尤其是中秋，一年中最美、最大的月亮高悬夜空，总是引得人们思绪飞扬，感慨万千——

万里清光不可思，添愁益恨绕天涯。
谁人陇外久征戍？何处庭前新别离？
失宠故姬归院夜，没蕃△老将上楼时。
照他几许人肠断，玉兔银蟾远不知。

这就是白居易眼中的《中秋月》。

△ 蕃（bō）：吐蕃。

近代・于非闇《竹鸠图》（局部）

明月皎皎，清辉万里，到底它藏了什么样的秘密，徒增一段段忧伤离恨，人在天涯，月在天涯，到底它把清光洒在了谁的心上？

“谁人陇外久征戍？”——是那些远远戍边久久未归的人。“何处庭前新别离？”是谁在月光下道别？是谁又新添一段眷恋相思被明月照亮？“失宠故姬归院夜”，如花的美人年老色衰，失宠之际回到深深院落，只有明月岑寂相伴。“没蕃老将上楼时”，那些流落在异邦他乡的戍边将士，此时在异乡独上高楼，他们望见的可是照着故乡的月光……

这都是一些人生失意之人。也许，人得意的时候更多是在太阳下花团锦簇、前呼后拥，而在失意的时候，才知道明月入心。“照他几许人肠断，玉兔银蟾远不知。”月宫的玉兔银蟾真知道人间的心事吗？其实，只是人生有恨，在中秋月夜都被明月勾出来了而已。

沉沉静夜，我们的心事更容易被月亮勾勒出来。平日里忙忙碌碌，忙的都是眼前的衣食住行，我们的心事被忽略了多久呢？那些让我们真正成为自己的梦想、心愿、遗憾、怅惘，它们还在吗？只有在夜深人静的时候，我们不圆满的人生，我们隐藏的心事，才会探出头来，被明月照耀得纤毫毕现。

苏东坡也有一首《中秋月》：“暮云收尽溢清寒，银汉无声转玉盘。此生此夜不长好，明月明年何处看。”以一种忐忑的憧憬，从暮云沉沉的时候就在企盼，云彩渐渐消歇下去，清寒之光流溢出来，终于，皎皎的月轮，仿佛洁白玉盘，在静谧的天空缓缓转动。面对这样的美景，诗人的心居然有一丝隐隐的疼痛，隐隐的不甘，“此生此夜不长好，明月明年何处看”，这美丽的夜晚终将会过去，相比起颠簸的人生，这种美丽是何等短暂，多么希望人生像今夜一样“长好”啊！而在明年，再见明月的时候，我已不知身在何方。为什么人人都说中秋月好？就是因为它太难得，太美丽，太短暂，而为了这一刻皎洁圆满，人心又要经过多少不同形态的残缺？

丨天若有情天亦老，月如无恨月长圆丨

明月照出了一些欢喜，也照出了人生的种种困顿。明月的和谐、宁静、婉约、朦胧、淡泊，所有的这些特质不仅仅是审美，更重要的，它也是人的心灵映像。世间的纷扰万物，充满耳目，嘈杂喧嚣，但只有茫茫静夜中的皎皎明月，可以直指人心。人对明月的爱怜，一方面，是对自然之美的珍惜，另一方面，也是对自己的人生和灵魂的映照。所以，中国的历代诗人们，才会在明月上寄托了那么多的情思。

海上生明月，天涯共此时。情人怨遥夜，竟夕起相思。

灭烛怜光满，披衣觉露滋。不堪盈手赠，还寝梦佳期。

这是张九龄[①]的《望月怀远》。漫漫长夜里，积郁在心中的满满相思，如月影般摇漾不定，把蜡烛吹熄，你才会觉得盈盈的月光照得满窗满室，你的身边包围的都是滋润的月华；在月光中，披起衣服，或者静坐，或者独行，凉意渐起，原来白露已经沾上衣襟。都说“明月千里寄相思”，但相思怎么寄？明月怎么付邮？“不堪盈手赠”，我想伸手捧住明月，想把手中的月光送给心中牵挂的爱人，但月光似水，不能在手心留存片刻，那我还能怎么办呢？不如回去，带着月光入梦吧。也许你在梦中，可以掬起一捧月光，交在

① 张九龄（673或678—740），唐大臣，诗人。字子寿，一名博物。所作《感遇诗》，抒怀感事，以格调刚健著称。

她的手心。也许梦里月色，真切映照出那位盈盈如月的佳人……

“海上生明月，天涯共此时。”在所有的明月中，中秋的明月是天心的图腾。所有的牵挂，所有的怀念，都在同一个时刻抒发、寄托。千古中秋月夜，不变的是中国人的心灵。

白居易写《八月十五日夜禁中独直，对月忆元九》[①]：“三五夜中新月色，二千里外故人心。”朋友的心随明月照进了自己的生命。戴复古[②]在中秋夜对明月祈祷：“故人心似中秋月，肯为狂夫照白头。”[③]人间逝水流光，一个又一个当下变成了往事，换来满鬓寒霜，还有没有老朋友能够理解我、怜惜我，像这如水的月光，肯照亮我苍苍的白发和满满的心事？

一年三百六十五天中，只有这一个时刻，只有在深夜这一个时分，明月如此圆满，如此皎洁，美得触目惊心，让你不忍错过，而

近代·陈少梅　《春山古寺图》（局部）

① 银台金阙夕沈沈，独宿相思在翰林。三五夜中新月色，二千里外故人心。渚宫东面烟波冷，浴殿西头钟漏深。犹恐清光不同见，江陵卑湿足秋阴。[唐·白居易《八月十五日夜禁中独直，对月忆元九》]

② 戴复古（1167—?），南宋诗人。字式之，号石屏。长期浪游江湖，卒年八十余。曾向陆游学诗，也受晚唐诗的影响，是“江湖派”较有成就的作家。

③ 把酒冰壶接胜游，今年喜不负中秋。故人心似中秋月，肯为狂夫照白头。[南宋·戴复古《中秋》]

又可以安然欣赏。这一种美，如同彩云易散、琉璃易碎，唯其短暂，在它到来的那一刻，才格外鲜艳，格外滋润人的灵魂。

《苕溪渔隐丛话》△里面讲了一个小故事。李贺[1]曾经有诗："衰兰送客咸阳道，天若有情天亦老。"[2]"天若有情天亦老"，这么绝妙的诗句，谁能对上来呢？到了北宋，有个叫石曼卿[3]的诗人，石破天惊地写出了一句"月如无恨月长圆"，不期然间竟成绝对。

"天若有情天亦老，月如无恨月长圆。"如果苍天有情，看尽人间爱恨离别，恩怨情仇，大概也会渐渐老去。而明月它真的怀恨吗？如同苏东坡的揣测，"不应有恨，何事长向别时圆？"为什么在人间离别的时刻，天上的你却如此圆满？你难道也怀情抱恨吗？石曼卿说，是的，明月一定是有心事的，"月如无恨月长圆"，如果心中没有深情，没有自己隐隐的幽怨，它为什么不夜夜都是圆满的呢？

转瞬即逝的圆满让人怀念，盈亏之间的变化也让人咏叹。另一位南宋诗人吕本中[4]，有一首著名的《采桑子》[5]："恨君不似江楼月，南北东西。南北东西，只有相随无别离。"以一个女孩子的口吻，嗔怪她的情人：你怎么不像月亮一样？月亮对我多好，我走到

△《苕溪渔隐丛话》：诗话集。南宋胡仔编。此书按人物年代先后排列，引录资料较为繁富。书中除辑录前人或时人著述外，并采其父舜陟（号三山老人）之说，时亦申述己见。

① 李贺（790—816），唐诗人。其诗长于乐府，善于熔铸辞采，驰骋想象，运用神话传说，创造出新奇瑰丽的诗境，在诗史上独树一帜，严羽《沧浪诗话》称为"李长吉体"。但也有刻意雕琢之病。

② 茂陵刘郎秋风客，夜闻马嘶晓无迹。
画栏桂树悬秋香，三十六宫土花碧。
魏官牵车指千里，东关酸风射眸子。
空将汉月出宫门，忆君清泪如铅水。
衰兰送客咸阳道，天若有情天亦老。
携盘独出月荒凉，渭城已远波声小。
[唐·李贺《金铜仙人辞汉歌》]

③ 石曼卿（石延年）（994—1041），北宋文学家。字曼卿，宋城（今河南商丘南）人。其诗甚为欧阳修等推重，文受柳开影响，宗法韩柳。积极参与北宋诗文革新运动。性诙谐，喜为集句诗。

④ 吕本中（1084—1145），南宋诗人。字居仁，世称东莱先生。其诗自言传江西诗派衣钵，主"活法"与"悟入"，颇受黄庭坚、陈师道影响；其后有所变化，诗风较趋明畅，南渡后也有悲慨时事之作。

⑤ 恨君不似江楼月，南北东西。南北东西，只有相随无别离。　恨君却似江楼月，暂满还亏。暂满还亏，待得团圆是几时？
[南宋·吕本中《采桑子》]

南北东西，任何地方都能看见它，它对我只有相随，从来没有别离。但是词人紧接着又说，“恨君却似江楼月，暂满还亏。暂满还亏，待得团圆是几时？”语锋一转，这回却是怨恨，恨你又如同楼头的明月一样，一瞬圆满，转盈为亏，短暂的团聚之后你立刻就要离去。漫漫等待，悠悠相思，等待下一轮的圆满，还需要多久？什么时候才能只有团圆，没有分离呢？

一轮江楼明月，流转之间，包含了我们所有的心事。你觉得明月吝啬吗？它真的吝啬。因为每月最圆只有一天，一年十二月中只有中秋最满。但是你再想想，月亮慷慨吗？月亮也真的慷慨。它夜夜相随，不管你能不能意识到它的存在，不管你是不是愿意向它瞩目，不管你愿意不愿意向它寄托情感。

《五灯会元》△ 上说：“万古长空，一朝风月。”“万古长空”，说的是一种永恒的状态，不论世界如何动荡，人生如何变幻，天空永远不变，一直都在。这里的天空，在《五灯会元》里的，原意是佛法，我们可以把它当做我们生命的本真。“一朝风月”，在《五灯会元》里是当下的佛法，个人体悟、修行到的佛法，我们可以把它当做我们现在的生活，现在的感情、牵挂、梦想，此一刻的美丽与哀愁。对于生活在尘世凡俗中的我们来说，“万古”与“一朝”，浩瀚、清澈的天空与璀璨明亮的月色紧密相连。看清了月相盈亏，我们的心可以洞悉的可是一份从容永恒。

苏东坡在《前赤壁赋》中说：“唯江上之清风，与山间之明月，耳得之而为声，目遇之而成色，取之无禁，用之不竭。是造物者之无尽藏也……”有清风明月无价，是大自然的赐予，随时供你取用，一生相伴相随。那些怀情抱恨的人，总怨天空满月难得。其实如果愿意把心放开，那些如钩的月牙，未尝不

△ 《五灯会元》：书名。宋普济编。二十卷。用师徒问答体裁，汇辑佛教从过去七佛到唐宋时期禅宗各派名僧关于佛教教义的论证和故事。是研究禅宗的资料。

能寄托情思。

“心”字是怎么写的？是“天边一钩新月带三星”。这个比喻多么美！三星伴月如有心，这样的如钩新月，一刹那勾连住我们的目光，勾连住我们的诗情。正因为有着月牙的“残缺”，才让你体悟到月圆的美好；月映人心，未必只在圆满一刻，如果愿意瞩目月亮的每一个表情，我们百味杂陈的心也就在不同时刻拥有了见证。

| 生生之证：秦时明月汉时关 |

还是苏东坡说得好：“自其变者而观之，则天地曾不能以一瞬；自其不变者而观之，则物与我皆无尽也。”△ 如果愿意跟明月一起流转在盈亏之间，那你也可以和明月一起见证古今，见证我们的魂魄。

因为有情，明月不仅见证了个体生命的缺憾、心事的宛转，它还真正照见了江山千古、沧海桑田。

我们小时候都会背王昌龄的《出塞》①：“秦时明月汉时关，万里长征人未还。”今天，念起“秦时明月汉时关”这七个字，那种万古长风扑面而来的呼啸之气，还能隐约感受得到。明月就在这样的轮回里，千年万载不离不弃，照见人世的坎坷、战争的起始与终结。

① 秦时明月汉时关，
万里长征人未还。
但使龙城飞将在，
不教胡马度阴山。
［唐·王昌龄《出塞二首》（其一）］

而今，我们在太阳底下工作的时候多，在月亮底下流连的时候少。当月亮挂在天空时，我们在做什么呢？有人可能在家发呆，有人可能在饭局应酬，也有人可能在虚拟空间中跟网友聊着自己的

△ 出自苏东坡《前赤壁赋》。

心情，更多的人可能在悠闲地看着电视。究竟还有多少人，还愿意透过城市水泥丛林的间隙，追寻一轮明月，遥想它如何静默地见证古今？究竟是明月舍弃了我们，还是我们忘却了明月？这是一个无解的问题。因为我们不看它了，它才离我们越来越远，那些千古心事也离我们越来越远了。每个夜晚，城市在喧嚣，人心在痴缠，只有月光，悄悄地探访这个无常的人间。月光去过的地方，于历史上或者繁华，或者冷清，在今天几乎都已经改变了容颜，只有月光不变，只有诗意还在流连。

刘禹锡写的月光，依依不舍，探访了多么寂寞的一座空城：

山围故国周遭在，潮打空城寂寞回。
淮水东边旧时月，夜深还过女墙来。[1]

[1] 唐·刘禹锡《石头城》。

近代·陈少梅　《柳浓风软燕双飞》（局部）

上世纪九十年代初，我曾专门到南京寻访过石头城这个地方。当地的朋友带着我，七拐八绕，到了一片特别大的垃圾场前，说："过不去了，你就站在这里看吧，前面就是石头城。"那一刻，我蓦然心惊，这座金粉古都的石头传奇，居然如此荒败，如此残破！我只能在心里回味，体会着潮水拍击过石头城城壁时空空荡荡的回响，那份兀自多情的寂寥是不是也会怅然若失……时光悄悄远逝，城池依旧，供人凭吊，供人缅怀。明月多情，江水多情，它们摩挲逡巡着六朝繁华的胜地，悄悄地来，默默地走，夜深人静，没有人注意到月亮，但月亮留心着人世，见证着古今。

读着这样的诗词，有时候我会想：为什么诗意好像离我们的生活远了呢？不是明月变了，不是诗意变了，变化的只是我们的心，只是那份悲天悯人的情怀远了而已。在今天，现代化的生活方式，高速运转的生活节奏，让我们的心变粗糙了，没有了如丝如缕的牵绊，缺少了细腻的战栗与颤抖，我们不会惦记明月，不会品味诗意——多情的明月悄悄越过女墙，探望了一座静默的石头城。

刘禹锡写南京石头城的明月，"淮水东边旧时月"，这轮明月不仅是历史的明月，也是地理的明月。在"淮水东边"，不仅有着六朝繁华的南京城，还有着盛唐繁华的扬州府。唐朝的徐凝[①]在《忆扬州》[②]中说："天下三分明月夜，二分无赖是扬州。"这句诗，一下子让扬州如此奢侈地垄断了天下明月三分之二的美。明月与扬州，是唐朝诗人心

① 徐凝（?—?），唐代诗人。睦州（治今浙江建德东北）人。诗以七绝见长，风格简古。

② 萧娘脸薄难胜泪，
桃叶眉长易觉愁。
天下三分明月夜，
二分无赖是扬州。
[唐·徐凝《忆扬州》]

中最美的月色与最美的城池的相遇——才子杜牧如此咏叹：“二十四桥明月夜，玉人何处教吹箫？”[①]那是什么样的时节？秋风未冷，月色如烟，情思浪漫，箫声袅袅。明月在扬州停驻千年，见证了不同的沧桑变化，也引发中国的一代代诗人们的诗情。一路明月扬州走到南宋，姜白石[②]写下《扬州慢》[③]，想起了当年的“杜郎俊赏”。“算而今、重到须惊”，多情杜牧到了今天的扬州，也是要惊叹的，他还能接受今天的凋敝吗？“纵豆蔻词工，青楼梦好，难赋深情”，都已经找不到了；“二十四桥仍在，波心荡、冷月无声”，水月犹在，但月已经是冷月，水已经是寒波。冷月、寒波的波纹底下隐匿了当年的繁盛。“念桥边红药，年年知为谁生”，嫣红的芍药花也还灿烂地开在老地方，这样的繁花明月，坚守着一份为谁的痴情？

晚唐的许浑[④]有诗：“今来故国遥相忆，月照千山半夜钟。”[⑤]一个个不眠之夜，听着夜半沉沉钟声，望着天空满满月色，你会将一切家国之思注到心头。穿行在历史的流光中，抬头仰望夜空清辉，你就会知道，为什么这一轮明月高悬在中国诗坛的上空，千古不肯陨落。它有太多太多的记忆，它也有太多太多的憧憬。在明月那里，不管古往今来有多少激情澎湃，有多少豪情梦想，最终都会“一樽还酹江月”，所有的心情，所有的故事，都会在月色中，被记录，被化解，被消融。

① 青山隐隐水迢迢，
秋尽江南草未凋。
二十四桥明月夜，
玉人何处教吹箫？
[唐·杜牧《寄扬州韩绰判官》]

② 姜白石（姜夔）（约1155—1209），南宋词人、音乐家。工诗，词尤有名，且精通音乐。词喜自创新调，重格律，音节谐美。多为写景咏物及记述客游之作，《扬州慢》等作品，感时伤事，情调较为低沉。

③ 杜郎俊赏，算而今、重到须惊。纵豆蔻词工，青楼梦好，难赋深情。二十四桥仍在，波心荡、冷月无声。念桥边红药，年年知为谁生！
[节选自　南宋·姜夔《扬州慢》]

④ 许浑（？—？），唐代诗人。字用晦，一作仲晦。其诗长于律体，多登高怀古之作。《咸阳城东楼》一诗中“山雨欲来风满楼”之句，较有名。

⑤ 三面楼台百丈峰，
西岩高枕树重重。
晴攀翠竹题诗滑，
秋摘黄花酿酒浓。
山殿日斜喧鸟雀，
石潭波动戏鱼龙。
今来故国遥相忆，
月照千山半夜钟。
[唐·许浑《寄题华严韦秀才院》]

故国不堪回首月明中

在明月所有的见证中，有一位爱月的诗人，尤其需要单独来说。并不是李白，而是李煜。

李后主短短的一生，从南唐到北宋，从皇帝到囚徒，“做个才人真绝代，可怜薄命做君王。”[①]李后主的词，千古传诵，清朝的周济称赞他的词如天生丽质的乡野之女，“粗服乱头，不掩国色”，王国维先生喜欢他的词，称“后主之词，真所谓以血书者也”。从少年风流的才子，贵至九五之尊的皇帝，贱到亡国的阶下囚徒，李煜的一生，见过多少明月滋味？

① 我思昧昧最神伤，予季归来更断肠。做个才人真绝代，可怜薄命做君王。［清·郭麐《南唐杂咏》］

最初，从父亲李璟手中接过江山，倜傥的后主也曾意兴飞扬：

> 晚妆初了明肌雪，春殿嫔娥鱼贯列。凤箫吹断水云闲，重按《霓裳》歌遍彻。　　临风谁更飘香屑，醉拍栏干情味切。归时休放烛花红，待踏马蹄清夜月。[②]

② 南唐·李煜《玉楼春》。

那些刚刚上好晚妆的嫔妃，个个貌美如花，肌肤若雪，衣袂飘飘，鱼贯而列，吹笙鸣箫，《霓裳》恰舞。这首词的上阕，李后主采用了“旁观者”的视角，一方面，投入乐舞的陶醉之中，另一方面，却有着一种游离观看的冷静。在词的下阕，诗人之心渐渐萌动：在风中，谁的香粉味袅袅地洒落下来？夜宴繁华，歌声婉转，伴着薄薄的醉意，拍打着栏干，此刻情味之切，难以言表。而曲终人散，刚刚沉醉于繁华的人，该怎样从繁华中解脱？回去的

近代·于非闇《春艳双栖》（局部）

路上，不要高烧红烛，不要燃着明灯，就让我的马蹄散漫地踏过去，走在一片皎洁的月色里吧。清冽的明月，更映出刚才的浓艳，耳目声色的欢娱之后，人需要一种孤独，一点冷静，需要那一片清淡的月色，宛如一盏酒后的茶，让自己去玩味和回忆，去沉醉其中，去超越其外，融融月色，一切尽在不言之中。

好景不长。南唐风雨飘摇，北方的大宋步步紧逼，在南唐最后几年捉襟见肘的时光里，李后主的明月再也不像当年那样晴美，不仅月色开始变得清闲，月下砧声竟也扰乱了他的心神。在一首名叫《捣练子》的小词里，李煜写道："深院静，小庭空，断续寒砧断续风。无奈夜长人不寐，数声和月到帘栊。"一点一点的寒砧捣衣声，伴着月色，断断续续传到枕上。枕上焦虑无眠的人，不禁抱怨着夜晚过长，砧声太吵，抱怨月色侵入帘栊，而一片真实的心事又无可言说，一如他在《相见欢》①里无言的一刻："无言独上西楼，月如钩。寂寞梧桐深院锁清秋。"

这个时候家国人生中的圆满一去不返，眼前夜空所见也只是如钩的新月。在"寂寞、梧桐、深院"后面，用了一个动词"锁"。一个寂寞冷清的院子，分割开李煜和不属于他的世界，被"锁"住的，唯有寒意清秋。"剪不断，理还乱，是离愁。别是一般滋味在心头。"无法释然的是往事，无法把握的是今天，此情此景，明月依旧，难言滋味只在心头……

① 无言独上西楼，月如钩。寂寞梧桐深院锁清秋。　剪不断，理还乱，是离愁。别是一般滋味在心头。[南唐·李煜《相见欢》]

春花秋月何时了，往事知多少？小楼昨夜又东风，故国不堪回首月明中。　雕栏玉砌应犹在，只是朱颜改。问君能有几多愁，恰似一江春水向东流。②

② 南唐·李煜《虞美人》。

终于，从少年时的爱月，到中年寂寞时的月色相随，一直到情殇恨月怨月，李煜以一首绝命词完成了自己对月亮的咏叹。这首词一开头，他就责难"春花秋月"，什么时候才是个完啊？想想当年春风，他遍拍栏干、情味切切的时候，多么希望清风常在、明月常圆，而在今天，身为异地囚徒，面对良辰美景，他已经没有欣赏的心情，只有无法承受的不耐烦，劈空发问——"春花秋月何时了"？一个人的心要被亡国之恨折磨到何等程度，才会问出这样无理的一句话？"往事知多少？"春花秋月，自顾自随着季节灿烂着、美丽着，怎么会知道我那些锦绣年华的往事？不堪往事的时候蓦然观明月，知道不堪回首月明之中，偏偏明月照彻故国江山！

异地的明月，照耀着故国的江山。同沐一片月色，当年的那些亭台楼阁，离开不久，颜色应该还鲜艳吧？它也随着江山容颜的更改一点一点地老去了吗？颓败了吗？这番浩荡愁思，除非一江汹涌春水，再无可比拟！

据说，宋太宗因为看了这首词，才给李后主下了牵机药△，使李后主四十二岁的生命断送在异国他乡。不管这个传说是真是假，王国维先生赞叹李煜的词是“所谓以血书者也”，这一首词就是他的“血词”的代表。这不是用笔尖蘸墨写出来的闲情小品，这是用自己的血泪伴着明月春花传递出的愁思。

人间缭乱，许多心事，更何况，他告别的是李唐盛世的家国江山。

| 人攀明月不可得，月行却与人相随 |

白云一片去悠悠，青枫浦上不胜愁。
谁家今夜扁舟子？何处相思明月楼？
可怜楼上月徘徊，应照离人妆镜台。
玉户帘中卷不去，捣衣砧上拂还来。
此时相望不相闻，愿逐月华流照君。
鸿雁长飞光不度，鱼龙潜跃水成文。

还是回到《春江花月夜》。在这样一个满月之夜，太多漂泊江湖的游子身后，都有一处“相思明月楼”在默默地等待。这样的月圆时刻，月光不是喜

△ 牵机药：古来帝王要将近臣和妃子赐死时所用的毒药。

人，反而是恼人的。“相思明月楼”上，那个在闺中无眠的人，要用怎样的心情去熬过这明月长夜呢？“可怜楼上月徘徊，应照离人妆镜台。”月光徘徊不去，久久停留，偏偏照射在梳妆台上，像是故意缭乱离人的哀愁。所谓“女为悦己者容”，爱人远行时，无情无绪的思妇镜台必然是冷落的，明月偏要雪亮亮地映照在上面，怎一个“恼”字了得！她想把明月遮住——先把窗帘放下来，哪知“玉户帘中卷不去”，不管用。那就用衣袖把它拂走，“捣衣砧上拂还来”，它还是不去啊！这句诗使我们想起李白的“长安一片月，万户捣衣声。秋风吹不尽，总是玉关情”[1]。不论是李白还是张若虚的诗中，思念远人的女子们，月色清亮时，只有借助劳动忙碌，才能缓解思念。但思念实际上是驱逐不去的。月亮既然不愿意走，那就跟它商量一下，把自己的心事托付给它吧：“此时相望不相闻，愿逐月华流照君。鸿雁长飞光不度，鱼龙潜跃水成文。”在今夜的月色下，我和我心爱的人，一定在互相思念，互相遥望对方，但我们看不见对方的影，听不见对方的声，那就把我的心托付给月光，流照在他的身上，可以吗？可是，月光终究也让她失望了——距离如此遥远，不仅送信的鸿雁早就南归，连月光也无法传递相思；送信的鱼儿干脆躲了起来不见我，只有那水面的波纹，写满了我的心事。

诗歌中，这样的别情如此哀怨，又如此美丽。其实，我们的生命中有很多美丽的忧伤，可堪品味，可堪沉溺。人的一生，总要经历很多风雨，落得一身伤痛，与其躲避风雨和怨恨伤痛，不如让这伤痛酝酿成自己心中的一份美丽，起码它可以真实印证我

① 长安一片月，万户捣衣声。秋风吹不尽，总是玉关情。何日平胡虏，良人罢远征？［唐·李白《子夜吴歌·秋歌》］

们没有虚度光阴。明月是这种美丽忧伤的最好伴侣。当分离在物理时空上变成不可改变的事实时，明月在心理的时空上完成了一种交流和寄托。谁说明月不能对人生作出补偿？还是那句话，你信任它，它就接受你的托付。

近代·陈少梅《春溪弄箫》（局部）

依然是在《把酒问月》中，李太白说得好："人攀明月不可得，月行却与人相随。"对这个心有明月的诗人来说，明月从未远离。送王昌龄走的时候，李白殷殷托付："我寄愁心与明月，随风直到夜郎西。"①心如明月，逐天涯，随海角，一生流照。

每个人都有自己愿意看见的那一片月色，对每个具体的人来说，月光的温度、月亮的形状、月色的表情，都不一样。

① 杨花落尽子规啼，闻道龙标过五溪。我寄愁心与明月，随风直到夜郎西。[唐·李白《闻王昌龄左迁龙标，遥有此寄》]

《古诗十九首》[1]说：“明月何皎皎，照我罗床帏。忧愁不能寐，揽衣起徘徊。”诗的主人公，是一个沉浸在思念中的女子，明月在她心里是细腻的。而对于李白这个爱月亮的人，你能想象月亮在他那里是何等辽阔吗？

明月出天山，苍茫云海间。
长风几万里，吹度玉门关。

这是李白《关山月》中的浩瀚明月。

而在杜甫的眼里，明月又和李白眼中的不同。就是这种“不同”，才使千古明月，照耀了万般诗情：

清秋幕府井梧寒，
独宿江城蜡炬残。
永夜角声悲自语，
中天月色好谁看？

近代·陈少梅《柳下仕女》（局部）

① 明月何皎皎，照我罗床帏。忧愁不能寐，揽衣起徘徊。客行虽云乐，不如早旋归。出户独彷徨，愁思当告谁？引领还入房，泪下沾裳衣。［东汉·无名氏《古诗十九首》（其十九）］

① 清秋幕府井梧寒，
独宿江城蜡炬残。
永夜角声悲自语，
中天月色好谁看？
风尘荏苒音书绝，
关塞萧条行路难。
已忍伶俜十年事，
强移栖息一枝安。
[唐·杜甫《宿府》]

这是杜甫晚年滞留蜀中时，在《宿府》[①]一诗中描述的明月。深夜里听着凄凉的号角，诗人触起心事，喃喃自语。月色那么静美，但是这样的月色，有谁在欣赏？有谁是他的知音，懂得他的心事，与他心心相印？“风尘荏苒音书绝，关塞萧条行路难。已忍伶俜△十年事，强移栖息一枝安。”他流落在外已经多年，与故乡早已不通音信，回家的路很难走，向前的路同样很难走，此地只是一个暂时的托身之地，他的未来又在何方？月光无语，静穆相伴。

缺月挂疏桐，漏断人初静。谁见幽人独往来，缥缈孤鸿影。　惊起却回头，有恨无人省。拣尽寒枝不肯栖，寂寞沙洲冷。[②]

② 北宋·苏轼《卜算子》。

杜甫在月色下独自言语，苏东坡在月色下独自往来。一生浮沉于新旧党争的东坡居士，被贬官为黄州团练副使，局促在一个小地方蹉跎岁月，心事辗转，也曾经在缺月之夜，夜不能寐，看见“缺月挂疏桐”，听见“漏断人初静”，感念自己孤单一人，就像失群的落雁，苦苦寻觅着安身立命之所。这样的夜晚，月华纵有残缺，清辉犹在；生命纵有遗憾，不改坚持。那一份拣尽寒枝的傲岸与冷月相映，沙洲寂寞，名士无悔。

△ 伶俜（língpīng）：流离失所。

当然，月光也有一份壮怀激烈！岳飞[①]在《满江红》[②]里回首一生，留下千古名句："三十功名尘与土，八千里路云和月。"云和月见证了一个英雄的生平，照亮了一个英雄的心愿。在社稷江山天翻地覆的动荡中，将军征战沙场，陪伴他怒发冲冠、凭栏寄傲，陪伴他饥餐胡虏肉、渴饮匈奴血的，就是这"八千里路云和月"。明月照彻英雄生前的担当，明月也洗刷了豪杰身后的清誉。

每个生命都有自己的一轮明月

拂去嫦娥的婀娜，桂影的婆娑，我们还是不禁发问，到底什么才是一轮明月的真面目？

"思苦自看明月苦，人愁不是月华愁。"[③]是月亮真的含愁带恨吗？风花雪月，本不是有情人生的点缀，也不是茶余饭后的谈资，它们是穿越年光时不可缺少的情感元素，一个人真想与明月交谈，明月就会不离不弃。

李白那么爱明月，他在明月之中到底能够完成什么样的交流呢？我们看看从小就熟悉的《月下独酌》。

花间一壶酒，独酌无相亲。
举杯邀明月，对影成三人。
月既不解饮，影徒随我身。
暂伴月将影，行乐须及春。
我歌月徘徊，我舞影零乱。
醒时同交欢，醉后各分散。

① 岳飞（1103—1142），南宋初抗金名将。相州汤阴（今属河南）人，字鹏举。诗词散文都慷慨激昂。

② 怒发冲冠，凭栏处、潇潇雨歇。抬望眼，仰天长啸，壮怀激烈。三十功名尘与土，八千里路云和月。莫等闲、白了少年头，空悲切。　靖康耻，犹未雪。臣子恨，何时灭！驾长车，踏破贺兰山缺。壮志饥餐胡虏肉，笑谈渴饮匈奴血。待从头，收拾旧山河，朝天阙！［南宋·岳飞《满江红》］

③ 江干入夜杵声秋，百尺疏桐挂斗牛。思苦自看明月苦，人愁不是月华愁。［唐·戎昱《秋月》］

永结无情游，相期邈云汉。

豪放飞扬的李白，不是没有他自己的忧思和孤单，他也有过“花间一壶酒，独酌无相亲”的时候，但是他了不起的地方在于：在孤独的那一瞬，他可以天真地举杯，向明月发出邀约。而为了回应他这份天真的邀约，明月愈发明亮，清辉流光，泼洒在地上，勾勒出他翩跹的影子，人、月、光影，交相辉映。李白不是独自一人了。当然，李白不是不明白：月亮原来真的不会喝酒啊，徒然造个影子陪伴着我。但是，那又何妨呢！姑且就这样吧！既然已经有明月和身影的陪伴，我就真的不再孤单，就让我在这个春天里痛快地畅饮吧！你看，我歌，月亮跟着歌声的节拍跃动；我舞，影子努力跟上我舞姿的跌宕；我醉了，影子也是一派陶然天真的凌乱。醒的时候，我、月亮和影子在欢喜地举杯。而现在醉了，我们就分手吧，去浪迹天涯，去云游四方——我们约定，永不离弃，终有一天，相会于浩渺云波之端。

天真的李白对明月的信任比别人要强很多，所以明月也特别钟情这位诗仙。

所有的交流、所有的信任都是相互的，人与人相约如此，人与明月相约也是如此。这轮明月从大唐的李白，一直流转到南宋的张孝祥[①]。张孝祥在岭南做了一年的知府，受谗言挑拨，被贬官北还，途经洞庭湖，恰逢中秋。“洞庭青草，近中秋、更无一点风色。”[②]张孝祥眼中的洞庭湖，水波不兴，平淡静谧。其实中秋的时候，洞庭湖面一定是那么清澈，更无一点风痕吗？孟浩然写洞

① 张孝祥（1132—1170），南宋词人。字安国，号于湖居士。其词风格豪迈，颇有感怀时事之作。在建康留守席上所作《六州歌头》，表现出要求收复中原的激情，对朝廷的苟且偷安予以强烈谴责，张浚曾为之感动罢席。

② 洞庭青草，近中秋、更无一点风色。玉鉴琼田三万顷，着我扁舟一叶。素月分辉，明河共影，表里俱澄澈。悠然心会，妙处难与君说。　应念岭表经年，孤光自照，肝胆皆冰雪。短发萧疏襟袖冷，稳泛沧溟空阔。尽吸西江，细斟北斗，万象为宾客。扣舷独啸，不知今夕何夕。［南宋·张孝祥《念奴娇·过洞庭》］

庭湖："八月湖水平，涵虚混太清。气蒸云梦泽，波撼岳阳城。"写的也是八月份。为什么是"波撼岳阳城"呢？绝非了无风痕。究竟是风在动，幡在动，还是心在动呢？如果一个人心静，眼前的湖水就可以"更无一点风色"。以这样的坦荡，在浩瀚洞庭湖面上，一叶扁舟不觉孤单，只觉一片与天地交融时令人沉醉的壮阔。"玉鉴琼田三万顷，着我扁舟一叶"，青碧的湖水如同玉做的镜子，三万顷辽阔，就我这一叶扁舟，我是何等自由啊。这一片自由天地，这一片自由心胸，可以看见"素月分辉，明河共影，表里俱澄澈"，水天交融的

南宋·马远　《举杯玩月图》（局部）

洞庭湖是这般明净清澈——天上的银河素月、地上的洞庭湖水，诗人的心又何尝不是？在这一瞬，朗月银河，流光普照，映出坦荡人心，表里一派澄澈。这份融合默契的欢喜，“悠然心会，妙处难与君说。”一个人在贬官的路上恰逢中秋，没有捶胸顿足的号哭，没有怨天尤人的悲叹，只有与天地合而为一的喜悦，只有对明月人心的悠然领悟。此番曼妙，难以用语言传达。千载之后，他的诗词辉映月华，我们也能够悠然心会吗？

再回头看一看当年的张孝祥是多么不容易。“应念岭表经年”，在岭南这个偏僻的地方待了一年，虽然被谗言离间，但是我很清楚自己的内心：“孤光自照，肝胆皆冰雪。”明月，照彻我的心灵，肺腑肝胆，冰清玉洁。这让我们想起另一句诗：“一片冰心在玉壶”。一个人坦坦荡荡，行为朗朗，秉性高洁，当然就会清澈自在。所以张孝祥说：“短发萧疏襟袖冷，稳泛沧溟空阔。”我一个人

清·袁耀《汉宫秋月图》（局部）

在这里，虽然秋凉浸肤，但我依旧稳稳地在湖上泛舟，在空阔的湖面与天地融而为一，了无尤怨。中秋是中国人的团圆节，每逢佳节倍思亲，贬官回朝的张孝祥，谁又是他的亲人，谁与他在节日共饮？他抬头看到北斗七星的形状宛如一把大勺子，低头看见了西江水，他说“尽吸西江，细斟北斗，万象为宾客”。那么我就用这把大勺子，舀尽西江水，遍宴山川，自然万物都是我座上的宾客。此一刻，“扣舷独啸，不知今夕何夕。”这样一个时刻，天清月朗，生命浩荡，在青天碧水之间，我叩击船舷，仰天长啸，与天地一体，和万物同欢，此乐何极，“不知今夕何夕”。

我之所以特别喜欢这首词，因为它写出了在我们生命中，懂得明月与自我的关联，你可以拥有一种什么样的境界。

人生活在这个世间，与人有缘，与山水有缘，与日月同样有缘。一个真正懂明月、爱明月的人，明月会变

明·杜堇《陪月闲行图》（局部）

成信念的支撑。即使工作中的上司、同事贬损你，即使外人不理解你，“孤光自照，肝胆皆冰雪”，明月永不背叛，可以照出你一颗心的辽阔与坦然。即使其他人都离你而去，孤单的你，也可以在花间邀约明月，且歌且舞，“我歌月徘徊，我舞影零乱”，明月是你的知音，也是你的舞伴。当你愿意把自己交付给明月，明月一定会接受。人与人的期许，有时候会辜负，但是明月常在，不弃不离。所以，学会与明月相逢，与明月相知，让月光照彻生命，这是一种成长。

《五灯会元》中有一句话说得好：“满船空载月明归”[1]。如果说我们划着一只船，船看着是空空的，但同时又是满满的，这就叫“满船空载”。满船空载的是什么？你只能载动一样东西，那就是明月。这首诗的题目叫《颂钓者》，钓鱼的人没有载着鱼回家，却把月光载入船舱，你看不见，但知道它的圆满。有的时候，我们生命中的成长也是如此。走过了许多岁月，我们会在名片上累积很多头衔，在工资卡里累积很多财富，在人情交往中累积很多朋友，还有身边相伴的亲人。所有这一切成就，都是看得见的。但是看不见的财富，我们累积了多少？过于丰盈饱满的生命，留白也是一份轻灵，那明月清辉的满船空载，也许更美。如果能够懂得明月的这一切，也就真像诗僧寒山[2]说的那样：“圆满光华不磨莹，挂在青天是我心。”[3]那一轮光华圆满、没有丝毫磨损地挂在天空的，你管它叫明月吗？不是。我告诉你，那是我的心灵。

每个生命都有自己的一轮明月，每个生命都有自己的阴晴圆

① 千尺丝纶直下垂，
一波才动万波随。
夜静水寒鱼不食，
满船空载月明归。
［唐·船子德诚禅师《颂钓者》］

② 寒山，大历（766—779）中人，一说贞观（627—649）时人，唐诗僧。一称寒山子。其诗多表现山林隐逸之趣和佛教的出世思想，对世态亦有所讥刺。语言通俗诙谐，近于王梵志。

③ 众星罗列夜明珠，
岩点孤灯月未沈。
圆满光华不磨莹，
挂在青天是我心。
［唐·寒山《诗三百三首》］

缺。明月照出了我们的离愁别恨，但欧阳修说得好：“人生自是有情痴，此恨不关风与月。”人生多情，无关风月，风月只是转移了我们的情思、我们的离恨，给了我们一份安顿，给了我们一种寄托。明月这个意象高悬在诗坛上空，中国人从古至今保持着对它温柔的狂热，因为它对我们每个人都很公平，入心入怀，成为我们生命中恒久相伴的诗意。

斜阳晚钟

夕阳不仅会勾起我们那些未解的惆怅，夕阳有时候也有一种门掩黄昏，渔樵晚归的静谧和温馨。而如果说斜阳照亮的只是一己忧伤，那它不会留下古今这么多的吟唱，之所以如此，更重要的是因为斜阳照彻古今，见证江山更迭。比个人心事更开阔的是黄昏的那份庄严，是斜照里的兴衰。

引子：吟到夕阳山外山

一天之中最意味深长的时候，莫过于夕阳西下。这个时刻，光影迷蒙，熟透了的温暖中隐隐含着一丝感伤，夕照把影子映得细长细长，人心中的眷恋也如丝如缕，绵长悠远……龚自珍[①]说："吟到夕阳山外山，古今谁免余情绕？"[②]只需要念到、想到"夕阳山外山"这几个字，千古以来的诗人骚客们，就都被重重叠叠的情思缠绕住，无法逃避。这里的情，可以是男女的爱情，可以是亲朋的感情，还可以是人感时伤怀的一种情愫。"夕阳山外山"，到底牵绊着我们多少歌唱呢？

中国有着农耕文明的传统，农耕文明遵循的秩序就是"日出而作，日入而息"[③]。跟着太阳出门去劳作，跟着太阳回家去休息。太阳回家的时候人也应该归来了。夕阳时分，很多人虽然带着一身的疲惫，带着未了的遗憾，但毕竟也带着对明天的希冀，准备回家，可以期待安宁的晚餐和安心的休憩。而对于在路上的客子来说，这是一个多么惆怅的思归时刻啊。

夕阳西下，一天流光走到了边界，马上就要坠入茫茫黑夜。这一瞬间，人心百转千回。李白说："暝色入高楼，有人楼上愁。"[④]为什么暝色使人愁呢？就是因为，有归来就有未归，有未归就有思念，有思念就有哀愁。当归不归，一天的流光和心愿，都无法安顿。

其实，归来是人的永恒心愿。我们一次次地出发，就是为了

① 龚自珍（1792—1841），清末思想家、文学家。一名巩祚，字璱人，号定盦。

② 未济终焉心缥渺，
百事翻从缺陷好！
吟到夕阳山外山，
古今谁免余情绕？
[清·龚自珍《己亥杂诗》]

③ 日出而作，
日入而息，
凿井而饮，
耕田而食，
帝力于我何有哉？
[先秦·无名氏《击壤歌》]

④ 平林漠漠烟如织，寒山一带伤心碧。暝色入高楼，有人楼上愁。　玉阶空伫立，宿鸟归飞急。何处是归程，长亭更短亭。
[唐·李白《菩萨蛮》]

一次次地归来。《诗经·王风》①里，看着茫茫暮景，一个思妇想念她在远方的爱人，“君子于役，不知其期，曷至哉？”我的良人出去服役，走的时候也没告诉我归期，这个时候你在哪儿呢？什么时候你才能归来呢？接着，她细数眼前风景：“鸡栖于埘△，日之夕矣，羊牛下来。君子于役，如之何勿思？”太阳西斜了，鸡上架了，羊啊牛啊全都回家了，我的良人啊，你叫我怎么能不想你呢？这是中国人对日暮晚归的最早歌唱，平白如话。“归来”的心愿在中国诗歌中，曾经如此朴素啊！

就是这样的朴素情怀，唤醒了人心中掩埋的情感，开启了诗歌史中的“闺怨诗”题材。清代许瑶光②评价《君子于

清·任伯年《蒲塘秋艳》（局部）

① 君子于役，
不知其期，
曷至哉？
鸡栖于埘，
日之夕矣，
羊牛下来。
君子于役，
如之何勿思？
君子于役，
不日不月，
曷其有佸？
鸡栖于桀，
日之夕矣，
羊牛下括。
君子于役，
苟无饥渴！
[《诗经·王风》]

② 许瑶光（1817—1881），清诗人。字雪门，号复斋，晚号复叟。

△ 埘（shí）：鸡舍，凿墙而成的鸡窠。

役》这首诗："鸡栖于桀下牛羊，饥渴萦怀对夕阳。已启唐人闺怨句，最难消遣是昏黄。"[△] 看到鸡上架、牛羊回家，就开始想到远方的人，想到自己的等待没有尽头，内心缠绕着百折千回的思念，怎堪面对夕阳？一天之中，最难面对的时光，最难排遣的情绪，就在黄昏时分。所以钱锺书[△△] 在《管锥编》里说："盖死生别离，伤逝怀远，皆于黄昏时分，触绪纷来，所谓最难消遣。"

人心中所有的怀远、离别，在这个时刻，都裹在了一起，纷至沓来，涌上心头。它有美好，有眷恋，它有失落，有感伤。著名的"夕阳无限好，只是近黄昏"[①]，千古绝唱，短短十个字，蕴涵着辽阔的意象和丰富的回味。"夕阳无限好"讲的是空间，笼罩着天地景象的温馨、欢愉；"只是近黄昏"讲的是时间，黑暗渐渐逼近，留下的是悲伤，是苍凉。空间的迷茫和温馨，时间的苍凉和短促，组合成了荒烟落日、斜阳晚照，组成了中国人千古以来的日暮情思、不舍歌唱。

① 向晚意不适，驱车登古原。夕阳无限好，只是近黄昏。[唐·李商隐《乐游原》]

每每读到"近黄昏"三字，生命匆急之感扑面而来，仓促与疲惫，感伤与哀愁，面对时间流逝，人心中的那一点点不甘，都在这三个字中泛起，让人不由得渴望倾情投入这一刻，抓住黄昏时分这最后一点点流光。

为君持酒劝斜阳，且向花间留晚照

黄昏是摄影家特别钟爱的时分，因为光影温柔，层次和细节被

△ 出自许瑶光《再读诗经》。

△△ 钱锺书（1910—1998），学者、作家。字默存，号槐聚，笔名中书君。江苏无锡人。文学作品有散文集《写在人生边上》，短篇小说集《人、兽、鬼》，长篇小说《围城》。学术著作《谈艺录》、《管锥编》。

近代·于非闇 《世世有喜》（局部）

渲染得格外清晰。很多诗歌里面，不约而同地用了一个词——“白日”。为什么把夕阳叫成白日西迟，因为朝霞是暖色的，所以才说年轻人是八九点钟的太阳，因为他蓬勃，欢欣，带着生命的热量。太阳就像一个青春红润的少年，走过青年的蓬勃，走过壮年的辉煌，到了落下的时候，它的那种血色已经淡淡地、渐渐地隐去了。

夕阳，往往象征着一个人的暮年，青春不再，梦想仍在。面对夕阳，有多少文人留下他们的企求：让时光走得再慢一点吧……

屈原在《离骚》里面说：“吾令羲和弭节兮，望崦嵫而勿迫；路曼曼其脩远兮，吾将上下而求索。”大家都熟悉最后一句——他的求索，他九死不悔的努力，他自己内心志向的一种抒发——但是不要忘记了前面一句，他要让“羲和弭节”。神话中，羲和驾着六条龙，拉着太阳在天空行走。屈原说：羲和啊，放下你的鞭子吧，你让太阳慢一点，让太阳停一停，不要让黑夜这么迅速地把我吞噬，因为我要走的道路太长，上下求索，我还需要光阴！

李白在他的《古风》[1]中说得更明确："黄河走东溟，白日落西海。逝川与流光，飘忽不相待。"黄河一路向东奔涌，夕阳刷刷地向西坠落，这一切是如此匆促！这一东一西的奔走的逝水和流光，日复一日，把生命撕扯成零落的碎片。

杜甫登上慈恩寺塔，俯瞰长安，千年古都和关中的历史纷至沓来，他不禁咏叹："羲和鞭白日，少昊行清秋。"[2]羲和啊，你哪儿是拉着龙驾的车子带着太阳慢慢走呢，你简直是举着鞭子赶着白日疾驰狂奔啊；少昊呀，你所掌管的秋天怎么这么快就来临了呢？一日之间到黄昏，一年四季到晚秋，这两个时刻太让人心思彷徨。

而正是在这个秋天的傍晚，杜甫登上高高的慈恩寺塔，往下一看，"秦山忽破碎，泾渭不可求。"夕阳里，远处的山峦、河水似乎陡然改变了模样。这两句诗，既是比喻，也是写实。"秦山"、"泾渭"比喻当时唐朝的政局，河山破碎，朝纲混乱，清浊黑白不分。而写实的层面，其实不陌生，大家都体会过——我们坐飞机，飞到一定高度，还没有飞到云层之上的时候，临着舷窗往下看，会看见一块块的田地，一座座的房屋，一个个山脉或山头，都像小孩子的积木一样，小小的像一个沙盘，东一个西一块。这就是杜甫眼中的山河忽破碎。

原本壮观的锦绣山河，为什么到了高处一看，就变得支离破碎？都说泾渭分明，但是在夕阳迷茫的光影之中，泾渭之间的界限

① 黄河走东溟，
白日落西海。
逝川与流光，
飘忽不相待。
春容舍我去，
秋发已衰改。
人生非寒松，
年貌岂长在。
吾当乘云螭，
吸景驻光彩。
［唐·李白《古风》］

② 高标跨苍穹，
烈风无时休。
自非旷士怀，
登兹翻百忧。
方知象教力，
足可追冥搜。
仰穿龙蛇窟，
始出枝撑幽。
七星在北户，
河汉声西流。
羲和鞭白日，
少昊行清秋。
秦山忽破碎，
泾渭不可求。
俯视但一气，
焉能辨皇州？
回首叫虞舜，
苍梧云正愁。
惜哉瑶池饮，
日晏昆仑丘。
黄鹄去不息，
哀鸣何所投？
君看随阳雁，
各有稻粱谋。
［唐·杜甫《同诸公登慈恩寺塔》］

都已经不清晰了。站在高山之上，一个人独立观望，俯瞰大地，回首前尘往事。天下兴亡，人生离乱，有过多少陡然的破碎，有过多少骤然的模糊，在这一刻浮上心来。流光就是这样把人一点一点地带向了生命的尽头。

所谓“志士惜日短，愁人知夜长”[①]，时光这个东西的体验真是存在相对论，对于每天想着有无穷无尽的事情要做的人来说，他就觉得一天时光太短了，倏忽而逝；但是对于在深夜心思辗转、夜不成寐的人来说，他会觉得这一夜是多么难熬。为什么会有这么多人在黄昏时刻起了愁思？是因为光影西沉那一刻的变化是想躲也躲不过去的啊！

晚唐诗人姚合[②]哭苦吟诗人贾岛[③]，就选择在这样白日西斜的时候，他说“白日西边没，沧波东去流。名虽千古在，身已一生休”[④]。寥寥二十个字，和李白的那首诗用意相似，都是看到白日向西天落下去的速度不可阻止，而海水东流也不能让它停下来，这就像生命啊！你的名字虽然千古常在，但你的今生已经消失在历史烟尘中。

中国那些多情的诗人，因为黄昏一刻难耐心中深情，就起了一个天真的幻想：挽留斜阳。

一个人的心事宛转，在夕阳时分有过多少蹉跎，有过多少不舍，要拼却多大的心力，才敢去挽留住斜阳呢？宋祁[⑤]写了“红杏枝头春意闹”[⑥]的春景之后，陡然

① 志士惜日短，愁人知夜长。
摄衣步前庭，仰观南雁翔。
玄景随形运，流响归空房。
清风何飘飖，微月出西方。
繁星依青天，列宿自成行。
蝉鸣高树间，野鸟号东箱。
纤云时仿佛，渥露沾我裳。
良时无停景，北斗忽低昂。
常恐寒节至，凝气结为霜。
落叶随风摧，一绝如流光。
[西晋·傅玄《杂诗》]

② 姚合（777—843），唐诗人。字大凝，陕州硖石（今河南陕县东硖石镇西石门）人。所作诗篇多写个人日常生活和自然景色，喜为五律，刻意求工，颇类贾岛，故“姚贾”并称。

③ 贾岛（779—843），唐诗人。以五律见长，注重词句锤炼，刻苦求工。其诗在晚唐、宋初和南宋中叶颇有影响。

④ 白日西边没，沧波东去流。
名虽千古在，身已一生休。
岂料文章远，那知瑞草秋。
曾闻有书剑，应是别人收。
[唐·姚合《哭贾岛二首》（其一）]

⑤ 宋祁（998—1061），北宋文学家、史学家。字子京，开封雍丘（今河南杞县）人，幼居安陆（今属湖北）。能诗文，诗多酬赠送别之作，语言工丽。

⑥ 东城渐觉风光好，縠皱波纹迎客棹。绿杨烟外晓寒轻，红杏枝头春意闹。　浮生长恨欢娱少，肯爱千金轻一笑。为君持酒劝斜阳，且向花间留晚照。
[北宋·宋祁《玉楼春》]

转笔："浮生长恨欢娱少，肯爱千金轻一笑。为君持酒劝斜阳，且向花间留晚照。"人生苦短，欢愉的时光本来就少，我们难道还舍不得散尽钱财来买自己的欢乐吗？但纵使千金买笑，还是留不住时光啊。我能为你做的事，也就只是持酒劝夕阳了，将它的光芒在花丛之中多留一分是一分，夕阳晚走一会儿是一会儿，让晚照在我们记忆之中的光辉多一点点也好……

眷恋是一件很苦的事，因为要用着深情。对夕阳苦苦眷恋的人大多有着向日葵一样的生命，离了阳光就不再蓬勃。

白日西沉的时候，人们心中的不甘，生命的蹉跎，往往会被特别地映照出来。万古斜阳融合了太多人从巅峰跌落以后的体验。

还是在日暮时分，刘长卿送别他的好朋友裴郎中，是一个贬官之人送别另一个贬官之人，他说："猿啼客散暮江头，人自伤心水自流。同作逐臣君更远，青山万里一孤舟。"[①]我们来想一想这个夕阳中的情境：二人告别在江边

近代·于非闇《秋梧鸣禽》（局部）

① 唐·刘长卿《重送裴郎中贬吉州》。

的码头，猿啼哀哀，正如同人告别时的殷殷叮咛；江水浩荡，正如同人事浮沉的伤心情感。但实际上，哀啼的猿不理解告别人的凄楚，东流的水也不理解告别人的伤心。猿自啼，水自流，人自伤怀，只有你和我才是告别的主角，同是逐臣，从此天涯一方。但是刘长卿感叹说，你比我去得还远，我们这一分手，你就要乘上自己的那叶扁舟，天地飘零，一分别就是青山万里。

也许朝霞之中的送别，人不会有如许感伤，因为人在朝霞中上路，太阳逐渐温暖，他还有所希冀。而斜阳下告别，一转眼就是漫漫长夜，辗转孤寒，伤心转而深沉。有多少人追问斜阳，因为斜阳里酝酿了太多不可言说的人生滋味。

| 日暮乡关何处是？烟波江上使人愁 |

每个民族的文化，都不能够摆脱深植于它血液之中的传统观念。中国人是眷恋土地的，土地中有他们的庄稼，有他们的房屋，有他们的子孙，有他们的一切安宁。土地告诉他们日出而作，日暮时分一定要归来。对于归途的向往，也就成了天涯游子一代传一代的吟唱。

孟浩然的《宿建德江》是大家熟悉的诗："移舟泊烟渚，日暮客愁新。野旷天低树，江清月近人。"诗里有一个载体，一个被不停咏叹的词，"舟"。我们平时常用一个词，"漂泊"，无论是行进中的"漂"，还是静止的"泊"，都是在水上，都离不开舟。一叶扁舟，千里江湖。"扁舟"这个词比陆地上的鞍马劳顿，显得更加寂寞孤独，更有风雨飘摇之感。"移舟泊烟渚"，一天的漂泊之后，诗人的船停在那个寒烟迷茫的小洲边。"日暮客愁新"，这五个字说得真好——太阳落山，一天的时光临近尾声，客子心中的愁却刚刚涌起；一个日子老去了，一个人的几缕忧伤却是新鲜的。这种老去的时光，和新鲜的忧伤交映在一起。"野旷天低树，江清月近人。"平野特别空旷，天好像静静地低垂下来，几乎压在树上；江风明朗清澈，仿佛拉近了月亮与人的距离。从日暮时分，太阳一点一点地隐没，到月亮升起，清光一点一点流泻，日暮和新月之间，流转着永远不能消歇的“客愁”。

一提到日暮，血色残阳中渐渐浮起的就是“客愁”，游子心中的忧愁。“日暮乡关何处是？烟波江上使人愁”[①]，客子愁的是“乡关何处”，何时才能回到家乡？在离开的日子，家乡有了什么变故？这些问题，是所有漂泊的客子在每一个日暮都会暗暗涌上心头的问题。而每次日暮都告诉你，你的家乡还远，但你的时间不多，你的生命越走越快，但你还有许多心愿没有完成。“日暮客愁新”，每到日暮，“客愁”涌上心头；每一次涌上心头，就多了一分滋味，多了一分惆怅；每在外漂泊一天，惆怅就加一分，滋味就厚一分。虽然每日都在“愁”，但每次都是那么新鲜，那么感人肺腑。

日暮时分，万种风景涌入眼帘，每一种都可以引发人的“愁”。范仲淹写道：“碧云天，黄叶地，秋色连波，波上寒烟翠。山映斜阳天接水，芳草无情，更在斜阳外。”[②]中国诗词里，有很多复合叠加的意象。比如说这里面，你能够看见的不仅仅有芳草，还有斜阳。芳草远连故园，更在斜阳之后，使得客居他乡的游子难以为情，而它不管人的情绪，所以它更无情。日落寒烟，萋萋芳草，都笼罩在落日余晖之中。落日成了人心中最后那点难耐的心事，难耐的光阴。

一天走到日暮西斜时分，人的心中往往会油然而起一种疲惫。刘长卿曾多次写过这种疲惫，所谓“乱鸦投落日，疲马向空山”[③]，多么形象啊！一片暮鸦乱乱地飞起，呱呱地叫着，飞向远方的落日；疲惫的老马，缓缓地向山里走去。“疲马”是刘长卿喜欢用的

① 昔人已乘黄鹤去，
此地空余黄鹤楼。
黄鹤一去不复返，
白云千载空悠悠。
晴川历历汉阳树，
芳草萋萋鹦鹉洲。
日暮乡关何处是？
烟波江上使人愁。
[唐·崔颢《黄鹤楼》]

② 碧云天，黄叶地，秋色连波，波上寒烟翠。山映斜阳天接水，芳草无情，更在斜阳外。　黯乡魂，追旅思，夜夜除非，好梦留人睡。明月楼高休独倚，酒入愁肠，化作相思泪。[北宋·范仲淹《苏幕遮》]

③ 渐入云峰里，
愁看驿路闲。
乱鸦投落日，
疲马向空山。
且喜怜非罪，
何心恋末班。
天南一万里，
谁料得生还。
[唐·刘长卿《恩敕重推使牒追赴苏州，次前溪馆作》]

一个意象，他还写过“疲马顾春草，行人看夕阳”[①]。夕阳西下，疲惫的马儿啃着春草，旅人下马，独自望着远方的夕阳——前方的路还遥远，而人已倦，马已疲，马尚有“春草”可以咀嚼，人只有“夕阳”可以遥望，春草可以解马的饥饿和疲惫，夕阳却不可以解人的思念和忧伤。一个人在夕阳羁旅上，心也是这样沉沉眷眷。

说到夕阳下的风景，一定会想起马致远[②]的小令《天净沙·秋思》[③]：“枯藤老树昏鸦，小桥流水人家，古道西风瘦马。”九个静态的意象，堆叠在我们的眼前。读这首诗，好像对着一幅静物画，由近景到中景到远景，由平缓到辽阔，由麇集到孤单，意象一个个地呈现出来，终于有一轮光笼罩到画卷之上，“夕阳西下”。在前三句中，我们看到的一切仿佛都是静止的——包括原本是翻飞的昏鸦也是栖息在树上，原本是流淌的河水也被小桥和院落拦住，

① 回首古原上，
未能辞旧乡。
西风收暮雨，
隐隐分芒砀。
贤友此为邑，
令名满徐方。
音容想在眼，
暂若升琴堂。
疲马顾春草，
行人看夕阳。
自非传尺素，
谁为论中肠。
[唐·刘长卿《出丰县界寄韩明府》]

② 马致远（约1251—1321以后），元戏曲作家、散曲家。号东篱，一说字千里，大都（今北京）人。其戏曲创作以格调飘洒脱俗，语言典雅清丽著称。与关汉卿、郑光祖、白朴并称“元曲四大家”。

③ 枯藤老树昏鸦，小桥流水人家，古道西风瘦马。夕阳西下，断肠人在天涯。
[元·马致远《天净沙·秋思》]

清·石涛　《陶渊明诗意图》第四开《一士常独醉，一夫终年醒。醒醉还相笑，发言各不领》（局部）

原本是走动的瘦马也停顿在遥远的古道——只有夕阳在走，笼罩了这一切。缓缓西下的夕阳，不仅笼罩着天地间的一切景物，而且笼罩着人心。“夕阳西下”，语句顿挫，不容置疑。在“枯藤老树”到“西风瘦马”这一系列递进连绵的风景之后，突然出现了主人公，“断肠人在天涯”。前面的一系列意象、一系列风景，都是写“景”，而“断肠人在天涯”，则是写“心”。

天涯到底在哪里呢？有时候，天涯不是一段物理的距离，而是一种心上的分量，其实，人的心中有什么样的天涯，人在旅途的哪一个节点上伫立，他就能看到怎样的一番落日情景。

落日心是催归的，如果人真能归来，哪怕已经错过了落日，还有一份温暖存在。我们为什么都喜欢刘长卿的《逢雪宿芙蓉山主人》[①]？“日暮苍山远，天寒白屋贫”，日暮时分，苍山越离越

① 日暮苍山远，
天寒白屋贫。
柴门闻犬吠，
风雪夜归人。
［唐·刘长卿《逢雪宿芙蓉山主人》］

清·石涛　《陶渊明诗意图》第五开《带月荷锄归》（局部）

远，越来越朦胧。大地被雪笼罩，简陋的茅屋孤零零的，小而瘦弱。读这句诗，整个身上的感觉都是冷冷的。这两句极为清寒，接下来的两句暖暖的，给人带来希望，带来温暖。“柴门闻犬吠，风雪夜归人。”时间已经不是日暮，而是深夜；原本模糊的视觉，在黑夜里已经什么都看不见了，转而去听，大雪飘飘，夜深人静，狗吠，警觉起来，因为有“风雪夜归人”。“风雪夜归人”这五个字为什么这样打动我们？就是因为这句诗里有跋涉后的欣喜，疲惫后的安顿。不是“断肠人在天涯”，而是风雪之夜终于归来。

断鸿声里，立尽斜阳

当今科技的发达便捷，已经让惆怅眺望变得很稀缺。我们惦记家人的时候，随手就可以拨个电话，想念朋友的时候，上网就可以遇着。还有谁会因为心中的牵挂独自怅望斜阳吗？但也许就在这一望之中，很多人已经掩盖下去的心事，会不自觉地浮现出来。

王禹偁[①]说：“万壑有声含晚籁，数峰无语立斜阳。”[②]千山万壑中，不管是泉流，还是松峰，都含着它的声音，这就叫做天籁。而那座山沉默地站在那里，立尽斜阳。一个人在夕阳中，很多心事无法言说，不必言说。柳永在《玉蝴蝶》[③]中感叹：“念双燕、难凭远信，指暮天、空识归航。黯相望。断鸿声里，立尽斜阳。”燕子双飞带不回你的信，斜阳归帆不是你的船。我还能做什么呢？只能伤怀地望着远方，远方的尽头就是你吗？斜阳正浓正红的时分，就站在那里，站到它日渐西落，一点一点隐没，终至斜阳去尽，浓浓的暮色掩去日光，在一片暗暗黑夜中，才心事幽幽地长叹一声，

① 王禹偁（chēng）（954—1001），北宋文学家。字元之。反对宋初华靡文风，提倡平易朴素，于诗推崇杜甫、白居易，于文推崇韩愈、柳宗元。

② 马穿山径菊初黄，
信马悠悠野兴长。
万壑有声含晚籁，
数峰无语立斜阳。
棠梨叶落胭脂色，
荞麦花开白雪香。
何事吟余忽惆怅，
村桥原树似吾乡。
［北宋·王禹偁《村行》］

③ 望处雨收云断，凭阑悄悄，目送秋光。晚景萧疏，堪动宋玉悲凉。水风轻、蘋花渐老，月露冷、梧叶飘黄。遣情伤。故人何在，烟水茫茫。　难忘。文期酒会，几孤风月，屡变星霜。海阔山遥，未知何处是潇湘！念双燕、难凭远信，指暮天、空识归航。黯相望。断鸿声里，立尽斜阳。
［北宋·柳永《玉蝴蝶》］

转身归来。

水阔天长，山迢路远，也许“立尽斜阳”是两个人心意相通的最好办法。他们不能像今天这样，把自己的心事用一种快捷的通信手段传到对方那里，这种“此时相望不相闻”，正是最有情味的地方，也是中国诗词的魅力所在。有一句词说得更好：“一般离思两销魂。马上黄昏，楼上黄昏。”[①]最后八个字，两个地方，一个时间，一样的销魂，一样的相思。两个人，一个在高高的楼头，是怨妇；一个在远远的马上，是客子。马上有黄昏，楼上有黄昏，两个人约定在这个时刻，一般断魂，两下牵挂。

一个人在忙碌的时候可以有很多的寄托，而在斜阳西下的时候，他看见的只是失落和惆怅，所谓“断送一生憔悴，只销几个黄昏”[②]。纳兰性德[③]写过一首悼亡词，追念他已经过世的妻子。他说：“谁念西风独自凉？萧萧黄叶闭疏窗，沉思往事立残阳。”[④]西风吹来，身上的凄寒透至内心，没有人披衣，没有人嘘寒问暖。院子里原本绿意盎然的植物，覆盖在墙壁上、窗户上，在夏日遮阴生凉，如今已经枯黄，锁住了窗子，也让诗人把往事锁在心里，面对残阳独立……“被酒莫惊春睡重，赌书消得泼茶香。”酒酣春睡，是静静的美，是一份两情相悦的欢洽，一个人在欣赏另一个人；赌书泼茶，是灵动活泼的美，知心知音，游戏互动。赌书泼茶，用了另一对伉俪的典故——李清照和赵明诚比记性，看谁能背出哪本书里面哪一段、哪一句话，谁胜谁先喝茶，得胜一方却常常因为先自得意举杯，放声大笑，把茶泼翻了，反而喝不成。

这种少年夫妻风雅欢乐的日子，就这么成为记忆，一点一点地

① 唱到阳关第四声。香带轻分，罗带轻分。杏花时节雨纷纷。山绕孤村，水绕孤村。　更没心情共酒尊。春衫香满，空有啼痕。一般离思两销魂。马上黄昏，楼上黄昏。
[南宋·刘仙伦《一剪梅》]

② 春风依旧。著意隋堤柳。搓得蛾儿黄欲就。天气清明时候。　去年紫陌青门。今宵雨魄云魂。断送一生憔悴，只销几个黄昏。
[北宋·赵令畤《清平乐》]

③ 纳兰性德（1655—1685），清词人。原名成德，字容若，号楞伽山人，满洲正黄旗人。一生以词名世，尤长于小令，多感伤情调，风格近于李后主。

④ 谁念西风独自凉？萧萧黄叶闭疏窗，沉思往事立残阳。　被酒莫惊春睡重，赌书消得泼茶香，当时只道是寻常。
[清·纳兰性德《浣溪沙》]

积郁在心头。所以，沉湎在往事中，独立残阳的纳兰性德最后说了一句话：“当时只道是寻常”。这七个字多么平淡！我们人生中多少欢愉，在经历的那一刻，没有珍惜没有在意。两个人觉得这就是一个寻常时候，相伴相守，这样的日子明天还会来，明年还会有，但当这一切过去，一个人在残阳晚照中一点一点追缅的时候才知道，当时只道是寻常的一切，如今却都已消逝，化为感伤。夕阳把诗人带回去，穿过时光的隧道，让他一点一滴地回忆起与妻子的温馨生活，重归温暖。你能说夕阳没有力量吗？

唐朝诗人韩偓[①]写出一片深情：“花前洒泪临寒食，醉里回头问夕阳。不管相思人老尽，朝朝容易下西墙。”[②]这首诗写于寒食节前夕，寒食是中国古代的一个重要节日，一般在清明节的前一两天，踏青扫墓、祭奠亲人是这一天的主要活动。临近寒食，诗人“花前洒泪”，想起了已逝的亲人。接下来的一句，“醉里回头问夕阳”——他苦苦地在追问，带醉追问斜阳。他的心中满是不甘，满腹伤心情事，夕阳啊，你就那么轻易把人抛下，你不知道我们还有多少心愿？你不知道离别在这一刻有多么艰难？这一切都不管，你就这么无情？“不管相思人老尽，朝朝容易下西墙。”夕阳已经看惯了人间的悲欢离合，看惯了相思肠断，看惯了岁月沧桑，每天都轻盈碾过黄昏，毫不犹豫地滑落进黑暗，把寒夜把相思留给孤独的人。

也许今天的人会说，这样的斜阳让我们伤感得无聊，我们权且让它走远，我们早早地亮起房子里面各种各样的灯，打发这段时光不就完了吗？以今天的照明条件，斜阳还没有退尽，霓虹已经照亮

① 韩偓（约842—923），唐末诗人。字致尧（一作致光），小字冬郎，自号玉山樵人，京兆万年（今陕西西安）人。其早年诗多写艳情，词藻华丽，有香奁体之称。

② 唐·韩偓《夕阳》。

清 · 孙云　《秋山征帆图》成扇

了不夜都市，我们对斜阳的那份眷恋还有意味吗？

在今天，望望斜阳成为一件奢侈的事情。一些人的斜阳时分，还在办公室加班；一些人的斜阳时分，在堵车的路上，闻着汽车的尾气，喇叭刺耳，此起彼伏，除了烦躁没有什么别的心思。斜阳就这样被我们在忙碌中忽略。我们不仅错过了斜阳的感伤，甚至也错过了斜阳中一段从容的温情。斜阳就像是一种淡淡的显影液，曾经多少的心事，浅浅地浮出它的影像。这样的体验，我们是不是也要错过呢？

青山依旧在，几度夕阳红

夕阳甚至可以把古人的芳魂，带回到我们眼前。杜甫在王昭君的故居前写下这样的句子："群山万壑赴荆门，生长明妃尚有村。一去紫台连朔漠，独留青冢向黄昏。"[①]诗的最后两句，如此描述这位奇女子的一生，写得多么玲珑，多么明艳，又有着多少凄寒。她远嫁匈奴，走向大漠，最后留下什么呢？一个美丽的传奇，一个

① 群山万壑赴荆门，生长明妃尚有村。一去紫台连朔漠，独留青冢向黄昏。画图省识春风面，环佩空归月夜魂。千载琵琶作胡语，分明怨恨曲中论。［唐 · 杜甫《咏怀古迹五首》（其三）］

凄凉的青冢。去内蒙古，出呼和浩特不远，可以看见昭君墓。昭君墓有个好听的名字，“青冢”，年年秋草枯黄，唯独这个坟头的青草还是萋萋绿色，它还带着南方的风，它还带着不死的心，它还带着魂魄里面的一点点企盼。这样的萋萋芳草，被斜阳映衬得格外触目惊心，这就叫“独留青冢向黄昏”。

如果说斜阳只是一个人的心事，那它不会留下古今这么多的吟唱，之所以如此，更重要的是因为斜阳照彻古今，见证江山更迭。比个人心事更开阔的是黄昏的那份庄严。“江山不管兴亡事，一任斜阳伴客愁。”①江山怎么能够知道人间的兴亡变幻呢？斜阳日日都落，只有一代代多情诗人，满怀兴亡之慨，对着常青的山河，对着不变的斜阳。

刘长卿面对着金陵城，想起惆怅南朝事，写下了“夕阳依旧垒，寒磬满空林。惆怅南朝事，长江独至今”②。一个王朝的兴衰，与斜阳的光芒、寒磬的声音、长江的流水勾连在一起。天边有斜阳，地上有长江，人间悠悠不断的是寒磬的吹奏，把所有这一切勾连起来的就是南朝的惆怅往事，就是夕阳里的江山更迭。夕阳那么有限，长江那么无穷，时间和空间形成了鲜明的反差，更让人觉得今生亦幻亦真。

斜阳曾经探望过多少人？斜阳曾经见证过多少事？刘禹锡在《乌衣巷》中说：“朱雀桥边野草花，乌衣巷口夕阳斜。旧时王谢堂前燕，飞入寻常百姓家。”在今天，那些野草闲花都融入了夕阳晚照中，春天里燕子飞来，它们落脚的地方，当年的华丽楼阁，如今却变成了寻常百姓人家。真正的惊心动魄不是风云突变的瞬间，而是再大的辉煌也终将归于平淡。

① 玉树歌终王气收，
雁行高送石城秋。
江山不管兴亡事，
一任斜阳伴客愁。
[唐·包佶《再过金陵》]

② 古台摇落后，
秋日望乡心。
野寺人来少，
云峰水隔深。
夕阳依旧垒，
寒磬满空林。
惆怅南朝事，
长江独至今。
[唐·刘长卿《秋日登吴公台上寺远眺》]

同样的心情，辛弃疾也有。他在京口北固亭上，一眼望去：“千古江山，英雄无觅，孙仲谋处。舞榭歌台，风流总被，雨打风吹去。斜阳草树，寻常巷陌，人道寄奴曾住。想当年，金戈铁马，气吞万里如虎。”①当年孙权的江山，已经黯淡。舞榭歌台，曾经的繁华，这一切都走远了，只有芳草斜阳中的一条平凡小巷还在，传说是当年南朝宋武帝刘裕住过的地方。这条寻常巷陌，静静铺展在落日斜阳之中，向历史留下的一份见证。“金戈铁马，气吞万里如虎”。不管是当年孙权的英雄豪气，还是刘裕的指点江山，都已经化为历史的陈迹，被“雨打风吹去”了，但他们的气息，依稀犹在，成为人们指指点点中的传说。

不管是芳草、斜阳，还是燕子，在周邦彦看来，在“诗人之心”的寻寻觅觅中，它们似乎已无情远去，又似乎含情重来。“酒旗戏鼓甚处市？想依稀、王谢邻里。燕子不知何世；入寻常巷陌人家，相对如说兴亡，斜阳里。”②一切兴亡过往，总有一道永恒的背景不变，那就是斜阳犹在。在那样的斜阳暮景之中，一切是迷茫的，一切是温暖的，迷茫如同前尘往事，温暖如同旧梦归来。江山古今，迷茫而温柔的斜阳始终都在。

气度豪爽的李太白看斜阳：“音尘绝。西风残照，汉家陵阙。”③这是何等的气魄！王国维在《人间词话》里面评价他：“太白纯以气象胜。‘西风残照，汉家陵阙’，寥寥八字，遂关千古登临之口。”西风是冷冽的，残照是苍茫的，从汉家陵阙里面透出历史的声音，悠悠千古，一直不曾消失。今天还有西风，还有残照，在我们的这个世界上，我们能够看见换了容

① 千古江山，英雄无觅，孙仲谋处。舞榭歌台，风流总被，雨打风吹去。斜阳草树，寻常巷陌，人道寄奴曾住。想当年，金戈铁马，气吞万里如虎。　元嘉草草，封狼居胥，赢得仓皇北顾。四十三年，望中犹记，烽火扬州路。可堪回首，佛狸祠下，一片神鸦社鼓。凭谁问：廉颇老矣，尚能饭否？
[南宋·辛弃疾《永遇乐·京口北固亭怀古》]

② 佳丽地，南朝盛事谁记？山围故国绕清江，髻鬟对起；怒涛寂寞打孤城，风樯遥度天际。　断崖树，犹倒倚；莫愁艇子曾系。空余旧迹郁苍苍，雾沉半垒。夜深月过女墙来，伤心东望淮水。　酒旗戏鼓甚处市？想依稀、王谢邻里。燕子不知何世；入寻常巷陌人家，相对如说兴亡，斜阳里。
[北宋·周邦彦《西河·金陵》]

③ 箫声咽。秦娥梦断秦楼月。秦楼月。年年柳色，灞陵伤别。　乐游原上清秋节。咸阳古道音尘绝。音尘绝。西风残照，汉家陵阙。
[唐·李白《忆秦娥》]

颜的人间，只是，夕阳还能照进匆忙的人心吗？

虽然王国维说没有人再在登临时写“残照”了，但是毛泽东的诗词恰恰用同一个词牌又去写了残照，叫做“雄关漫道真如铁，而今迈步从头越。从头越，苍山如海，残阳如血”①。今天读起这样的诗词，不亚于“西风残照，汉家陵阙”，那些苍山，那些残阳，那些英雄的襟怀，始终都在。

① 西风烈，长空雁叫霜晨月。霜晨月，马蹄声碎，喇叭声咽。　雄关漫道真如铁，而今迈步从头越。从头越，苍山如海，残阳如血。［毛泽东《忆秦娥·娄山关》］

我们在残阳中真的只有一己的忧伤吗？残阳照彻人生，每个人在黄昏落照之中都有自己的感受，也许残阳如血，永远映照在兴衰交迭的关隘之上，永远照映着古今的苍茫，也永远照彻人们的心事。看得见残阳就在一天的边界上抓住了温暖，守住了心中没有陨落的梦想。

“青山依旧在，几度夕阳红。”②千年兴衰，江山更迭，夕阳为证。

② 滚滚长江东逝水，浪花淘尽英雄。是非成败转头空。青山依旧在，几度夕阳红。　白发渔樵江渚上，惯看秋月春风。一壶浊酒喜相逢。古今多少事，都付笑谈中。［明·杨慎《临江仙》］

|守望一段斜晖脉脉水悠悠|

黄昏多情，黄昏无奈，闺怨诗遂成为黄昏时候格外醒目的一个类别。

李商隐在《代赠》中写道：“楼上黄昏欲望休，玉梯横绝月如钩。芭蕉不展丁香结，同向春风各自愁。”这也是“立尽斜阳”。一个思妇，在黄昏时刻，登上楼头，望眼欲穿，望不见天边，更望不见归人，从暮色沉沉一直望到新月如钩。“玉梯横绝”这个比喻有两重意思，第一重，玉梯隐隐约约连接着月宫，在云雾中似断似续，不可攀登；第二重，玉梯就是眼前的楼梯，月光下，楼梯如玉，无人来与佳人相会。远处的虚拟的玉梯连接的月亮已经清瘦如钩；近处的实体的楼梯上，相思的人也像新月一样消瘦。思妇独立楼头，看见远处的月亮和近处的楼梯，看着自己的栏干远远地延伸出去，秋波望断，时光辗转。

孤寂之中，她终于看到了陪伴自己的两种植物，芭蕉和丁香。但是芭蕉不舒展——叶子紧紧卷着，丁香空自结——花骨朵也是裹成小结。芭蕉和丁香，都没有展开自己的美丽。“同向春风各自愁”，同处一片春风中，芭蕉愁，丁香愁，她也在愁，各有各的心事。她的心如同芭蕉叶、丁香结，面对春风，面对夕阳，所有的孤独、所有的心事都被刻画出来。

这种孤独，这种思念，也就是温庭筠所说的：“梳洗罢，独倚望江楼。过尽千帆皆不是，斜晖脉脉水悠悠。肠断白蘋洲。”[①]黄昏这个时候，归舟点点，自天际而来，但千帆望尽，都不是自己等待的人，只有斜阳脉脉，碧水悠悠，空空伴着楼头盛装的佳人独自忧伤。这样丝丝缕缕的斜阳光线，把痴痴守望中的那点寂寞与不甘刻画得千回百转，只“斜晖脉脉水悠悠”七字，写尽纤细绵长的一种刻骨伤情。

而在晏殊的笔下：“红笺小字，说尽平生意。鸿雁在云鱼在水，惆怅此情难寄。”[②]写完信笺，诉尽相思，但无论是鸿雁还是鱼儿，都无法把自己的心意寄出去。这一个难耐时刻，又见斜阳。“斜阳独倚西楼，遥山恰对帘钩。人面不知何处，绿波依旧东流。”这也是一个静默的时刻，斜阳笼罩了楼头独自远眺的身影，极目处一带远山，绿水东流，斜晖常在。只是人面不知何处，红笺小字写就的相思无处可投，空空握着自己心中的一把柔情，“惆怅此情难寄”。

这个世界上有很多永远也寄不出的情书，写出来不过是对自己

① 梳洗罢，独倚望江楼。过尽千帆皆不是，斜晖脉脉水悠悠。肠断白蘋洲。[唐·温庭筠《望江南》]

② 红笺小字，说尽平生意。鸿雁在云鱼在水，惆怅此情难寄。　斜阳独倚西楼，遥山恰对帘钩。人面不知何处，绿波依旧东流。[北宋·晏殊《清平乐》]

心事的一个交代。托明月，寄斜阳，太多的愁思并不一定非让对方知道，只是为了安顿自己的一颗心。而今天，一个人有思慕，如果不买礼物送对方，他会自问，她怎么能知道呢？一个人有很深的爱恋，他会想，如果我不发一封E-mail，不让她读到我的心声，她怎么能懂得呢？其实，最深挚无悔的爱恋未必一定要得到回应，笔墨晕染了情思，无非是给自己的生命一个交代。斜阳和明月，之所以在中国人心中有如许分量，是因为斜阳余晖中融合了无数人盼归的眺望，那些目光中的企望酿成了西天晚霞；而明月清冷的光芒中含着多少相思的眼泪，那些思情磨洗出了月光的皎洁。

这样一个黄昏时分，到了元曲里面说得更加鲜活。王实甫[①]写《别情》[②]：“怕黄昏忽地又黄昏，不销魂怎地不销魂。新啼痕压旧啼痕，断肠人忆断肠人。”人怕黄昏，忽然之间真的又黄昏了，人要保重自己别销魂啊。可他怎么能够不销魂？旧啼痕没有干，新啼痕又来了，自己是断肠人，又在想念另一个断肠人。

这样的句子常常让我思考，今人相比于我们的祖先，是更有力量了还是更无能了？表面看起来，科技让我们上天入地，几乎无所不能，我们显然是进步了。但在另外一方面，我们不勇敢了，我们不深情了。今天，我们有几个人会为一份寄托不出去的情思而断肠呢？我们有几个人会对那种无法回应的音信还执著呢？有几个人会在乎对自己的心、自己的感情有一份交代？有几个人还会勇敢地面对斜阳去感伤呢？

对于这样的一个时刻，刻画得最细腻的是南渡之后的李清照。由北入南，失去夫君，失去家国河山，这样一个走向暮年的女人，

① 王实甫（？—？），元戏曲作家。一说名德信，大都（今北京）人。生平事迹不详，所作杂剧今知有十四种。

② 自别后遥山隐隐，更那堪远水粼粼。见杨柳飞绵滚滚，对桃花醉脸醺醺。透内阁香风阵阵，掩重门暮雨纷纷。怕黄昏忽地又黄昏，不销魂怎地不销魂。新啼痕压旧啼痕，断肠人忆断肠人。今春，香肌瘦几分？搂带宽三寸。[元·王实甫《别情》]

黄昏时刻，她的心事又能怎么书写？

寻寻觅觅，冷冷清清，凄凄惨惨戚戚。乍暖还寒时候，最难将息。三杯两盏淡酒，怎敌他晚来风急？雁过也，正伤心，却是旧时相识。　满地黄花堆积，憔悴损，如今有谁堪摘？守着窗儿，独自怎生得黑！梧桐更兼细雨，到黄昏、点点滴滴。这次第，怎一个、愁字了得！

我们都记得她的这首《声声慢》。“寻寻觅觅，冷冷清清，凄凄惨惨戚戚。”这一连串的叠字，写出从清早起来就若有所失，无着无落，想要寻觅，抓住些依托，偏偏落得一片惨凄……“乍暖还寒时候，最难将息。三杯两盏淡酒，怎敌他晚来风急？”想想她内心的单薄纤弱，堆积了多少世间离乱变迁的心事，偏偏到了这样一个难耐时分，长空断雁，蓦然之间勾起她更深的感伤：“雁过也，正伤心，却是旧时相识。”而今南来的秋雁，正是当年在北方曾见过的吧，它们是否还记得当年赌书泼茶的欢洽，挥毫泼墨的倜傥？物虽是人却非，江山易代，沧海桑田。

再看地上：“满地黄花堆积，憔悴损，如今有谁堪摘？守着窗儿，独自怎生得黑！”韩偓曾经“醉里回头问夕阳”，责问斜阳走得太快，太无情，全然不管相思人老去。而李清照却怨斜阳难耐，她说，我守着这个窗子，看着满地堆积的菊花，无心去采，人共花，任憔悴，如此光景，让我怎么才能挨到天黑？在烈士们的眼里，黄昏太过匆匆，来不及建功立业；在高士们的眼里，黄昏太过匆匆，来不及舒解怀抱；而在李清照的眼里，黄昏格外悠长，满眼的景致已经不堪，何况又听见了这样一种声音：“梧桐更兼细雨，到黄昏、点点滴滴。”这番景象，一个“愁”字能了吗？人心已怨黄昏长，偏偏雨打梧桐，点点滴滴，格外地渲染了她的忧伤。

有谁的黄昏能如此细腻？跟着李清照走过这样一个宛转曲折的黄昏之后，我们怅然望向天空，才发现都市已经在尾气的迷雾和过早亮起的霓虹灯彩中失去了黄昏。今天的人纵使有了忧伤，总希望尽快忘怀，虽然可以用各式各样的方式去排遣去发泄，但忧伤过后，情感一片空茫。还有谁敢寂寞地守住黄昏呢？还有谁敢用一份沉甸甸的忧伤，实实在在去印证一份情感的力量？

近代·黄山寿《枫溪鸣瀑》（局部）

李商隐更勇敢，他送走了黄昏，送走了夕阳，还不甘心，所以写下《花下醉》。“寻芳不觉醉流霞，倚树沉眠日已斜”，太阳已经西斜，在沉沉的斜阳中，人不知不觉地欢愉，人不知不觉地沉睡，而醒来之后呢？“客散酒醒深夜后，更持红烛赏残花。”夕阳已逝，夜色沉沉，客已散，酒已醒，唯有已经凋零的残花还在。那么就端起红烛，在烛光中独自欣赏那份残败的美丽吧……这是送走夕阳之后的不甘，送走夕阳以后的意犹未尽。这种对残花、对孤独的品味和享受，也是一种心灵的丰富和勇敢。

|别来沧海事，语罢暮天钟|

夕阳带给人一种特殊的审美，在朦胧之中，转瞬即逝，让人在如梦如幻的光影中看见一种不真实的美感。你说不清你看见的是一段旧江山，还是一段新梦境。斜阳晚照时分，既不像早晨的光线那么柔和，也不像正午的阳光那么强烈，它有曲折，有跌宕，有温婉，有迷蒙，所谓“竹怜新雨后，山爱夕阳时”[①]，你看看，雨后新竹，格外惹人怜爱，晚山斜阳的那一刻，最让人怦然心动。

王勃的千古名句描绘出：

近代·黄山寿《松坡晴嶂》（局部）

① 泉壑带茅茨，云霞生薜帷。竹怜新雨后，山爱夕阳时。闲鹭栖常早，秋花落更迟。家童扫萝径，昨与故人期。[唐·钱起《谷口书斋寄杨补阙》]

“落霞与孤鹜齐飞，秋水共长天一色。”落霞从天边往下走，遇上了飞起的白鹜；秋水从近处往远处流，接上了远方的长天。这样一种远近高低之间的相遇，凝成了我们心中永不褪色的诗意。谢朓[①]在《晚登三山还望京邑》[②]中写出了他的“余霞散成绮，澄江静如练”，以至于李太白以后想起来，“解道澄江静如练，令人长忆谢玄晖”。只要念起“澄江静如练”这个句子，李白的心中就会想起小谢留下的永恒晚霞，想起他文字中的清新、蓬勃。这些瞬间，在文字中成为永恒。

陆游说，“平堤渐放春芜绿，细浪遥翻夕照红”[③]，青青平芜的绿色和水波上残阳泛起夕阳红，多么鲜明的对比。白居易说，“一道残阳铺水中，半江瑟瑟半江红”[④]，这要多细腻的心才能看得见。远远的地方是宁静的水波，残阳渲染，一片红艳；近处有粼粼波光，如同绿玉，流波宛转。秦少游说，“无数青莎绕玉阶，夕阳红浅过墙来”[⑤]，那样的红浅之色，说明夕阳未晚，还带着一点朦朦胧胧的探望，悠悠过墙而来。

同样是秦少游，他写道：“多少蓬莱旧事，空回首，烟霭纷纷。斜阳外，寒鸦万点，流水绕孤村。”[⑥]后来晁补之赞叹这句诗词：“虽不识字人，亦知是天生好言语。”这是秦少游化用隋炀帝写过的一句诗，叫做“寒鸦飞数点，流水绕孤村”。但是秦少

① 谢朓（464—499），南朝齐诗人。字玄晖，陈郡阳夏（今河南太康）人。在永明体作家中成就最高，诗多描写自然景色，善于熔裁，时出警句，风格清俊，颇为李白所推许。后世与谢灵运对举，亦称小谢。

② 灞涘望长安，河阳视京县。
白日丽飞甍，参差皆可见。
余霞散成绮，澄江静如练。
喧鸟覆春洲，杂英满芳甸。
去矣方滞淫，怀哉罢欢宴。
佳期怅何许，泪下如流霰。
有情知望乡，谁能鬒不变？
［南朝齐·谢朓《晚登三山还望京邑》］

③ 青山千载老英雄，浊酒三杯失厄穷。
访古颓垣荒堑里，觅交屠狗卖浆中。
平堤渐放春芜绿，细浪遥翻夕照红。
已把残年付天地，骑牛吹笛伴村童。
［南宋·陆游《野饮》］

④ 一道残阳铺水中，半江瑟瑟半江红。
可怜九月初三夜，露似真珠月似弓。
［唐·白居易《暮江吟》］

⑤ 无数青莎绕玉阶，夕阳红浅过墙来。
西风莫道无情思，未放芙蓉取次开。
［北宋·秦观《秋词二首》（其二）］

⑥ 山抹微云，天连衰草，画角声断谯门。暂停征棹，聊共引离尊。多少蓬莱旧事，空回首，烟霭纷纷。斜阳外，寒鸦万点，流水绕孤村。　销魂，当此际，香囊暗解，罗带轻分。谩赢得、青楼薄幸名存。此去何时见也，襟袖上、空惹啼痕。伤情处，高城望断，灯火已黄昏。
［北宋·秦观《满庭芳》］

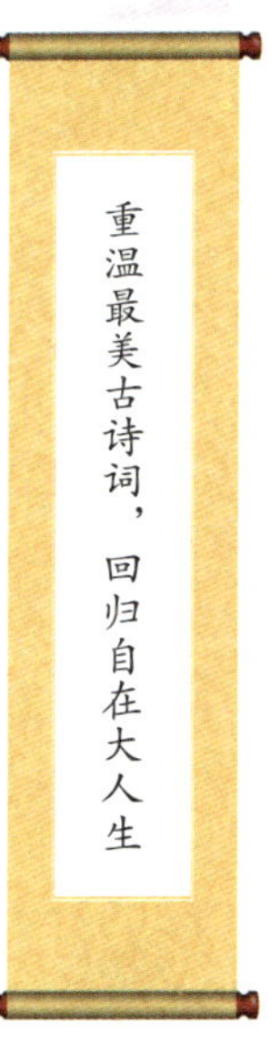
重温最美古诗词，回归自在大人生

游妙在给它加了三个字“斜阳外”，另外把寒鸦“数点”，改成寒鸦“万点”。在斜阳的大背景下，万点寒鸦，纷纷扰扰覆盖住了孤零零的村子，多而动，孤而静，更显出来一种苍凉。有了斜阳晚照，有了寒鸦纷扰，流水孤村更映衬出它的轮廓。这一切，只加“斜阳外”三个字，便勾勒得不同凡响。

难怪杨万里①说：“好山万皱无人见，都被斜阳拈出来。”②这句诗写得巧，因为他用了一个动词“拈”，“拈”是一个轻巧的词——两根手指叫“拈”，三根手指叫“撮”，五根手指叫“托”，两只手叫“捧”——轻轻一拈，它不是托出来，不是捧出来，甚至也不是照出来，不是映出来，只

近代·黄山寿《花卉立轴》（局部）

① 杨万里（1127—1206），南宋诗人，字廷秀，学者称诚斋先生。吉水（今属江西）人。诗与陆游、范成大、尤袤齐名，称“中兴四大家”，亦作“南宋四大家”。

② 碧酒时倾一两杯，船门才闭又还开。好山万皱无人见，都被斜阳拈出来。［南宋·杨万里《舟过谢潭三首》］

用一个“拈出来”，轻巧灵动。多少好处，斜阳一片都刻画在眼前。画家都有这个感觉：夕阳西下时，山的轮廓在光线的作用下，明暗光影交错，色彩斑驳，显得特别分明，平时我们看不见的千丘万壑，都被夕阳神奇地“拈”出来了。

正因为斜阳易逝，你去观察光影明灭的那个瞬间，用诗句把它刻画下来，才能留住，它就不再走远。杜甫写《返照》[①]：“返照入江翻石壁，归云拥树失山村。”多么活灵活现啊。晚照入江，光影氤氲，陡立在江边的石壁，仿佛折断在江水中；而归云远去，树木明灭掩映其中，小村庄的轮廓已经逐渐在暮色中变得模糊

清·石涛《山水》（局部）

① 楚王宫北正黄昏，
白帝城西过雨痕。
返照入江翻石壁，
归云拥树失山村。
衰年肺病惟高枕，
绝塞愁时早闭门。
不可久留豺虎乱，
南方实有未招魂。
[唐·杜甫《返照》]

清·张崟《秋山晚钟图》（局部）

不清，隐约得几近消散。

韦应物[①]说：“寒树依微远天外，夕阳明灭乱流中。”[②]寒树被叠在远天的背景之上，依稀模糊，如同杜甫说山村若失；江水湍急，惊涛拍岸，夕阳随着江水的起伏而变化，明灭跳荡。生活在城市中的我们，可还能唤醒记忆深处那个水波之中跌宕斜阳、明灭乱流的景象？

今天，生活在都市也有一种惆怅，我们离山很远，离水很远，我们去山水之间，只是作为休闲度假，是一种奢侈的享乐，要专门拿出时间，拿出成本，专门去拜赏一处地方。但是，我们本来是从山水中来的，斜阳、清风、明月、山林，这一切本身都是无价的，曾经与我们朝夕相伴，不离不弃。千古以来，在斜阳坠

① 韦应物（约737—791），唐诗人。字义博，京兆万年（今陕西西安）人。其诗以写田园风物著名，寄情悠远，语言简淡。后世以其与柳宗元并称为“韦柳”。

② 夹水苍山路向东，东南山豁大河通。寒树依微远天外，夕阳明灭乱流中。孤村几岁临伊岸，一雁初晴下朔风。为报洛桥游宦侣，扁舟不系与心同。［唐·韦应物《自巩洛舟行入黄河即事寄府县僚友》］

入水中、斜阳披在山上的那一刻，有多少人用诗句刻画过它们啊？但是今天，对都市的孩子来讲，这些已经无法想象了。想让孩子欣赏古诗中的斜阳与黄昏，家长们也许要带他看电影，要给他翻画册，告诉他这大概就是唐诗里说的景象。这个现象本身，足够令我们惆怅了。什么时候，什么机缘，我们才能够回到那种自然的氛围底下？才能在看见斜阳的时候，用自己的心悠悠地、从容地追踪着它，写下周邦彦这样的句子——

“一抹残霞，几行新雁，天染云断，红迷阵影，隐约望中，点破晚空澄碧。”[①]他舍不得用重彩，舍不得下浓墨，笔触轻轻的，含着一点在乎和怜惜。残霞是一抹，新雁恰几行，天染云断，红迷阵影……而人在静静旁观，看着一片晚空澄澈。隐约之中，是你自己极目放远的心情。

而今，我们走在柏油马路上，感觉不到泥土的柔和，也同样失去了天空的辽阔和清澈。我们习惯了都市的雾霾天气，也熟悉了雾霾天气中所含的颗粒物的成分，我们惴惴不安地在网上查找，寻找各式各样防雾霾的措施。匆忙之间，我们也失去了天空上的那一抹残霞。还能不能够有一种中国古人的诗意，让我们的脚步富有弹性，在柏油马路上还可以感觉到泥土？能不能够有一种诗意的眼光，带我们望断长空，捕捉到城市天边的流霞余晖？

诗意是一种信仰。我一直坚信：愿意相信诗意的人，诗意就浮沉在他生活的每一瞬间，用心就一定抓得到。不信的话，让我们闭上眼睛，静静倾听千载之前的斜阳晚钟是怎样敲打过我们内心温润的悸动。

① 一抹残霞，几行新雁，天染云断，红迷阵影，隐约望中，点破晚空澄碧。助秋色。门掩西风，桥横斜照，青翼未来，浓尘自起，咫尺凤帏，合有人相识。　叹乖隔。知甚时恣与，同携欢适。度曲传觞，并鞯飞辔，绮陌画堂连夕。楼头千里，帐底三更，尽堪泪滴。怎生向，无聊但只听消息。［北宋·周邦彦《双头莲》］

多少人写过斜阳中的晚钟，倾听时间的流逝，倾听空间的永恒。斜阳里晚钟的回荡，会令人心中蓦然一惊。韦庄说："万古行人离别地，不堪吟罢夕阳钟。"[①]这首诗作于灞陵道中，灞桥折柳，南浦送别，都是古人的离别之地，离别时一碰就碎的心情，才特别不堪夕阳钟声。同样，"孤村树色昏残雨，远寺钟声带夕阳"[②]，远寺钟声响起，夕阳款款行来。钟声、斜阳的叠印，跟雨后黄昏的心情，隐隐地叠加在一起。

那个爱斜阳的韩偓，写下"见时浓日午，别处暮钟残"[③]。这十个字多漂亮啊！我们俩相见的时候，红日高高，正在浓浓的正午，此刻要分别了，远远地听见暮钟的袅袅残音。浓日、暮钟，这两个时分写尽心情。他见的是谁？是朋友，是恋人？诗中没有说，也不必说相见时是欢畅还是忧伤，只是写出了夕阳晚钟，敲打在心里，能够敲断我们多少心事。

同样是相见，同样是暮钟，李益[④]见到自己的外弟却是："别来沧海事，语罢暮天钟。"[⑤]两个人这么久不见，见面之后互相诉说着分别后的生活，发生在两个人身上的变化，就像沧海桑田。这漫长的分别，有多少故事，长长的话终于说完，人静下来，听见了暮天晚钟。原来，分别之后我们都苍老了这么多！人的黯然，相互的懂得，人的爱惜，对未来的怅惘，都在暮天晚钟这个时分格外浓沉起来。

① 春桥南望水溶溶，一桁晴山倒碧峰。
秦苑落花零露湿，灞陵新酒拨醅浓。
青龙天矫盘双阙，丹凤褵褷隔九重。
万古行人离别地，不堪吟罢夕阳钟。
[唐·韦庄《灞陵道中作》]

② 同作金门献赋人，二年悲见故园春。
到阙不沾新雨露，还家空带旧风尘。
杂花飞尽柳阴阴，官路逶迤绿草深。
对酒已成千里客，望山空寄两乡心。
出关愁暮一沾裳，满野蓬生古战场。
孤村树色昏残雨，远寺钟声带夕阳。
谁怜苦志已三冬，却欲躬耕学老农。
流水白云寻不尽，期君何处得相逢。
[唐·卢纶《与从弟瑾同下第后出关言别》]

③ 见时浓日午，别处暮钟残。
景色疑春尽，襟怀似酒阑。
两情含眷恋，一饷致辛酸。
夜静长廊下，难寻屐齿看。
[唐·韩偓《荐福寺讲筵偶见又别》]

④ 李益（748—约829），唐诗人。字君虞，陇西姑臧（今甘肃武威）人。长于七绝，以写边塞诗知名，情调感伤。

⑤ 十年离乱后，长大一相逢，
问姓惊初见，称名忆旧容。
别来沧海事，语罢暮天钟。
明日巴陵道，秋山又几重。
[唐·李益《喜见外弟又言别》]

① 罗隐（833—910），唐代文学家。字昭谏，杭州新城（今浙江富阳西南）人。其散文小品，笔锋犀利，多用口语，于民间流传颇广。

② 雪晴天外见诸峰，
幽轧行轮有去踪。
内史宅边今独恨，
步兵厨畔旧相容。
十年别鬓疑朝镜，
千里归心著晚钟。
若不他时更青眼，
未知谁肯荐临邛。
[唐·罗隐《抚州别阮兵曹》]

③ 春云春水两溶溶，
倚郭楼台晚翠浓。
山好只因人化石，
地灵曾有剑为龙。
官辞凤阙频经岁，
家住峨嵋第几峰。
王粲不知多少恨，
夕阳吟断一声钟。
[唐·韦庄《春云》]

④ 李颀（?—约753），唐诗人。所作边塞诗，风格豪迈，七言歌行尤具特色。寄赠友人之作，刻画人物形貌神情颇为生动。

罗隐[1]说："十年别鬓疑朝镜，千里归心著晚钟。"[2]人总是怀疑镜子，镜子是不是反光了？头发白了吗？不可能。再看一看，确实是头发白了。人在羁旅之中，千里之后遥遥的归心啊，托付到何处？日日都有晚钟响起，日日都有暗自心惊，这就是心灵跟晚钟之间的应和。韦庄在《春云》[3]里面说："王粲不知多少恨，夕阳吟断一声钟。"王粲登楼，满眼春光，他吟唱的离别辞章，有多少心中的愁与恨，都藏在夕阳晚钟里。今天，钟声渐远，依稀之中，我们还能不能捕捉到？如果夕阳的颜色还不足以吸引我们的目光，那么希望这些隐约的钟声，还能敲打在我们的心上。

| 生命安顿：终古闲情归落照 |

人对光阴是易感的，看到春花秋月，流光逝去，我们的心在岁月中蹉跎，在岁月中憧憬。而在今天，人们的时间感觉变得越来越不分明。一天之中，我们来不及看朝霞到落日的变化，甚至已经忽略了旦暮晨昏。哪怕是炎日正午，写字楼里也拉着窗帘开着日光灯；哪怕已夜色沉沉，歌舞升平的宴会场所，也一片水晶灯通堂明亮。自然的阳光对我们越来越不重要，在这一天天模糊了时间界限的过程中，我们不仅仅失去了诗意，失去了感伤的机缘，甚至也失去了夕阳中的安顿。夕阳不仅能勾起我们那些未解的心事，同时，夕阳中也有静谧和温馨。

李颀[4]送给朋友陈章甫的诗说："东门酤酒饮我曹，心轻万事如鸿毛。醉卧不知白日暮，有时空望孤云高。”[1]好朋友们一起喝酒，喝到人心里把万事都看轻了，放下了，如鸿毛。不知不觉中，白日将尽，暮色铺展开的时候，望望天上，看见闲云远去，高渺出尘。这一片夕阳中弥漫的是旷达通透的彻悟，洋溢着温暖欢欣。

安顿可以是人在夕阳下的休憩和满足，比如说王绩[2]的《野望》[3]，一幅暮景，用白描的笔法浅浅道来：“树树皆秋色，山山唯落晖。牧人驱犊返，猎马带禽归。”我们说夕阳西下是一个归来的时分，牧人赶着小牛犊回来，猎马带着一天的猎物回来，所有这些归来，让晚照拥有了温情。夕阳晚照既然是一个归来的时刻，我们为什么要久久不归呢?

王维写《渭川田家》：“斜阳照墟落，穷巷牛羊归。野老念牧童，倚杖候荆扉。雉雊△麦苗秀，蚕眠桑叶稀。田夫荷锄至，相见语依依。即此羡闲逸，怅然吟式微。”斜阳晚照，牛羊都回来了，放牛的一个小孩却贪玩没回家，爷爷拄着拐杖，伸长脖子等在自家柴门口……村里人听见外面的山鸡叫，看见麦苗一点一点长起来，看到蚕宝宝睡了，桑叶逐渐稀落，就知道要收蚕茧了。田间人扛着锄头回来，见面打听打听谁家收成好不好，谁家有什么样的新打算。这一切宛如闲逸小品，构成了晚照中关于归来的意境。诗人静静品味着这一切，牛羊归来，牧童归来，农夫归来，他的心情也归来了，“即此羡闲逸，怅然吟式微。”人到这时候就知道，斜阳之中也可以不惆怅，一种安顿的方式就是心的归来。

① 东门酤酒饮我曹，
心轻万事如鸿毛。
醉卧不知白日暮，
有时空望孤云高。
长河浪头连天黑，
津口停舟渡不得。
郑国游人未及家，
洛阳行子空叹息。
闻道故林相识多，
罢官昨日今如何?
[节选自　唐·李颀《送陈章甫》]

② 王绩（约589—644），唐诗人。绩清高自恃，放诞纵酒，其诗多写饮酒及隐逸田园之趣。语言朴素自然。

③ 东皋薄暮望，
徙倚欲何依。
树树皆秋色，
山山唯落晖。
牧人驱犊返，
猎马带禽归。
相顾无相识，
长歌怀采薇。
[唐·王绩《野望》]

△ 雉雊（zhìgòu）：野鸡鸣叫。

在所有的归途上，最勇敢的归来者就是陶渊明，自从他那一首《归去来兮辞》把自己召回，他的斜阳就成为千古的温暖。我们都熟悉他写下的名句："结庐在人境，而无车马喧。问君何能尔？心远地自偏。"[①]即使在喧喧闹闹的人群中，心放得远了，家自然就偏僻，充耳不闻车马的喧嚣。"采菊东篱下，悠然见南山。"这十个字写出何等的悠闲！他没有翘首企盼，更不需要苦苦攀缘，所以叫"悠然见南山"，南山是自己来到他眼前的。这也是日暮时分，日暮中只要有归来，心就不怅惘。"山气日夕佳，飞鸟相与还。"飞鸟都归来了，人还不归来吗？人在这一切中终于安顿，安顿在菊花、南山、飞鸟、晚霞之间。"此中有真意，欲辨已忘言。"此中的真意怎么能写明白呢？说出来的东西终将被超越，这是一种悠然心会，妙处难以言说。谁有安顿的愿望，谁就可以领悟，谁愿意守一份寂寥独立斜阳，谁就会相遇斜阳中的抚慰。

① 结庐在人境，
而无车马喧。
问君何能尔？
心远地自偏。
采菊东篱下，
悠然见南山。
山气日夕佳，
飞鸟相与还。
此中有真意，
欲辨已忘言。
［东晋·陶渊明《饮酒》（其五）］

斜阳之中有太多意味，除了王维和陶渊明式的安顿，其实还有哲理，还有穿越风雨之后与温暖相逢的大欣慰、大自在。真要能洞察斜阳常在这点朴素道理，也是一份坦然。

苏东坡被贬到黄州做团练副使，是他心意最为坎坷蹉跎的时候。有一天，他和朋友出门游玩，突然下雨，手里没有雨具，同伴狼狈而逃，苏东坡浑然不觉，一个人漫步在风雨中。

三月七日沙湖道中遇雨。雨具先去，同行皆狼狈，余独不觉。已而遂晴，故此作。

莫听穿林打叶声，何妨吟啸且徐行。竹杖芒鞋轻胜马，谁怕？一蓑烟雨任平生。　　料峭春风吹酒醒，微冷，山头斜照却相迎。回首向来萧瑟处，归去，也无风雨也无晴。[①]

① 北宋·苏轼《定风波》。

“莫听穿林打叶声，何妨吟啸且徐行。”雨打竹叶的声音那么急促，但是人心自空，可以不听。何妨就在风雨中散步、吟啸，有竹杖，有芒鞋，步履轻捷。有风有雨不要紧，关键要问问自己的心怕不怕。如果你怕了，你就真的已经败给风雨，如果你不怕，风来雨来，“一蓑烟雨任平生”。穿越风雨，他能够逢着什么？“料峭春风吹酒醒，微冷，山头斜照却相迎。”一阵春风把酒吹醒，觉得身上有一点点凉意，蓦然撞见前方的山头斜阳正红。我们常说“风雨过后总有彩虹”，这个时刻，雨霁风停，山头的斜阳暖暖地迎着在雨中缓步的人。再回头去看来时路，“回首向来萧瑟处，归去，也无风雨也无晴。”一切都会开始，正如一切都会过去。穿越世相，风雨阴晴，无非是心上踩过的一阵动静，不惧不怕的人，才会守到风雨之后那一抹夕阳。

人真正怕的不是风雨，而是风雨大作时的那点动静，人往往是被动静吓着的。就像人有的时候得一点小病，如果探望你的人太多，你可能觉得自己得了一场大病；如果人犯了一点小错，安慰甚至鼓励你的人太多，你就会觉得自己的过失不可弥补。很多时候，这个世界的动静可以把我们吓倒。但经历过之后，有斜阳相迎，再回过头看那“穿林打叶声”，急促如管弦的风雨，只是一个短暂时刻而已。苏东坡的“山头斜照”对生命的迎接，比起王维、陶渊明的安顿，更有一番新境界，因为风寒雨重之后，人心对夕阳晚照有一份深深的感恩。这里已经不是一种感伤，而是斜阳永恒，温暖了生命中的苍凉。

纳兰性德说："终古闲情归落照，一春幽梦逐游丝"[①]。每个人的晚照中都有寄托，晚照永远都在，就看我们愿不愿意去感知，愿不愿意用斜照辉映心间，守住我们的诗意。

① 杨柳千条送马蹄，北来征雁旧南飞，客中谁与换春衣。　终古闲情归落照，一春幽梦逐游丝，信回刚道别多时。[清·纳兰性德《浣溪沙》]

田园林泉

田园不是一个地方，田园只是一种状态。田园不独属于陶渊明，也同样属于李白、杜甫、辛弃疾。每个人生命里面都有那样一段惶急心情需要托付，托付给土地田园的时候，我们才会露出一种会心的微笑。不管多么匆忙，不管如何胸怀壮志，不失去田园，我们才可能充电。有归属的人才有可能走得更远。

丨引子：田园是一种状态丨

田园是一个说出来就让人觉得安静的词，田园诗也是中国诗歌流派里面一个很大的派别。那么追本溯源，田园到底在哪儿呢？田园不是世外桃源，不是远离生活的仙境，它是让我们能够感到温暖的归属。田园甚至也不是一个地方，它只是一种状态、一段心情。

对田园生活的崇尚渲染了整个中国文化，今天的官员和学者谈及归田，总认为它是上策，是生活的所有可能性中最风雅、最为老练之举，这种风尚如此之风靡，以至于即使最为穷凶极恶的政客也要假装自己具有李白那样的浪漫本性。事实上我觉得他可能也真的会有这样的感情，因为他毕竟是中国人。

知道中国生活价值的林语堂，在《吾国与吾民》中如此评价国人对田园和田园诗派的态度。

终日昏昏醉梦间，忽闻春尽强登山。
因过竹院逢僧话，又得浮生半日闲。[①]

① 唐·李涉《题鹤林寺僧舍》。

每至夜阑人静，幼时学过的《题鹤林寺僧舍》诗句便会浮出来。诗中的田园生活是一种祈祷，这种祈祷从古至今一直回荡在我们心里。

近代·陈少梅《林幽避世》（局部）

在今天繁忙的都市生活中，谁不向往田园？

中国诗歌里的田园，是我们的生命从喧哗走向宁静的一次诗意回归。从传统思想上来讲，儒家一直主张“达则兼济天下，穷则独善其身”。在某种意义上，中国所有的诗人只不过是失了意的政客，而所有的政客只不过是得了志的诗人。人生这条独木桥，一端是“学而优则仕”，一端是“安贫乐道”。当一端的人不能够“兼济天下”的时候，另一端的人真的能够做到“君子固穷”吗？这是一件多么难的事情。

他们需要一个地方，这个地方就叫做田园。

儒家“独善其身”的思想和老庄“道法自然”的思想结合起来，塑造了中国文人血脉中的文化基因——隐逸的文化。但隐逸，并不意味着必须到辽阔的山林中，更可能、更可行的，是选择浅近、简约的农村田园生活。从东晋开始，陶渊明逐渐地完善了这种隐逸的文化，在中国诗歌中赋予了“田园”这个词以诗意。寻找田园，我们要从陶渊明讲起。

陶渊明所处的时代，是一个急剧变化的时代。鲁迅先生曾经说过，到了东晋，风气变了，社会思想平静了很多，各处都加入了佛教的思想，再到晋末，乱也就看惯了，篡也就看惯了，文章便更平和。这种平和，我们还是要从陶渊明讲起。

法天贵真，琴书消忧

一个人从小到大，会从一个自然个体逐渐成为一个社会人，然后建功立业，实现自我价值。但是实现自我价值是终极目标吗？社会角色的成功是实现自我价值的标准吗？比实现自我价值更高的是超越，而超越有时候体现为“归来”。

《老子》里有一句话：“大曰远，远曰逝，逝曰反。”这里的“大”，在《老子》原文里是“道”的意思，通俗理解说，就是世间万物的运行规则。世

近代·于非闇《溪山幽胜》（局部）

间万物，包括我们的生命历程，其实都在循环往复之中。一个生命有弹性的人，能够懂得把握的人，知道适可而止，知道自己的归途还在。

陶渊明的“归来”回到了哪里呢？他回到了人的天性，那就是自我。他回到了他的田园，那就是自然。一个自我，一个自然，内在与外在真正融合成一份自在，完成了社会角色的穿越，而真正抵达了心灵的自由。

试酌百情远，重觞忽忘天。

天岂去此哉，任真无所先。

这是陶渊明《连雨独饮》[①]中说过的一种状态。

“任真”二字指的是一个人内心的率真性情，天性本真的流露。今天的人上一点年纪就会觉得天真是一种不成熟，其实不然，天真不等于幼稚。天真是那种历经沧桑磨洗不掉的至真至纯的性情。在中国文化中，万物有性，所谓“人性”，是纯粹率真的永不泯灭。

一个人要怎么样才能保持自己内心的天真呢？

礼者，世俗之所为也；真者，所以受于天也，自然不可易也。故圣人法天贵真，不拘于俗。

《庄子·杂篇·渔父》中“法天贵真”说得好：取法于天

① 运生会归尽，终古谓之然。世间有松乔，于今定何间？故老赠余酒，乃言饮得仙。试酌百情远，重觞忽忘天。天岂去此哉，任真无所先。云鹤有奇翼，八表须臾还。自我抱兹独，僶俛四十年。形骸久已化，心在复何言！［东晋·陶渊明《连雨独饮》］

的是什么？是人在行为上效法自然，不过多地束缚自己，不太多地压抑自己。在《归去来兮辞》[1]里，陶渊明召唤自己远远地离开社会角色的实现，渐渐地回到天性本真。我们提起田园诗，总会说它的景色写得多么浅淡，它的词句白描般的优美，它的风光让我们赏心悦目。其实这一切还不是它最可宝贵的。抱朴含真才是田园诗真正的核心价值。人怎么样才能够欣赏真正的自然，能够不矫情，不做作，不雕琢，不违心，真正学会与自然相处，取决于他心里的一份天之本真。

陶渊明的《归去来兮辞》中说："既自以心为形役，奚惆怅而独悲！""心"与"形"是两个存在，"心"是自我，"形"是需要名与利的外人外物，"心"一旦做了"形"的仆人，自我便被外人外物所奴役，这件事情还不让人失落，还不令人悲伤吗？

"悟已往之不谏，知来者之可追"，好在过去的事情虽然不可挽回，但未来的日子还可以由我个人掌握，那就放开自己的心，勇敢地归来吧。"实迷途其未远，觉今是而昨非。"迷失不久，还有年华回得来，过去做错了，现在做对了，那就坚持下去吧。在诗人归乡的路上，一路上的好风吹着他，他觉得衣袂飘飘，心意飘飘，不断地问划船的人离他们家还有多远——"舟遥遥以轻飏△，风飘飘而吹衣。问征夫以前路，恨晨光之熹微。"这条归来的路，他难道不认识吗？他为什么要一遍一遍地追问别人呢？这份惶惶然的喜悦只是因为心情实在太迫切。

在朦朦胧胧亮起来的天色里，他看见了自家房屋依稀的轮

① 归去来兮！田园将芜胡不归？既自以心为形役，奚惆怅而独悲！悟已往之不谏，知来者之可追。实迷途其未远，觉今是而昨非。舟遥遥以轻飏，风飘飘而吹衣。问征夫以前路，恨晨光之熹微。　乃瞻衡宇，载欣载奔。僮仆欢迎，稚子候门。三径就荒，松菊犹存。携幼入室，有酒盈樽。引壶觞以自酌，眄庭柯以怡颜。倚南窗以寄傲，审容膝之易安。园日涉以成趣，门虽设而常关。策扶老以流憩，时矫首而遐观。云无心以出岫，鸟倦飞而知还。景翳翳以将入，抚孤松而盘桓。　归去来兮。请息交以绝游。世与我而相违，复驾言兮焉求？悦亲戚之情话，乐琴书以消忧。农人告余以春及，将有事于西畴。或命巾车，或棹孤舟。既窈窕以寻壑，亦崎岖而经丘。木欣欣以向荣，泉涓涓而始流。善万物之得时，感吾生之行休。　已矣乎！寓形宇内复几时，曷不委心任去留？胡为乎遑遑欲何之？富贵非吾愿，帝乡不可期。怀良辰以孤往，或植杖而耘耔。登东皋以舒啸，临清流而赋诗。聊乘化以归尽，乐夫天命复奚疑！
[东晋·陶渊明《归去来兮辞》]

△ 飏（yáng）：飞扬、飘扬。

廓："乃瞻衡宇，载欣载奔。僮仆欢迎，稚子候门。"忍不住下了船撒腿就跑，远远地看见家里的人都出来迎接他，孩子们蹦蹦跳跳地扑上来喊着爸爸。拉着孩子们走进院子一看，"三径就荒，松菊犹存。携幼入室，有酒盈樽。"陶渊明归来的这个时刻，什么时候读起来，都让人特别感动。一个人回到久违的家，觉得院子好久没收拾了，有很多花花草草都已经颓败了，好在耐寒的松树、菊花都还活着，带着孩子们进了堂屋，暖暖的一壶酒在桌上等着，这个有点酸有点甜的时刻就叫做"归来"。

宋 · 李迪　《风雨牧归图》（局部）

陶渊明的了不起，就在于他能用最平白浅易的笔触去写我们都曾经经历，但是在心而不能在口的一种感受。回来久了的日子会觉得平淡吗？而平淡恰恰就是他喜欢的常态。“引壶觞以自酌，眄△庭柯以怡颜。倚南窗以寄傲，审容膝之易安。”他能够斟着这点小酒，远远地看着院子里那些花花草草，就很高兴了。他家小窗子底下足以寄托他这一身傲骨，虽然地方不大，仅能容膝，但是心已经足够安顿。

最好的家是人可以把心安顿下来的地方，所以陶渊明就宅在他的家里面，甚至不愿意出门。“园日涉以成趣，门虽设而常关。”小院里面溜达溜达，日子挺好，虽有大门但经常关着，因为他用不着出去寻觅，而对于一个好清净的人来说，也很少有外人上门打扰。

“策扶老以流憩，时矫首而遐观。”拄着拐杖走一走，经常眺望远方。他看的是“云无心以出岫，鸟倦飞而知还。景翳翳以将入，抚孤松而盘桓”。看云在天心的那份自在，看倦鸟还巢的那份温馨，抚摸着孤松，一个人流连忘返。所以他就一次一次对自己说：“归去来兮。请息交以绝游。世与我而相违，复驾言兮焉求？”既然这个世道，人人都汲汲于功名，跟自己做人的观念不符，那么不如关上通往世道的柴门。“悦亲戚之情话，乐琴书以消忧。”陶渊明并不冷漠，也不是一个愤世嫉俗的人，他回来有他一份浅淡温暖的乐趣。他爱亲戚情话的温馨，喜欢有朋友能跟他聊天，即使没有这些人的时候，还可以琴书消忧。“琴到无人听时工”，中国人的这张寂寂七弦琴不是用来演奏给别人听的，无人打扰时，唯有自己沉浸在静谧的琴中，把自己的心放在琴弦之上，才有一份托付，这就叫做琴书消忧。

陶渊明更了不起的是他还愿意干活，“农人告余以春及，将有事于西

△ 眄（miǎn）：斜视。

畴。”该春耕就去春耕，该秋收就去秋收。“或命巾车，或棹孤舟。既窈窕以寻壑，亦崎岖而经丘。”在闲下来的时候，他还可以去周围的山川，看一看那些自然的风物。“木欣欣以向荣，泉涓涓而始流。善万物之得时，感吾生之行休。”他看到欣欣向荣的草木，看到涓涓流淌的清泉，天地万物随着时令季节而生息荣衰，都在自己的秩序之中，就算自我的生命流淌了、衰老了、走远了，又有什么关系。陶渊明没有那么多的惶惑，他从来不觉得日月过于匆忙，催人老去，带走了他的活力。他觉得自己“纵浪大化中，不喜亦不惧”。就在每一天日子之中，他会像自己内心希望的那样去安顿自己的旦暮晨昏。

“已矣乎！寓形宇内复几时，曷不委心任去留？”人的身体在这个天地宇宙之间能待多久，就这么短的时间他还用得着违心吗？他还用得着勉强吗？他还用得着让自己的生命有那么多的为难、坎坷吗？“胡为乎遑遑欲何之？”为什么还要急急忙忙、跑东跑西实际上不知道自己真正在干什么呢？人真是观念的动物，我们的行为方式有这么大的差别，说到底是我们的思维方式差别太大。因为每个人的志向不同，愿望不同，而一个人的价值和心愿会驱动他去过那种他真正想要的日子。

“富贵非吾愿，帝乡不可期。”这里的“帝乡”是指仙界，人在那儿长生不老当神仙。古时的人无非在求两件事，第一求富贵，第二求长生。这两个心愿我们今天也有，我们此刻能够过得更富足一点，这叫好；我们富足的日子过得更长久，那就更好。但是这两样东西，都不是陶渊明想要的。我们看见富贵的时候，钱财来了，它一定会拿走你生命里的另外一些东西。比如说你要失去悠闲，甚至要丧失一些尊严；你要对一些人去赔笑，甚至要做一些违心的事情，才能换来这点富贵。而陶渊明之所以成为陶渊明，是因为只有他为了不失去宁可不得到，因为失去的是人生命的本真。不是陶渊明不想要富贵，而是他不想用自我与富贵做交易，不想用一个面目全非的自我去换五斗米的富贵。我们都想得到，但我们很少看见失去。人人想长生，想成仙，陶渊明却早看得明白，“帝乡不可期”。真有仙境吗？我们今生可以羽化成仙吗？他认为这件事达不到，所以他就不抱虚幻期待。

两个愿望都没有了，剩下的是什么呢？“怀良辰以孤往，或植杖而耘耔。登东皋以舒啸，临清流而赋诗。聊乘化以归尽，乐夫天命复奚疑！”这是陶渊明的日子，“良辰孤往”，独自欣赏美好的时光与风景；“植杖耘耔”，把手杖放下拿起锄头农具，耕作田地；“聊乘化以归尽”，顺其自然地过完自己的一生，乐天命，不怀疑。生命本该如此，那些山间长啸或者清流边写诗的日子，难道不是生命中最好的时光吗？

守拙才能归园田

陶渊明归来的是什么地方？

“田”和“园”这两个中国字写得挺有意思，都是有边框的。归田是什么呢？就是回到了自己有边界的生活中。人年轻的时候希望生活没有边界，希望辽阔，希望一次次在山巅水涯中风流飞扬，志得意满。但是边界之内有一份可以把握的朴素温暖，这要走远之后回头看，才会看得明白。

陶渊明真正回来之后，在他的第一首《归园田居》[①]里

① 少无适俗韵，性本爱丘山。
误落尘网中，一去三十年。
羁鸟恋旧林，池鱼思故渊。
开荒南野际，守拙归园田。
方宅十余亩，草屋八九间。
榆柳荫后檐，桃李罗堂前。
暧暧远人村，依依墟里烟。
狗吠深巷中，鸡鸣桑树颠。
户庭无尘杂，虚室有余闲。
久在樊笼里，复得返自然。
[东晋·陶渊明《归园田居五首》（其一）]

面说："少无适俗韵，性本爱丘山。误落尘网中，一去三十年。"陶渊明的本性就是爱自然山水，要想适应当时的官场社会对他来讲挺为难的。但是人都在社会化的路上，"误落尘网中"。什么叫误落？这两个字挺有意思，因为一个人长大要上学，要读书，要接受价值观，要去建功立业。在这个过程中，我们已经走得太远，会忘记了为什么而出发，那个时候我们就会恍然觉得失去了什么。陶渊明认为，他是错误地掉进了深深的尘世大网中。而他说"一去三十年"，你要说陶渊明当了三十年的官，那就太抬举这位散仙了。有一种说法，认为"三十年"应该是"十三年"才对。但我认为，他说的三十年，是说世俗的日子。那样的世俗纷纭里也许他并没做官，只是有些交游，但是他认为那过的也不是自己想象的生活，所以还是执意要回来。

"羁鸟恋旧林，池鱼思故渊。"去看看所有生物的本性是什么？被关着的小鸟，它一定想念当年自由的山林；在池塘里面养着的游鱼，一定梦想回到宽敞的深渊，这就是本性。人都会在局限的、规矩的、束缚的、狭小的环境中怀念天性本真的自由与尊严。陶渊明就这样回来了，"开荒南野际，守拙归园田。"在自家南边找一片荒野，开开荒种点地，回到农耕文明朴素的幸福中。

"守拙"，这个"拙"字向来是和"巧"字对应的。我们都希望一个小孩子是聪明的，是灵巧的，为什么陶渊明要"守拙"呢？有的时候，笨拙是一个人向这个世界发表的宣言——我不要那么聪明，那么耍心眼用心机，而陶渊明的宣言更透彻、更勇敢。他说的是"守拙"。当别人都在追逐聪明的时候，他不仅是"拙"的，而且他能守得住。一个人愿意"守拙"可不容易，别人会劝你失守，要想守得住，那要有定力。陶渊明正是因为守得住那份朴拙性情，所

清·石涛 《陶渊明诗意图》第二开《悠然见南山》（局部）

以他归得来一方自由田园。

我常常想起陈寅恪△先生谈学术说的一句话："自由之学术，独立之精神。"独立是自由的前提。我们今天总在说人生不自由，其实我们要问自己，我们足够独立吗？独立有时候不是一种争取，甚至它有时候表现为一种舍弃。如果你不舍弃一些诱惑，你就会被诱惑紧紧绑住。当你可以舍弃与放下的时候，有舍

△ 陈寅恪（1890—1969），中国历史学家。江西义宁（今修水）人。陈三立子。早年赴日本求学，后入上海吴淞复旦公学，1910年起负笈欧美。其对魏晋南北朝史、隋唐史、蒙古史，以及梵文、突厥文、西夏文等古文字和佛教经典，均有精湛研究。著有《隋唐制度渊源略论稿》等专著，有《陈寅恪集》。

则必有所得，那一刻人的朴拙就唤回了守得住的一方田园。

“方宅十余亩，草屋八九间。榆柳荫后檐，桃李罗堂前。”看看陶渊明的这一片园子，虽然简陋，但是有趣味，榆树、柳树遮住草屋背面的屋檐，桃花、李花浓艳芬芳，盛开在自己的堂前。这点小风景，足以让今天的都市人心动。今天我们拥有了更多铺着地板或者瓷砖的地方，却失去了泥土，失去了植物；我们有了自己可以吃饭、喝茶、或坐或躺的地方，但是我们失去了闲庭信步，不再能够去看“云无心以出岫，鸟倦飞而知还”。

陶渊明的田园，放眼望去，“暧暧△远人村，依依墟里烟。狗吠深巷中，鸡鸣桑树颠。”模模糊糊似乎看见远远的那些村落，那些村落各自守着他们自己的生活。远村的人们生火做饭，炊烟袅袅，这是一种有人气的日子，而不是荒园。就是有这样的鸡犬相闻，你才会觉得这是人间。真正的桃花源，它不在世外，只在人心肃静的一念之间。我们现在总想着脱离这个恼人的尘世，但是在物理空间中，你又能走到多远？

我之所以特别喜欢田园这个意象，是因为田园就在人间，就是我们的一种状态。

咱们想一想，中国的古诗里有很多很多的“无”和“有”。比如说杜甫的晚年真是够凄凉的，“亲朋无一字，老病有孤舟。”① 他无什么？无亲人，甚至连亲人的书信都接不着，因为那个时候他漂泊江上，整整一年。而他有什么呢？有一个小小的载体，一叶扁舟，老病之身唯有扁舟，而温暖的亲情不知何在，这是他的“无”

① 昔闻洞庭水，今上岳阳楼。吴楚东南坼，乾坤日夜浮。亲朋无一字，老病有孤舟。戎马关山北，凭轩涕泗流。［唐·杜甫《登岳阳楼》］

△ 暧暧（ài）：暗淡的样子。

和“有”。

喜欢陶渊明的一句“无”和“有”：“户庭无尘杂，虚室有余闲。”房子虽然小，虽然很简陋，但是他打扫得干干净净、利利索索。桌子上没有尘土，人的心上也没有尘埃。他无尘无杂。而他有什么呢？他有闲趣闲心。

“虚室”这两个字说得也好。我们今天要是买了房子，先想的是装修，装修好了想着添置家具，总是希望把空屋子装满。但房子不是仓库，我们买座房子就是为了装东西的吗？那是为了安放身边亲人和自己这颗心的。别让人伺候了物，而应该让人在自己的家中能够有一份舒舒服服的安闲。

“久在樊笼里，复得返自然。”一个人在笼子里面待的时间长了，忽然回到自由自在的状态，这份感动今天还能体会吗？我们有时候回了家也还有烦恼，还是不能把心放下，那是我们还没有真的归来。陶渊明的归来，是他经历了很长一段时期很痛苦、很疲惫的求索才决定的。因为他要养家小，他有过“聊欲弦歌，以为三径之资”，他也有过想要建功立业的“猛志固常在”，长期纠结之后，他终于找到了与生俱来存在心里的那份天真，那个自我。当他触摸到一个真自我的时候，他就看见了“桃李桑树，茅檐鸡犬”。这一切本来就在，是他的内心的归属。陶渊明的诗里，永远都有那些淳厚清雅的人生况味，有他自己的一颗心。

陶渊明恬淡旷远的襟怀，孤傲高洁的品格，贯穿他生命的始终。也许只有在那种很恬静、很闲适的生活里，人的心才能真正安宁祥和下来。这个闲不是无所事事，而是朴朴素素，真是要去耕田，要去养家。

陶渊明和别的文人有很大的一点不同，别的文人写的田园诗是把别人的劳作当做风景，而陶渊明是一个真正扛着锄头劳作的人。他认为“人生

① 人生归有道，
衣食固其端。
孰是都不营，
而以求自安！
开春理常业，
岁功聊可观。
晨出肆微勤，
日入负禾还。
山中饶霜露，
风气亦先寒。
田家岂不苦？
弗获辞此难。
四体诚乃疲，
庶无异患干。
盥濯息檐下，
斗酒散襟颜。
遥遥沮溺心，
千载乃相关。
但愿长如此，
躬耕非所叹。
[东晋·陶渊明《庚戌岁九月中于西田获早稻一首》]

② 春秋多佳日，
登高赋新诗。
过门更相呼，
有酒斟酌之。
农务各自归，
闲暇辄相思。
相思则披衣，
言笑无厌时。
此理将不胜，
无为忽去兹。
衣食当须纪，
力耕不吾欺。
[东晋·陶渊明《移居二首》（其二）]

清·吴昌硕《葫芦图》（局部）

归有道，衣食固其端。孰是都不营，而以求自安！"[①]这不是天下最朴素的道理吗？人最根本的，就是衣食，再怎么去追求天地大道，能不吃不穿吗？如果全家生计都不能安顿的话，还追求什么？他写这首诗的时候是九月，他收完庄稼回来，觉得人怎么能不干活呢？所以他说"衣食当须纪，力耕不吾欺"[②]，人好好地种田，苍天不会欺负你，必定有收获。

有的时候，世界上最朴素的道理是最容易被人忽略的。陶渊明的归来是真归来，所以苏东坡那么推崇他，说当时的魏晋风气，人人都标榜清高，人人都说不要那些名利，但陶渊明这个人要养家的时候就出去做官，真正归来的时候又不矜夸。苏东坡说，陶渊明的不要是真的不要。

看看陶渊明写他耕作的生活，“力耕不吾欺”，好好干活，老天爷总该让自己有所收获吧。但是他也真不会干活。“种豆南山下，草盛豆苗稀。晨兴理荒秽，带月荷锄归。”[①]种个田吧，结果杂草比豆苗还多，还弄得夙兴夜寐，大清早的就去拾掇田里的杂草，披星戴月了才扛着锄头回来。

陶渊明不是一个好农民，搭上自己所有的辛苦，结果就种了个“草盛豆苗稀”。但是他失败吗？他是一个经营人生罕见的大成功者。因为他说：“道狭草木长，夕露沾我衣。衣沾不足惜，但使愿无违。”他不光干活干得这么累，回来的路上也很辛苦，两边杂草丛生，露水都沾在他的身上，但这一切都不足以让他惋惜。只要不违背自己的心愿，他就能活出了一片自我的真天地。陶渊明还不成功吗？

| 饮酒与归田，直写胸中天 |

我们今天去看很多青史留名的人，最先见到的介绍一定都是这个人的官衔。但是陶渊明是谁呢？他不过就是五柳先生。陶渊明留下来的传记《五柳先生传》[②]中说，自己姓甚名谁都无所谓，宅边有五棵柳树，就随便这么叫他吧。他写文章以自娱，“颇示己志”，舒的是自己的心。他家徒四壁，衣服打着补丁，“短褐穿结，箪瓢屡空”。他家可能没有太多的吃喝，没有太多的东西，但是就在这样的日子里面，他可以有自己的一份自由和自在。这就是五柳先生为什

① 种豆南山下，草盛豆苗稀。晨兴理荒秽，带月荷锄归。道狭草木长，夕露沾我衣。衣沾不足惜，但使愿无违。［东晋·陶渊明《归园田居五首》（其三）］

② 先生不知何许人也，不详姓字，宅边有五柳树，因以为号焉。闲静少言，不慕荣利。好读书，不求甚解，每有会意，欣然忘食。性嗜酒，而家贫不能恒得。亲旧知其如此，或置酒招之。造饮辄尽，期在必醉，既醉而退，曾不吝情去留。环堵萧然，不蔽风日，短褐穿结，箪瓢屡空，晏如也。尝著文章自娱，颇示己志，忘怀得失，以此自终。［节选自　东晋·陶渊明《五柳先生传》］

么能够名垂千古的理由。

归来的终点是哪里呢？是回到自己的心，回到自己的观念里。陶渊明在他的《饮酒》[1]里面说："寒暑有代谢，人道每如兹。达人解其会，逝将不复疑。"寒暑代谢，岁岁年华都会追逐着流水走远，古往今来不都是这样吗？但只有通达的人能够真正看透这件事。有多少人不舍地追问，有多少人扼腕叹息，很多人都说好年光没有留下，人已经老了，梦已经远了。但是陶渊明说，过好今天，过好此刻，一切连起来就是你把握住的今生，为什么要对所有的过去充满了叹息，对所有的未来充满了迷惑呢？

陶渊明说："忽与一觞酒，日夕欢相持。""日夕欢相持"，这五个字说得很有意思。中国人心中有一个难耐

清·任伯年《墨竹双鸡》（局部）

① 衰荣无定在，彼此更共之。邵生瓜田中，宁似东陵时。寒暑有代谢，人道每如兹。达人解其会，逝将不复疑。忽与一觞酒，日夕欢相持。[东晋·陶渊明《饮酒》（其一）]

的时分——残阳西斜的时候。“断送一生憔悴，只销几个黄昏。”每到这样一个时刻，就觉得一天日子又走远了，太阳将沉沉地坠入黑暗，眼前光影迷离的那一刻照彻了生命的感伤，谁能说“日夕欢相持”？落日时分，生命温暖从容，有酒盈樽，欢畅在心。这一刻他稳稳度过，坦然走进黑暗迎接明早的光明，这就是陶渊明。

陶渊明在《神释》[①]这首诗里面说了他的观念：“甚念伤吾生，正宜委运去。”一个人多思多虑，过分地追究计较，那是要伤害自己的心，伤害自己的命的。想明白这一切就为了追究，放下追究就是顺应。当然有很多人会说，如果世道不让你顺应，你还是会遇到很多意外的，比如困顿、疾病、坎坷，有很多不是你自己可以决定的。当这一切来临的时候，你还能顺应得了吗？陶渊明的回答是：“纵浪大化中，不喜亦不惧。”这十个字被后来很多文人奉为自己生命的座右铭，并且因此放下了他们的追问和不舍。

① 大钧无私力，万理自森着。
人为三才中，岂不以我故？
与君虽异物，生而相依附。
结托善恶同，安得不相语。
三皇大圣人，今复在何处？
彭祖寿永年，欲留不得住。
老少同一死，贤愚无复数。
日醉或能忘，将非促龄具？
立善常所欣，谁当为汝誉？
甚念伤吾生，正宜委运去。
纵浪大化中，不喜亦不惧。
应尽便须尽，无复独多虑。
[东晋·陶渊明《神释》]

怎么样才能够做到庄子在《逍遥游》中所称的“举世誉之而不加劝”？全世界的人都在夸赞你的时候，你不会因为飘飘然而再往前多走一点。“举世非之而不加沮”，当全世界都责难你的时候，你内心毫无沮丧，一派坦然。能做到“定乎内外之分，辨乎荣辱之境，斯已矣”，也就是如此了吧。

陶渊明果然做到了“不以物喜，不以己悲”。如果以物喜，他不会放弃彭泽令而归来。如果以己悲，当他看见“环堵萧然，不蔽风日；短褐穿结，箪瓢屡空”就不会安之若素。

近代·齐白石 《莲藕葡萄》（局部）

以社会的标准来看，这对于一个男人来讲很失败，对家里的妻儿老小没一个交代，但是他并不悲伤，为什么呢？“应尽便须尽，无复独多虑。”生命完结就完结吧，生命中的一切该走的就让它走远吧。一个人从小到大，童年那点天真蒙昧的自由会走远的，长大以后的青春勃发，人到中年的满足，生命的不同状态，都会随着衰老走远的。也许我们的儿女会走远，也许我们身边的朋友会走远，最后连自己的生命都会走远，这一切都是人生应尽之事，只要拥有时真正珍惜过，那么应尽时就随它走远吧，不要苦思苦虑追究不休，这就是“无复独多虑”。

“世上本无事，庸人自扰之。”陶渊明不需要名分，不需要官职，不需要别人给他加上的名号，他永远只是他自己。

近代·齐白石 《莲篷蜻蜓》（局部）

“孟夏草木长，绕屋树扶疏。”[1]仲夏时节草木丰美茂盛，围着自己的房屋远远近近看见错落的树木，这个季节一般人会觉得心浮气躁。那陶渊明在想什么？他抬头一看“众鸟欣有托”，因思“吾亦爱吾庐”。人知足不知足，要看跟谁比。而陶渊明只是跟那些物性自然的飞鸟比。小鸟要是累了，就都回树上的窝里，它们要有个依托。诗人累了，就回他简陋的房子里，那也是他的家。人这样比当然心安。我们今天在都市里面可比的生物很少。我们眼前能看见的，离我们近一点的动物，大多数都是豢养的宠物而已，它们是我们的一点玩物和隶属品，不足以作为我们生命的坐标。我们跟谁比呢？跟那些比我们更有权或者更有钱的人比，所以越比越不知足，越比越不爱吾庐，越比越会觉得还有更

① 孟夏草木长，
绕屋树扶疏。
众鸟欣有托，
吾亦爱吾庐。
既耕亦已种，
时还读我书。
穷巷隔深辙，
颇回故人车。
欢然酌春酒，
摘我园中蔬。
微雨从东来，
好风与之俱。
泛览周王传，
流观山海图。
俯仰终宇宙，
不乐复何如？
［东晋·陶渊明《读〈山海经〉十三首》（其一）］

好的豪宅。这样的日子，人当然不快乐。

陶渊明回来在干什么？“既耕亦已种，时还读我书。”耕读是中国人的一个理想状态。出门干活有土地，回家休闲可读书，这种既耕亦读的日子就是中国文人生活状态的归属。取财于地，取法于天。不误农时，回来了有闲心闲情还能念书。

“穷巷隔深辙，颇回故人车。”陶渊明住的是个穷街陋巷，这小地方不足以让那些富贵人到这儿来。不想结交权贵，那些大车深辙也进不了他家的穷街陋巷。他的闲情就由此而来，所以他有这份时光。

“欢然酌春酒，摘我园中蔬。”他自己把酒倒上，把自留地里那些新鲜的蔬菜都摘下来，对着酒，看着天地。“微雨从东来，好风与之俱。”有一点点雨丝风片吹进这样一个仲夏季节，难道还不清爽吗？所以他的日子是“泛览周王传，流观山海图。俯仰终宇宙，不乐复何如？”陶渊明的阅读大多有趣，但他读的都是些没有功利之用的东西。他在《五柳先生传》里说自己：“好读书，不求甚解，每有会意，欣然忘食。”如果一个人念书可以念到“俯仰终宇宙”，可以“仰观宇宙之大，俯察品类之盛”[①]，那“不乐复何如”，人不高兴还干吗去呢？

① 出自王羲之《兰亭集序》。

常想起来我刚刚读硕士的时候，启功[△]先生年事已高，每天都在北师大的院子里乐乐呵呵地跟所有人打招呼。我看见他每天都笑容满

△ 启功（1912—2005），中国书画家、书画鉴定家、文史学家。字元伯，一作元白，生于北京。长期从事文史教学与研究，精于书画及文物鉴定。在书学上力主临习墨迹，尤其重视结字，创“黄金分割法”。书风于端庄静穆中寓劲健飘逸。著有《启功丛稿》、《论书百绝》等，并有《启功书法作品选》等多种书法结集。

面，有一天问了他一个傻乎乎的问题。我说："启先生为什么每天都这么乐呢？"启先生说："呵呵，不乐那多冤啊。"我当时二十一岁，完全不懂得老师话里的意思。这句话也要走过很多年，经历了很多不快乐的事，才知道人生就这么点时光，当一件事可以想开，也可以想窄的时候，我们却老是想窄，就都是不乐。倏忽之间，说这句话的老师也已经作古了，经历过许多坎坷的启先生，他带走的是那么一个快乐的生命。我们今天不乐不也是很冤吗？"俯仰终宇宙，不乐复何如？"所有的智者都讲着朴素的言语，对这份道理的认同，也是归来的目的。

归来的诗写得都这么浅淡，苏东坡说渊明诗"初看若散缓，熟读有奇趣"。这十个字说得也好，陶渊明的诗不会拿到手里就让你惊艳，因为他写的不像李商隐那么深情，不像杜甫那么工整，不像王维的诗有那么多禅悟。陶渊明的诗散淡而舒缓。但是它可堪把玩，"熟读有奇趣"，一遍一遍地咀嚼下去，还不是一般的有趣，是有奇趣，真有意思！苏东坡推崇他，就在于他散发流露出的这种性情。所以朱熹△先生说得好："渊明诗所以为高，正在不待安排，胸中自然流出。"这个世界上最好的东西是不待安排的。人间所有令人惊喜的邂逅都不是别人刻意安排好的。如果不待安排，前世今生那种熟络亲切，那种深刻的认同，会是多大的惊喜。

元好问[①]说："君看陶集中，饮酒与归田。此翁岂作

① 元好问（1190—1257），金代文学家。字裕之，号遗山。工诗文，在金、元之际颇负重望。诗词风格沉郁，并多伤时感事之作。其《论诗》绝句三十首，崇尚天然，反对柔靡、雕琢，在诗歌批评史上颇有地位。

△ 朱熹（1130—1200），南宋哲学家、教育家。博极群书，广注典籍，对经学、史学、文学、乐律以至自然科学有不同程度贡献。著作有《诗集传》、《楚辞集注》等。

诗，直写胸中天。”[1]我们翻别人的诗集，题目都是登某一座山，上某一座楼，在某某水边与谁言别，在某某路上与谁相送。再翻翻陶渊明集，无非在写两件事，饮酒和归田，其中以《饮酒》为题的写了二十首，以《归园田居》为题的写了五首。这个老翁他是作诗吗？他写的是自己胸中天地。所以元好问喜欢他，他评价陶渊明，“一语天然万古新，豪华落尽见真淳。”[2]“一语天然”，这点天然万古常新，所有的豪华终将散去，那一份生命的淳朴天真永恒不改。

① 愚轩具诗眼，论文贵天然。
颇怪今时人，雕镌穷岁年。
君看陶集中，饮酒与归田。
此翁岂作诗，直写胸中天。
天然对雕饰，真赝殊相悬。
乃知时世妆，粉绿徒争怜。
枯淡足自乐，勿为虚名牵。
[金·元好问《继愚轩和党承旨雪诗四首》（其四）]

② 一语天然万古新，
豪华落尽见真淳。
南窗白日羲皇上，
未害渊明是晋人。
[金·元好问《论诗三十首》（其四）]

鸟倦飞而知还（田园意象之一）

田园诗中有两个常用的意象，第一是鸟，而且是归鸟。陶渊明有一首诗就叫《归鸟》（其三），“翼翼归鸟，相林徘徊。岂思失路，欣及旧栖。”鸟来来回回地在林中徘徊，它在找什么呢？它其实就是想回到它最熟悉的栖留的地方。鸟是思归的，“云无心以出岫，鸟倦飞而知还。”云彩无牵无挂，越飘越远，鸟在飞得疲倦的时候就知道该归来了。

陶渊明最著名的那首《饮酒》（其五），“采菊东篱下，悠然见南山。”那个时候“山气日夕佳，飞鸟相与还。此中有真意，欲辨已忘言”。有东篱把酒，有远山自现，有飞鸟在夕阳中淡淡归来。这一幅画面中那种永恒的、神秘的、真正的意义是什么呢？放下追问，它就永远在那里。而归鸟是这些元素中唯一的生命。

陶渊明在他的《饮酒》（其四）[①]里说："栖栖失群鸟，日暮犹独飞。徘徊无定止，夜夜声转悲！"鸟要是失群的话，也会心中惶惶然，徘徊无定，叫出的声音特别悲伤。对于不愿为五斗米向乡里小人折腰的陶渊明来说，"误落尘网中，一去三十年"，他也曾经是徘徊的孤鸟。

仕途这件事，有的时候近似鸟笼。用小陶罐喝水，每天都吃着最精良的鸟食，在一个金丝笼子里面被人欣赏，这日子对鸟来讲到底是好还是坏呢？这笼中的鸟不就是失群了吗？所以陶渊明说他不能那样夜夜伤悲地啼叫，所以他回来了。他从二十九岁开始，因为有家小，所以他不得不出去做官，做祭酒、参军，都是芝麻大的小官，就是为了供养这个家。到了四十一岁的时候，勉强干了八十五天的彭泽令，一声对灵魂的自我召唤"归去来兮"，终于归来。

从陶渊明的这一组飞鸟，我们放开视线去看后来还有多少诗人写到了归鸟。人跟鸟之间真的有一种默契的喜悦吗？常建[②]有首诗叫《题破山寺后禅院》[③]："山光悦鸟性，潭影空人心。"山光美，所以鸟就翩翩飞；潭影静，所以人心跟着就会腾空了。鸟欢畅的时候，人跟着有了相同的彻悟。

鸟可以欢欣，有时候也可以忧伤。

杜甫志存高远，但是同样也有深情，他高兴的时候会说："一重一掩吾肺腑，山鸟山花吾友于。"[④]重重叠叠的那些山峦都是他的胸中肺腑，鸣叫的山鸟、明艳的山花，都

① 栖栖失群鸟，日暮犹独飞。徘徊无定止，夜夜声转悲！厉响思清远，去来何依依。因值孤生松，敛翮遥来归。劲风无荣木，此荫独不衰。托身已得所，千载不相违。［东晋·陶渊明《饮酒二十》（其四）］

② 常建（？—？），唐诗人。其诗多为五言，常以山林、寺观为题材，兴旨幽远。《题破山寺后禅院》一首，为世传诵。也善作边塞诗。

③ 清晨入古寺，初日照高林。竹径通幽处，禅房花木深。山光悦鸟性，潭影空人心。万籁此俱寂，但余钟磬音。［唐·常建《题破山寺后禅院》］

④ 依止老宿亦未晚，富贵功名焉足图。久为野客寻幽惯，细学何颙免兴孤。一重一掩吾肺腑，山鸟山花吾友于。宋公放逐曾题壁，物色分留与老夫。［节选自　唐·杜甫《岳麓山道林二寺行》］

是他的朋友。但是他伤痛的时候呢？“国破山河在，城春草木深。感时花溅泪，恨别鸟惊心。”他的伤痛是花上溅泪，飞鸟惊心。这首诗写于至德二年（公元757年），安史之乱后的第三年，他在投奔肃宗的半路上被抓，身陷叛军占领的地方。山河破碎，一片回春大地上满目荒凉，他的感慨谁去分担呢？他的妻儿在鄜州羌村，他的君王也远在长安之外。杜甫经历了从玄宗到肃宗的更迭，幸亏他还有花儿、鸟儿陪伴和分担。所以他甚至说自己是“飘飘何所似？天地一沙鸥”[①]。杜甫自认为是什么人呢？他就是天地之间翩翩的一只飞鸟。相比于西方诗歌中孤单翱翔于天际的雄鹰，中国诗词中一次次出现群鸟，这是群体的一份相依，这是伦理归属中的一份眷恋。

|把世界关在门外（田园意象之二）|

除了飞鸟，在田园诗里面第二个常见的意象，就是一道柴门，而且这道门常常是关着的。陶渊明《归园田居》（其二）[②]里面说：“野外罕人事，穷巷寡轮鞅。白日掩荆扉，虚室绝尘想。”在深街陋巷里面，大白天也关着家里的柴门，只要有一樽酒在眼前，那么尘世与他就隔绝了。他的关门不是一种胆怯，而是一种勇敢。他的关门也是对世界的一个态度，他不是说世与他而相违吗？既然不想入世，既然是真的可以不要，那还老开着门何所期待呢？

所以当人人发奋进取，人人都说永无止息的时候，陶渊明

① 细草微风岸，危樯独夜舟。星垂平野阔，月涌大江流。名岂文章著，官应老病休。飘飘何所似？天地一沙鸥。［唐·杜甫《旅夜书怀》］

② 野外罕人事，穷巷寡轮鞅。白日掩荆扉，虚室绝尘想。时复墟曲中，披草共来往。相见无杂言，但道桑麻长。桑麻日已长，我土日已广。常恐霜霰至，零落同草莽。［东晋·陶渊明《归园田居五首》（其二）］

写了他的《止酒》[1]，每句里面都有一个“止”字。“坐止高荫下，步止荜门里。好味止园葵，大欢止稚子。平生不止酒，止酒情无喜。”他坐在树荫底下乘凉，他在自己家的柴门之内散步，他吃的是园子里那些青青翠翠的蔬菜，他人生最大的欢乐是自己的孩子绕膝承欢。平生不止之事只有一样，叫“平生不止酒，止酒情无喜”。所以陶渊明在他的《归去来兮辞》中也说：“园日涉以成趣，门虽设而常关。”他喜欢自己的家，就是每天走，每天看，他照样觉得它有趣。他就是有个门，也仍然关着它，对他来讲有这么大个地方，吾心自足。

王维写他眼中的世界，也常常用到这一扇门。大家都知道王维中年以后隐居终南山——一个让他心灵安顿的地方。他为了答谢自己的朋友，在《答张五弟》[2]中写下了这样一个小小的意象：“终南有茅屋，前对终南山。终年无客常闭关，终日无心长自闲。”他的小屋，终年无客，门就常关着。他的日子“终日无心长自闲”，没有那么多的心事搅扰。王维跟陶渊明不一样，少年入仕，因为他才华太高，连安史之乱的叛军也不放过他，被逼仕伪朝。等到肃宗还朝，因为兄弟的求情，仅被贬官，没有被太多地责罚，最终做到尚书右丞。他为什么还能说出“无心”二字？因为世事坎坷，真正经历以后，不留心上，这是一种大能耐。如果说陶渊明的生活是在人居之地，心远地偏。那么王维就是仕隐两得，悠心自闲。

王维在《归辋川作》[3]中说：“东皋春草色，惆怅掩柴

① 居止次城邑，逍遥自闲止。
坐止高荫下，步止荜门里。
好味止园葵，大欢止稚子。
平生不止酒，止酒情无喜。
暮止不安寝，晨止不能起。
日日欲止之，营卫止不理。
徒知止不乐，未信止利己。
始觉止为善，今朝真止矣。
从此一止去，将止扶桑涘。
清颜止宿容，奚止千万祀。
[东晋·陶渊明《止酒》]

② 终南有茅屋，
前对终南山。
终年无客常闭关，
终日无心长自闲。
不妨饮酒复垂钓，
君但能来相往还。
[唐·王维《答张五弟》]

③ 谷口疏钟动，渔樵稍欲稀。
悠然远山暮，独向白云归。
菱蔓弱难定，杨花轻易飞。
东皋春草色，惆怅掩柴扉。
[唐·王维《归辋川作》]

扉。”远远看见草色盈盈，惆怅之间有一个动作，把这一切关闭起来了。一个人的归来，有时候需要一种稳定，他要想让世事与他无牵连，他会屡屡地把烦扰关在门外。

王维在《归嵩山作》[①]中也曾经写过：“荒城临古渡，落日满秋山。迢递嵩高下，归来且闭关。”这首诗写在开元二十二年（公元734年），当时王维回嵩山，在路上看到这些景色，荒城古渡，落日秋山，想到“归来闭关”，远离尘世。写这首诗的时候，王维正是年富力强的三十多岁，但是已然经历了个人生活与仕途的几番起伏。在另一个秋照时分，王维写下“闲门寂已闭，落日照秋草”[②]。此时，王维正在济州做官，但他的官舍的门也是“闲门”，不营营以求，王维诗题中用“归某某”也很多，他这一路走得比陶渊明要远得多，坎坷得多，甚至到最后还说了一句很伤痛的话，叫做“一生几许伤心事，不向空门何处销”。他最后那道门从人间关到了一道一道的红尘外，直至空门之中。世事的跌宕已经无法打扰他的生命，白天上朝为官，归来闭门，静对经案绳床。

刘长卿曾经说过：“门临秋水掩，帆带夕阳飞。”[③]关门这一刻，看着远山远景，这时才觉出来远与近之间那种强烈的反差。

王维的一位至交孟浩然，尽管一直没落失意，但是并不妨碍他们两个人的惺惺相惜。他在和王维告别时写了一首诗，里面就说过“门”：“当路谁相假？知音世所稀。只应

① 清川带长薄，车马去闲闲。
流水如有意，暮禽相与还。
荒城临古渡，落日满秋山。
迢递嵩高下，归来且闭关。
［唐·王维《归嵩山作》］

② 萧蛸挂虚牖，蟋蟀鸣前除。
岁晏凉风至，君子复何如。
高馆阒无人，离居不可道。
闲门寂已闭，落日照秋草。
虽有近音信，千里阻河关。
中复客汝颍，去年归旧山。
结交二十载，不得一日展。
贫病子既深，契阔余不浅。
仲秋虽未归，暮秋以为期。
良会讵几日，终日长相思。
［唐·王维《赠祖三咏》］

③ 家在横塘曲，那能万里违。
门临秋水掩，帆带夕阳飞。
傲俗宜纱帽，干时倚布衣。
独将湖上月，相逐去还归。
［唐·刘长卿《南湖送徐二十七西上》］

守寂寞，还掩故园扉。”[1]人世上，知音稀少，和你分别，这个世界上就没有其他人了解我了，我要回到自己的故园，守一份寂寞，关上自己的家门。陶渊明说的是“守拙”，孟浩然说的是“守寂”，两个境界不同。其实我自己更喜欢陶渊明说的那个境界，当一个人觉得寂寞的时候，多少还有一点点幽怨。当一个人守护朴拙的时候，他就有一点朴拙的欢欣。同样是去守，有的人守得很苦，有的人守得豁达。

① 寂寂竟何待，朝朝空自归。欲寻芳草去，惜与故人违。当路谁相假？知音世所稀。只应守寂寞，还掩故园扉。[唐·孟浩然《留别王维》]

陆游在他的《春雨》[2]中也说：“闭门非为老，半世是闲人。”不要觉得闭门就是一种衰老的表现，一个人拥有自信的生命，关上了门，就敞开了精神。关上一道门，远离了外在的社会，却打开了门里的自然。一个人想要面对自然，面对自我，是需要关上一道通向喧嚣的大门的。

② 细雨吞平野，余寒勒早春。未增豪饮兴，先著苦吟身。幽径萱芽短，方桥柳色新。闭门非为老，半世是闲人。[南宋·陆游《春雨》]

什么是真正的田园？田园中有宿鸟归来，有柴门掩映。关一道门，凝视一段飞鸟掠过天心的痕迹，你可能就拥有了一片田园的生活。对今天的都市来讲，田园不是土地，田园也不是别墅，田园不需要有多大的土地资格才能去享受。田园有的时候就是这样一种随性和天真。

田园的烟火气：把酒话桑麻

田园诗派，还有一位代表诗人——孟浩然。盛唐时，国家强盛，很多人志在边关，为什么还有人回到田园呢？因为盛世也让人失落。真正的失意并不在浊世，因为那时大家都不得意。浊世里的人有时候会惶恐，会沉溺酒中逃避，但他们是悲伤，而不是失意。相反，恰恰是盛世容易让人失意，比如孟浩然。

八月湖水平，涵虚混太清。

气蒸云梦泽，波撼岳阳城。

欲济无舟楫，端居耻圣明。

坐观垂钓者，徒有羡鱼情。

这是孟浩然写的《望洞庭湖赠张丞相》。他是一个有才名、有志向的人，但是他去求仕时已经四十来岁，他以中年的心情去期盼建功立业，所以他给丞相张九龄写了这首诗。诗中的那样一种岳阳城的气势，今天读起来还觉得气象万千。这是何等的气象啊。农历八月，盛夏已经过去，秋水涨到最高处，天地混沌，一望无际，水天一色。“气蒸云梦泽”，说的是洞庭湖水辽阔丰厚；“波撼岳阳城”，说的是一座城池被波澜围绕。这个人拥有了这么大的天地景观，但是心还没有安顿。他忐忑不安地探问张丞相：“欲济无舟楫，端居耻圣明。”他想要渡水去，可是他没有船，没有桨。这句“欲济”以渡水而比喻济天下。他想出仕，他想做官，但是他没有什么凭借，没有这个途径。闲居在家吧，他又说“端居耻圣明”。这么一个大好时代，他要不出去做官，又对不起天子。

孟浩然想做官，还总找个不负时代的借口说自己不做官对不起天子。他出去做官没门路，在家赋闲不甘心。“坐观垂钓者，徒有羡鱼情。”看看那些钓鱼的人，而他呢？只有羡慕他们得鱼之心。这是一种试探。田园中真正像陶渊明那样自觉的人，真的太难得了。像王维那样也难得，就是可享繁华富贵，一切都能拥有的时候还愿意回来守住心。孟浩然当然也不容易，他的确是一个有才华的人，但是他一生都在仕与隐的纠结之中。

北阙休上书，南山归敝庐。
不才明主弃，多病故人疏。
白发催年老，青阳逼岁除。
永怀愁不寐，松月夜窗虚。

据说，孟浩然因为写这首《岁暮归南山》而倒霉。“北阙休上书，南山归敝庐。”不要向朝廷上书求官，因为自己朝中无人，那就归隐吧。“不才明主弃，多病故人疏。”他因为没有高超的才华，所以皇上不用他，因为他是一个抱病之身，所以朋友不愿意跟他来往，其实这两句话说得有点怨气。“白发催年老，青阳逼岁除。”他头上有白发，眼前有流光，日月就这么走远了。“永怀愁不寐，松月夜窗虚。”他顶着苍苍白发，难以入睡，这样的日子他怎么挨得过去呢？这点怨气不经意间就给自己找了麻烦。

有一次孟浩然去王维办公的地方探视他。王维上着班接待了老朋友，跟孟浩然两个人正聊着，偏偏赶上唐玄宗来视察。上班的时候接待朋友可不合适，王维一害怕就把孟浩然藏在了休息室的床底下。当唐玄宗走进来，王维觉得这万一要是被皇上知道，罪过就更大，所以就向唐玄宗坦白说孟浩然在官署里。唐玄宗知道孟浩然的诗名，欣然让他出来面见，问他最近有什么新作，孟浩然急于谋取事功，偏偏就把这首诗给念出来了：“不才明主弃，多病故人疏。”唐玄宗听了跟他说：卿自己不来进仕，我什么时候抛弃过你？是你不想来而已啊。

田园收留的是那些心里面真正放下纠结的人。孟浩然求仕失意地回来了，好在这个人悟性不错，终于回来寻找一份安顿。

北山白云里，隐者自怡悦。相望始登高，心随雁飞灭。
愁因薄暮起，兴是清秋发。时见归村人，平沙渡头歇。
天边树若荠，江畔洲如月。何当载酒来，共醉重阳节。

这是他的《秋登万山寄张五》，此时他的心胸是真正疏朗了。去上北山，在白云之中，一个隐逸之人可以有自己清淡的欢喜。相望登高，一颗心随着鸿雁在长空里起起伏伏，情思缥缈，也是明明灭灭。这个时候还是会有感伤，因为时值秋日，又在晚照时分。但是有人归来了，归来的意象在这里真正落在了实处。天边的树很小，江边的船如同月牙，什么时候带酒来，我们共醉一个深秋重阳节。人真的有了这样的归来之心，才能够饮到这杯安详的酒。

孟浩然真正意义上的田园诗是《过故人庄》[①]。这首诗里面的那种朴素天然，和陶渊明的诗已经相去不远。“故人具鸡黍，邀我至田家。”老朋友备了点好饭菜，饭是刚打的小米，菜是刚宰的鸡。诗人被邀到故人家。远远看去，“绿树村边合，青山郭外斜”，近处绿树绕着村落，远方隐着一带青山。走进小院，“开轩面场圃，把酒话桑麻”，窗户一开，外面就是场院。大家端着酒杯闲聊，就

① 故人具鸡黍，邀我至田家。
绿树村边合，青山郭外斜。
开轩面场圃，把酒话桑麻。
待到重阳日，还来就菊花。
[唐·孟浩然《过故人庄》]

聊聊今年谁家庄稼长得怎么样了，明年谁家的收成会不会好，这就叫“话桑麻”。“待到重阳日，还来就菊花。”这一餐饭总有吃完的时候，那下回咱俩什么时候约？就约重阳节吧，到那个时候菊花就该开了，把酒在菊花旁边，我们再来聊一聊这一年的时光。这一把散淡文字，才是真正意义上的归来。孟浩然在求仕失意而归之后，终于放下了他的挣扎。

|行到水穷处，坐看云起时|

每个人都可以有自己的田园，但每个人的田园来得有早有晚，各不相同，每方田园里面真正的气象也大相径庭。

王维有一个耐人寻味的生命历程。他生逢盛世，少有才名，二十一岁就举进士，做大乐丞，掌管礼乐。但是偏偏也获罪于大乐丞任上，因伶人舞黄狮子这件事情受了牵累，被贬为参军。张九龄执政时，又重新提拔王维，做到右拾遗，后迁升为监察御史。

开元二十五年（公元737年），他奉命出塞，写下“大漠孤烟直，长河落日圆”[①]。王维的诗集里面，有太多太多的沧桑感慨。同时王维又是一个诗书琴画皆精通的大艺术家，他的思想受禅宗影响很大。无论是他的诗，还是他的画，都耐人寻味。所以苏东坡评他“味摩诘之诗，诗中有画；观摩诘之画，画中有诗”。正是因为他经历过仕途跌宕，世事坎坷，所以他的田园跟生命清浅淳朴自然的陶渊明

① 单车欲问边，属国过居延。征蓬出汉塞，归雁入胡天。大漠孤烟直，长河落日圆。萧关逢候骑，都护在燕然。[唐·王维《使至塞上》]

又有不同。

他在《终南别业》[①]里说："中岁颇好道，晚家南山陲。兴来每独往，胜事空自知。""中岁"是指他历经沧桑的中年，从那个时候起他就喜欢佛学禅理，到了晚年的时候隐居在蓝田辋川别业，在这里他自己独来独往，"行到水穷处，坐看云起时。"这十个字深含禅意，走到水流穷尽处，真的穷尽了吗？停下来你就会看见水尽云升。世间的很多东西其实都在转换的，一样东西的消歇，可能转换成另外一种生命的新的勃发。王维的心在起伏跌宕中，终于回到了一种自然的状态。

① 中岁颇好道，晚家南山陲。兴来每独往，胜事空自知。行到水穷处，坐看云起时。偶然值林叟，谈笑无还期。[唐·王维《终南别业》]

田园是一种状态，有些状态是浑朴的，有些状态是彻悟的。王维属于后者。"偶然值林叟，谈笑无还期。"尽管他是一个做过高官的人，但即使是遇见一个山间老叟，也可以跟老叟把酒言欢，甚至可以就站在路上聊个没完。真正的田园是什么呢？是一个人放下了身段，卸掉了名分，看见了生命自我，才回得去的地方。

王维的晚年，白天上朝为官，晚上回到他的居所，焚香读经，放下红尘过往，只有一颗心在。所以王维在《酬张少府》[②]这首诗里说出他晚年所有的心境和物境。"晚年唯好静，万事不关心。"这个世上再有多么繁盛与衰败，都已经不再扰乱他的心。对于世间的人与事，他没有过多的见解和宏大的规划，他只能返归，护住自己的心性是他唯一能做的事。他身边相伴的是什么呢？"松风吹解带，山月照弹琴。"唯

② 晚年唯好静，万事不关心。自顾无长策，空知返旧林。松风吹解带，山月照弹琴。君问穷通理，渔歌入浦深。[唐·王维《酬张少府》]

有明月松风自在相伴，心在琴弦上，心在月影中。“君问穷通理，渔歌入浦深。”倘若再有人跟他探讨宇宙人生的大道理，他一笑转身走远了，只留下淡淡的渔歌，一切都在不言之中。这一份禅意出神入化，不求让别人懂得，自然也无须与别人争辩。

长歌皓月、剑啸长虹的李太白，他爱田园吗？

李白喜欢孟浩然这样的人，所以就羡慕孟浩然的生活。“吾爱孟夫子，风流天下闻。”[①]李白因为喜欢这个人，连他的田园，自己也想身处其中。“红颜弃轩冕，白首卧松云。”红颜是指一个人年轻的时候，在还来得及进取的时候，孟浩然就放弃了仕途。其实孟浩然也不那么想放弃，他是求仕不得而归来，多少有些无可奈何。但在李白看来，孟浩然勇敢，放弃得好，时值壮年就已经弃轩冕了，所以他的生活自在，松间云下，可以悠闲长卧。

“醉月频中圣，迷花不事君。”一个人醉得花月皆醉，这番境界不是很像李白本人的“天子呼来不上船，自言臣是酒中仙”吗？“高山安可仰，徒此揖清芬。”他真的敬重孟浩然那样的人生境界，那就是他的理想。所以不要以为李白不爱田园，一个人只要有份至情至性，就都会有自己对于田园的一份喜欢。

李白下终南山，到自己好朋友的山庄里的时候，曾经写过这样的诗：“暮从碧山下，山月随人归。却顾所来径，苍苍横翠微。”写得多美啊。他从这样一座碧山上走下来的时候，

① 吾爱孟夫子，风流天下闻。红颜弃轩冕，白首卧松云。醉月频中圣，迷花不事君。高山安可仰，徒此揖清芬。［唐·李白《赠孟浩然》］

唯有山月相随，再回头看一眼他自己走过的路，才知道路已经被青山隔断。他的好朋友斛斯山人在迎接他，“相携及田家，童稚开荆扉”，一起走到家门口，小孩子跑过来把门打开。一路进去，“绿竹入幽径，青萝拂行衣”，院子里面有绿竹，有青萝，曲曲折折进到室内。“欢言得所憩，美酒聊共挥”，樽前有美酒，天空有明月，这就是最好的日子。“长歌吟松风，曲尽河星稀。”两个人在一起吟风赏月，当他们吟罢的时候，天空中星辰已稀，几乎快要天亮了。“我醉君复乐，陶然共忘机。”什么叫做忘机呢？一个人有机心，就会有很多的计较。陶然而乐就可以忘却机心，这样的日子就是一份天真性情的安顿。

所以，一生好入名山游的谪仙人李白也爱田园。

那么，一心忧国忧君的杜甫，他可能爱田园吗？

杜甫是个有深情的人，他爱江山，爱家国，爱君王，爱百姓，他爱山川，爱流水，爱妻儿，爱朋友，他同样爱田园。“人生有情泪沾臆”，杜甫多情，所以常含泪水。

在他难得安定的那些日子里，“舍南舍北皆春水，但见群鸥日日来”[①]，他住的地方，南南北北都是春水缭绕，鸥鸟飞到他的身边，人和生物其乐融融。“花径不曾缘客扫，蓬门今始为君开。”家里过去也没有打扫过，现在有客人来了，欣欣然开门迎候。这两句话有一份发自内心的淳朴温情。“盘飧市远无兼味，樽酒家贫只旧醅”，没有什么更好更多的美味，喝的这点酒也不是今年新酿的，所以这不是什

① 舍南舍北皆春水，但见群鸥日日来。花径不曾缘客扫，蓬门今始为君开。盘飧市远无兼味，樽酒家贫只旧醅。肯与邻翁相对饮，隔篱呼取尽余杯。[唐·杜甫《客至》]

么豪华的酒宴，这顿酒喝的是人情。“肯与邻翁相对饮，隔篱呼取尽余杯。”最后这句话的情景，特别温馨有趣。老朋友来了，大家喝着酒。杜甫忽然想起隔壁的老汉，问客人，愿不愿意和隔壁老汉喝杯酒？隔着竹篱笆，一块儿干一杯。这点儿随意的闲趣，可不就是真的田园。

为什么说现在的田园远了？远的不是绿水青山，而是一种生活方式，就是这样隔着篱笆喝杯酒的简单率性。

杜甫难道不爱田园吗？

他写《江村》[①]：“清江一曲抱村流，长夏江村事事幽。自去自来梁上燕，相亲相近水中鸥。”这些是写他家周围的景观。“清江一曲”，也就是那点舍南舍北的春水，环抱着这样一个小村。“自去自来梁上燕，相亲相近水中鸥。”那些鸥鸥燕燕飞去飞来，散漫自在。“老妻画纸为棋局，稚子敲针作钓钩。”这两句太有味道了。老伴拿张破纸画了个棋盘，也许捡几个石头子就当棋子了，嚷嚷着要找人下棋。小儿子拿了他妈妈针线包里的一根针，用个石块把它敲弯了，就乐颠颠跑去钓鱼。

田园无非就是这种状态了。寻常日子一旦有趣，就变得兴味盎然。寻常日子一旦有心，身边处处都是田园。这跟杜甫的志向有所不同，但这也是真实的杜甫。并非一个人的生命有了一种壮阔的担当，有了那样一种“安得广厦千万间，大庇天下寒士俱欢颜”[②]的悲悯，这个人的心中就放不下悠扬田园。

那么，抗金将领辛弃疾，这个二十岁起兵的武将，他爱田园吗？这样一个郁结得“把吴钩看了，栏干拍遍，无人会、登临意”

① 清江一曲抱村流，
长夏江村事事幽。
自去自来梁上燕，
相亲相近水中鸥。
老妻画纸为棋局，
稚子敲针作钓钩。
但有故人供禄米，
微躯此外更何求？
[唐·杜甫《江村》]

② 八月秋高风怒号，
卷我屋上三重茅。
茅飞渡江洒江郊，
高者挂罥长林梢，
下者飘转沉塘坳。
南村群童欺我老无力，
忍能对面为盗贼。
公然抱茅入竹去，
唇焦口燥呼不得，
归来倚杖自叹息。
俄顷风定云墨色，
秋天漠漠向昏黑。
布衾多年冷似铁，
骄儿恶卧踏里裂。
床头屋漏无干处，
雨脚如麻未断绝。
自经丧乱少睡眠，
长夜沾湿何由彻！
安得广厦千万间，
大庇天下寒士俱欢颜，
风雨不动安如山！
呜呼！何时眼前突兀
见此屋，吾庐独破受
冻死亦足！
[唐·杜甫《茅屋为秋风所破歌》]

的壮士，豪气干云，他也会爱田园吗？他在《清平乐·村居》[①]中写的日子，跟杜甫家的日子，真是相映成趣。尽管一唐一宋，相隔那么多年，但两个人都是忧君忧国，性情相似，他们笔下那一份朴素天真，也烂漫得相同。“醉里吴音相媚好，白发谁家翁媪。”山东人辛弃疾到了临安，听江南人说话，觉得人家话音柔软，叫做“相媚好”。经历了那么多世事，白发夫妻相守一段宁静时光。几个孩子都干吗呢？“大儿锄豆溪东，中儿正织鸡笼。最喜小儿无赖，溪头卧剥莲蓬。”大儿子能干农活了，扛着锄头上旁边那块地里面去锄豆苗。二儿子不如他哥哥能干那么重的体力活，在家编鸡笼子。看那小儿子，什么都干不了，只知道在那儿淘气，躺在溪边一个人剥着莲蓬，那副贪吃的小样儿，让老父老母眼神里都漾起了笑影……

每一个人都有他不同的田园，每片田园里面都有一个不可替代的主人公。读这些田园诗，是为了唤醒我们内心的一种状态。也许田园就在写字楼边，也许田园就在柏油路上，也许田园就在你一天疲惫工作之后，也许田园就在你远行归来的那个时分。

田园不独属于陶渊明，也同样属于李白、杜甫、辛弃疾。每一个人生命里面都有那样一些心情需要托付，托付给田园的时候，才会露出一种会心的微笑。不管我们多么匆忙，不管我们如何壮志凌云，不失去田园的人，才有充电的地方，有归属的人才有可能一次次出发，走得更远。

① 茅檐低小，溪上青青草。醉里吴音相媚好，白发谁家翁媪。　大儿锄豆溪东，中儿正织鸡笼。最喜小儿无赖，溪头卧剥莲蓬。[南宋·辛弃疾《清平乐·村居》]

登临况味

因为中国人很早就认识到个体的生命是短暂、有限的，他们才幻想着在有限的生命里，去追求无限的价值；在相对的存在中，去追求绝对的意义。千百年来，这种追求生生不息，无数诗人将对人生意义的寻寻觅觅，寄托在山水之间，踏遍千山，寻找一个俯视生活的视点。个体生命找到了这种载体，于是，他们开始走向山巅水涯。这种对生命意义的追寻，使中国诗人登临远眺的诗篇中表现出一种强烈的时空意识、宇宙意识和生命意识的融合。

明·樊晖　《溪山远眺图》（局部）

引子：独与天地精神往来

水阔山长。先说一组大家很熟悉的诗。

李白在湖北宜都西北长江南岸的荆门山送别朋友时看到，“山随平野尽，江入大荒流。”①这是李白眼里的山水。

王维泛舟汉江的时候说：“江流天地外，山色有无中。”②这是王维那一刻的山水。

杜甫登上岳阳楼看到，“吴楚东南坼△，乾坤日夜浮。”这是杜甫看见的山水。

而韩愈呢？他看到了一幅清浅的山水风景，“江作青

① 渡远荆门外，来从楚国游。
山随平野尽，江入大荒流。
月下飞天镜，云生结海楼。
仍怜故乡水，万里送行舟。
［唐·李白《渡荆门送别》］

② 楚塞三湘接，荆门九派通。
江流天地外，山色有无中。
郡邑浮前浦，波澜动远空。
襄阳好风日，留醉与山翁。
［唐·王维《汉江临泛》］

△ 坼（chè）：分裂，这里引申为划分。

① 苍苍森八桂，兹地在湘南。江作青罗带，山如碧玉篸。户多输翠羽，家自种黄甘。远胜登仙去，飞鸾不假骖。［唐·韩愈《送桂州严大夫同用南字》］

罗带，山如碧玉篸△。”①

每个人看山见水，都会留下自己的印象。我们说的这些诗，虽然个人观感不同，有一点是相似的——它们都是诗人真切地将身心投入山水之中才会产生的印象。个体生命找到了山水这个载体。水阔山高之间，人被山水托举，自然之美和主体之美融合，达到物我两忘的境界，完成人与自然交融的审美。

山水，成为人寄寓和滋养心灵的所在。

中国人对山水的审美，有着悠久的传统。庄子曾经说，“独与天地精神往来”。怎么样同往共来呢？在庄子那里有着几个层次。最高级的是人和天地的完全融合，所谓“天人合一”，这是“造物主”的境界；次一级的，御风而行、遨游天地，这是“仙人”的境界；再次一级，对于凡尘俗世的普通人来说，如果存在着脱俗忘我的追求，有着对“逍遥”的渴望，意欲“乘天地之正，而御六气之辩”，可以采取的途径就是登山临水。魏晋时期，世事无常，玄学盛行，人们一方面渴求庄子的“逍遥”，一方面认识到人生不自由的局限性，渴望超越，登临山水寄托怀抱就是最便利的方式。

仰观宇宙之大，俯察品类之盛

我们的日常生活是一个平视的视角，觉得天高地阔，有

△ 篸（zān）：同簪。

很多东西都比我们伟大，都比我们辽远，一身渺渺，有的时候会觉得孤单和无助。登临山水，给了我们一个不同寻常的视点。当人在山之巅，在水之涯，有时候会真正体会到“仰观宇宙之大，俯察品类之盛，所以游目骋怀”的自由自在。正是因为中国人很早就认识到个体生命非常短暂，充满无奈与无常，所以他们才努力在有限生命中去追求无限的价值，在相对的存在中，去追求绝对的意义。这种追求生生不息，转化成山水之间寻寻觅觅的寄托。人们踏遍千山，寻找一个俯视生活的视点，这种对自然的皈依与眷恋，使山水诗表现出一种强烈的时空意识、宇宙意识和生命意识。

在中国的山水诗中，我们还发现一个奇妙现象：人在远眺空间的时候，往往也望穿了时光。空间成为一个载体，它越是辽阔，人对历史那种悠长隽永、肃穆庄严的体会也越深刻。无形的时光在有形的空间里可知可感，动魄惊心。中国的诗词上下联之间往往有着时空的关联，昆明大观楼那一副长联，上联开头“五百里滇池奔来眼底”是空间浩荡，下联开头“数千年往事注到心头”是历史沧桑。时空流转，瞬间模糊了边界，化为一体。

建安十二年（公元207年），曹操[①]征讨东北的乌桓，终于扫清了袁尚、袁熙的势力，率领军队走到大海边，东临碣石山，写下了《观沧海》。这首诗又给了我们怎样一种天高地阔，怎样一种雄心壮志的震撼呢？

① 曹操（155—220），即“魏武帝”。三国时政治家、军事家、诗人。字孟德。善诗歌，有《蒿里行》、《观沧海》、《龟虽寿》等篇。散文亦清峻整洁。著作有《魏武帝集》，已佚，有明人辑本。今有整理排印本《曹操集》。

清·袁杓 《绿墅堂图卷》（局部）

东临碣[△]石，以观沧海。

水何澹澹[△△]，山岛竦峙[△△△]。

树木丛生，百草丰茂。

秋风萧瑟，洪波涌起。

这一段描述气定神闲。我们今天写大海，往往会写出大海的波涛汹涌，写出它澎湃的浪花，但在曹操眼里，沧海是宁静、宏伟、辽阔的。所谓“水何澹澹，山岛竦峙”，一切隽永而恒定。仿佛一个安静的长镜头，诗人看到近处丰茂的草木，看到中景秋风的萧瑟，然后看到远远的波浪逐渐涌起。这一番从容气度，是他的博大胸襟在客观的、自然的山水之间的折射。他在沧海洪波之中

△ 碣（jié）石：山名，在现在河北昌黎。

△△ 澹澹（dàn）：水波动荡的样子。

△△△ 竦峙（sǒngzhì）：高高耸立。

分明还看见了无涯的时空——

日月之行，若出其中。
星汉灿烂，若出其里。
幸甚至哉，歌以咏志。

日月星辰，天地往来，流光无形，生命有限。怎么样才能够在沧海蓝天之间，找到自己的托身之所？怎么样在宇宙无限的经纬里，找到人的生命坐标？

写这首诗的时候，曹操的人生正从豪迈的壮年踏入烈士的暮年，北方的战乱逐渐平息，他安定天下的雄心壮志完成了大半。在这个时刻，他看到了天地的浩阔，时间的永恒，日月星辰的轮转不息。他为自己能看到这些壮阔而骄傲，为身在其中而自豪，为在时空、历史中能够确立自己的位置而深沉喟叹，“幸甚至哉，歌以咏志。”时光与空间相互转换的密码就这样被开启了，杜牧登上乐游原望向苍穹，看见“长空澹澹孤鸟没，万古销沉向此中”[①]，那些曾经跌宕于青史的辉煌与悲怆，都随孤鸟的划痕消失在无垠长空……苏东坡将目光投向滔滔长江，想见赤壁风云，“大江东去，浪淘尽、千古风流人物。”[②]千古英雄的风神在一瞩目之间次第闪现，从波涛中凝定于眼前。而辛弃疾在北固亭上的凝望，却在一瞬之间把千古兴亡的喟叹投回了长江，“千古兴亡多少事？悠悠，不尽长江滚滚流！”而我们更熟悉的时空交错还是在李白的吟唱之中：“君不见黄河之水天上来，奔流到海不复回”，空间无穷；“君不见高堂明镜悲白发，朝如青丝暮成雪”，时光无情。而之所以能一眼望穿这一切，因为李白是位立于高处的诗仙。

李白写《庐山谣寄卢侍御虚舟》[③]，起笔表明了自己是何等人物：“我本楚狂人，凤歌笑孔丘。手持绿玉杖，朝别黄鹤楼。五岳寻仙不辞远，一生好入名山游。”

他本来就不是按照朝廷科班序列去猎取功名利禄的凡人，他是旷世的逸民。在早年入世理想受到现实打击之后，对于孔子的济世之道就更不认同，他像楚狂接舆那样吟唱着“凤兮，凤兮！何德之衰？往者不可谏，来者犹可追。已而，已而”展开了另一种人生的追求：名山大川，有他生命中更真切的寄托。李白的视点望向了现实之外，望向宇宙苍穹，当他走向高处的时候，人间的规则就再也无法约束住他，目光所及之处，他望见的是生命永恒的超越。

① 长空澹澹孤鸟没，
万古销沉向此中。
看取汉家何事业，
五陵无树起秋风。
[唐·杜牧《登乐游原》]

② 大江东去，浪淘尽、千古风流人物。故垒西边，人道是、三国周郎赤壁。乱石穿空，惊涛拍岸，卷起千堆雪。江山如画，一时多少豪杰！ 遥想公瑾当年，小乔初嫁了，雄姿英发。羽扇纶巾，谈笑间、樯橹灰飞烟灭。故国神游，多情应笑我、早生华发。人生如梦，一樽还酹江月。
[北宋·苏轼《念奴娇·赤壁怀古》]

③ 我本楚狂人，凤歌笑孔丘。
手持绿玉杖，朝别黄鹤楼。
五岳寻仙不辞远，一生好入名山游。
庐山秀出南斗旁，屏风九叠云锦张，
影落明湖青黛光。
金阙前开二峰长，银河倒挂三石梁。
香炉瀑布遥相望，回崖沓嶂凌苍苍。
翠影红霞映朝日，鸟飞不到吴天长。
登高壮观天地间，大江茫茫去不还。
黄云万里动风色，白波九道流雪山。
好为庐山谣，兴因庐山发。
闲窥石镜清我心，谢公行处苍苔没。
早服还丹无世情，琴心三叠道初成。
遥见仙人彩云里，手把芙蓉朝玉京。
先期汗漫九垓上，愿接卢敖游太清。
[唐·李白《庐山谣寄卢侍御虚舟》]

这样的诗写在什么时候呢？其实并不是李白从容得志的时候，恰恰是他暮年流放夜郎途中遇赦返回时写的。那个时候，他也是六十岁左右的老人了。经历了那么多的困苦，看遍了世间的变乱，他的心为什么还如此飞扬呢？每个人都有过登山观景的经历，但是我们可曾看过李白看见的这一切？“登高壮观天地间，大江茫茫去不还。黄云万里动风色，白波九道流雪山。”人在高山之上，看见大江的茫茫浩荡、人世的沧桑一瞬，看见万里黄云因风而快速幻化，白色的河流一道道环绕着雪山。这样的一个视点，相当于今天我们航拍才能看见的景色。李白为什么能够看见呢？我想，在山水中，李白真正地获得了自由，他的生命获得了飞翔的翅膀。一翅是酒，一翅是诗，他凭借着诗情和酒力，成为凡间的飞仙。

这就是登山临水时收获的空间感。在一个大坐标里，相同的事情会变小。那些纠缠焦虑，也许一直都在，但是把坐标放得更大，这些烦恼相对就变小了。

山川永远活在世界上，它们带着那些远古的心事，带着历代的风流人物，一步一步经历春夏秋冬，走进我们的生命里。让我们放下手边的琐事，带着这些诗篇去远游吧！给自己以自由，让生命拥有那样一种壮美，那样一种气度，那样一种浩荡的梦想。即使我们终归要回到城市，回到人际琐事中，然而，那个时刻，我们的心，已然被山水成全。

| 五岳寻仙不辞远，一生好入名山游 |

李白一生喜欢登临。他的《山中问答》：“问余何意栖碧山，笑而不答心自闲。桃花流水窅然△去，别有天地非人间。”如果有人问他为什么如此爱山

△ 窅（yǎo）然：深远的样子。

川，他会笑而不答。因为这山中的桃花自在，流水汤汤，没有自在闲情的人，怎么会明白得了？所以，李白遇见山川，是生命里的一段夙缘。这样的人，山才真正接纳他。

他望见的不是人间的规则藩篱，他望见的是生命永恒的超越。

李白登上太白山，“西上太白峰，夕阳穷登攀。太白与我语，为我开天关。”①

在这首诗里有三个“太白”。第一，“西上太白峰”，上的这个山本身叫太白山，“夕阳穷登攀”，一直登到了峰顶。这里的“夕阳”有着双关的含义，一方面，“夕阳”指黄昏下的斜阳，另一方面，在中国古典里，“夕阳”还指山的西面，因为只有在下午和黄昏，山的西面才能看到太阳。第二，“太白与我语，为我开天关。”这

近代·黄山寿《桃源仙境》（局部）

① 西上太白峰，
夕阳穷登攀。
太白与我语，
为我开天关。
愿乘泠风去，
直出浮云间。
举手可近月，
前行若无山。
一别武功去，
何时复更还？
[唐·李白《登太白峰》]

个“太白”，指天上的太白星，诗人和上天打招呼：我要上去了，给我开门！谁要上去了呢？那就是人间飞仙李太白。这里是三个“太白”的相遇，山川、星辰与诗仙，相遇之后，三者合而为一。“愿乘泠风去，直出浮云间”，诗人愿乘着清泠的风，穿梭于白云间。这是何等新奇的想象！“举手可近月，前行若无山”，他真的飞起来了，往上，举手似乎能够摘到月亮，往前，视野里一片浩渺，再无阻碍。有一个说法，说李白暮年沉醉时去捞水中之月，坠水而亡。为什么大家宁可相信这样一个听来荒诞的传说呢？许是因为，在李白的生命里，对月亮的那种爱，对超越凡尘俗世的不懈追求，让大家都愿意相信这位天真的诗人最终真的与明月融而为一了。

“一别武功去，何时复更还？”但是这一走，步入仙境，离开太白山所在的武功这个地方，忽然之间，他心里起了一点点惆怅。要真是上了天的话，人间还回得来吗？

这就是李太白在出世与入世之间的徘徊。有的时候，他希望自己真的能够羽化登仙，但另一方面，高渺出尘那一刻，他又对这个不尽如人意的尘世心有眷恋。

贺知章当年看到《蜀道难》，惊呼李白是“谪仙人”。《蜀道难》充满了浪漫传奇，李太白写下的《梦游天姥△吟留别》①也是一样。诗中所言，是梦幻，也是仙境。

起笔就那么悠远，那么缥缈，“海客谈瀛洲△△，烟涛微茫信难

① 海客谈瀛洲，
烟涛微茫信难求。
越人语天姥，
云霓明灭或可睹。
天姥连天向天横，
势拔五岳掩赤城。
天台四万八千丈，
对此欲倒东南倾。
我欲因之梦吴越，
一夜飞度镜湖月。
湖月照我影，
送我至剡溪。
谢公宿处今尚在，
渌水荡漾清猿啼。
脚着谢公屐，
身登青云梯。
半壁见海日，
空中闻天鸡。
千岩万转路不定，
迷花倚石忽已暝。
熊咆龙吟殷岩泉，
栗深林兮惊层巅。
云青青兮欲雨，
水澹澹兮生烟。
列缺霹雳，丘峦崩摧。
洞天石扉，訇然中开。
青冥浩荡不见底，
日月照耀金银台。
霓为衣兮风为马，
云之君兮纷纷而来下。
虎鼓瑟兮鸾回车，
仙之人兮列如麻。
忽魂悸以魄动，
恍惊起而长嗟。
唯觉时之枕席，
失向来之烟霞。
世间行乐亦如此，
古来万事东流水。
别君去兮何时还，
且放白鹿青崖间，
须行即骑访名山。
安能摧眉折腰事权贵，
使我不得开心颜！
［唐·李白《梦游天姥吟留别》］

△ 天姥（mǔ）：山名，在浙江新昌东面。传说登山的人曾经听到仙人天姥的歌声，山因此得名。

△△ 瀛（yíng）洲：传说中的海上三座仙山之一，另两座叫蓬莱、方丈。

求。越人语天姥，云霓明灭或可睹。”瀛洲这座神山也许是找不到的，但是“越人”告诉我，天姥山虽然掩映在云霞之间，却还看得见。“天姥连天向天横，势拔五岳掩赤城。天台四万八千丈，对此欲倒东南倾。”那高耸入云，横向天外的天姥山啊，山势险峻超过五岳，盖过赤城山，四万八千丈的天台山，对着峭拔的天姥山就好像要朝着东南倾斜拜倒一样。真是想不出来还有谁能够用这样的笔触去写一座山！

他一定要飞去那个传说中的遥远的地方去看一看——“我欲因之梦吴越，一夜飞度镜湖月。”别人眼中的山，有松，有石，有云，有雾，而李白看见的却是一段神话：“青冥浩荡不见底，日月照耀金银台。霓为衣兮风为马，云之君兮纷纷而来下。”日月同辉，晶莹璀璨，披霓为衣，御风为马，一位位神仙纷至沓来，“虎鼓瑟兮鸾回车，仙之人兮列如麻。”景色瑰奇，异彩缤纷，以至于惊心炫目！

李白真的是个神仙吗？他之所以被我们亲近，是因为他讲完这一段绘声绘色的浪漫传奇之后，带着那种毫不掩饰的纯真，转身又回来了。

“世间行乐亦如此，古来万事东流水。别君去兮何时还，且放白鹿青崖间，须行即骑访名山。”就算当了神仙，就算见识了那一切，享受了那一切，又怎么样？天上的神仙生活，不过是人间行乐生活的翻版。无论是天上的神仙，还是人间的世俗，形同逝水东流，都不是永恒，终有消逝的时候。仙境如幻，恍如一梦间，寻仙，入仙，认识到仙的本质，然后是对仙的超越。正是因为经历过神仙的美好，正是因为享受过人生的鲜艳，才会知道，无论功名利禄，还是虚无缥缈的仙道，都不值得追逐。真正值得过的生活，是率性、天真、不扭曲地做自己，“安能摧眉折腰事权贵，使我不得开心颜！”李白这种超越的视点，不仅仅因为他站得高，不仅仅因为他的视野大，更是因为他的心性高，因为他的气魄大。

李白笔下，也有宁静的山。他跟山川之间的天真挂念，就像他的小诗中说的那样：

众鸟高飞尽，孤云独去闲。
相看两不厌，只有敬亭山。[1]

一个人与一座山之间深情地凝眸，彼此没有满足。这种感情，就如同后来辛弃疾说："我见青山多妩媚，料青山、见我应如是。"[2]他看青山这么美好，青山眼里的他也应该是这样吧？人和山之间，有了这样一种亲近的托付，有了这种朋友一样可以言说的情感，才是真正融合了。

为什么我们有些人登山会觉得没意思，甚至觉得很累？其实不是身体上的感受，而是心累。在登山的时候，你的心没有敞开，没有接纳，所以就缺少发现和感动。现在很多名山风景区都有缆车，一张票，半小时就上去了，赏个景照个相又回来了。登山，变成了一个目的，而不是一个过程。其实在移岁登临的过程中，游目骋怀，只是一个自然的状态，不是目的，风景自然地涌入眼中、心里，没有预设，没有希求，蓦然相遇，皆是自然的赐予。登山的过程，就是这个发现和享受的过程，是完全放弃自己的身份标签，身心完全投入山水，被山水接纳的过程。李白的山，都是他一步一步走过的。他能够看见与众不同的风景，是因为他在山川中的时光特别久。

① 唐·李白《独坐敬亭山》。

② 邑中园亭，仆皆为赋此词。一日，独坐停云，水声山色，竞来相娱。意溪山欲援例者，遂作数语，庶几仿佛渊明思亲友之意云。　甚矣吾衰矣。怅平生、交游零落，只今余几！白发空垂三千丈，一笑人间万事。问何物、能令公喜？我见青山多妩媚，料青山、见我应如是。情与貌，略相似。　一尊搔首东窗里。想渊明、《停云》诗就，此时风味。江左沉酣求名者，岂识浊醪妙理？回首叫、云飞风起。不恨古人吾不见，恨古人、不见吾狂耳。知我者，二三子。
［南宋·辛弃疾《贺新郎》］

近代·陈少梅《踏破满林秋》（局部）

海到尽头天作岸，山登绝顶我为峰

登高，有人抒怀悼故，有人怀远思乡；有所望的人是望人望乡，无所望的人看见深沉的生命意义。钱锺书先生评价中国古人的登高望远说：“忧来无向，悲出无名”。这种忧伤不一定有具体的理由，“极目而望不可即，放眼而望未之见”，达到这样一种境界，于是人“惘惘不甘，忽忽若失”。人登高只不过是望见了苍茫，视觉上那种朦胧应和了人心里的迷思，物境的高旷又与自己心志的高远暗暗地契合，强烈感受到天地无穷，人间一瞬。这种无穷跟有限，且悲且壮。

这种无穷与有限强烈反差的瞬间，就如同陈子昂[①]

① 陈子昂（659—700），唐文学家。字伯玉。于诗标举汉魏风骨，强调兴寄，反对柔靡之风。是唐代诗歌革新的先驱，对唐诗发展颇有影响。于文反对浮艳，重视散体。

站在幽州台上的追问，“前不见古人，后不见来者。念天地之悠悠，独怆然而涕下。”[①]这个时刻是孤绝的，但生命因为孤绝之境而获得隽永深沉的反省；这一瞬间充满迷思，但这种超越世间功利关系之上的迷思本身就是一份永恒。

孟浩然是李白的好朋友，有一天他和朋友们登上岘山。“人事有代谢，往来成古今。江山留胜迹，我辈复登临。”[②]真喜欢这四句诗，看穿“人事有代谢”，明白“往来成古今”，就算是一切走远了，又有什么呢？毕竟江山留下了这些胜迹。“我辈复登临”，今天登一座山，上一座楼，难道没体会到那一块一块砖的夹缝

近代·陈少梅《松下高士图》（局部）

① 唐·陈子昂《登幽州台歌》。

② 人事有代谢，
往来成古今。
江山留胜迹，
我辈复登临。
水落鱼梁浅，
天寒梦泽深。
羊公碑尚在，
读罢泪沾襟。
[唐·孟浩然《与诸子登岘山》]

中都隐匿着惊心动魄的传奇吗？曾经有多少人在我们之前登临，在这里大笑过，在这里饮泣过，在这里哭号过，在壁上奋笔疾书留下过诗篇。在我们终于有缘登临的这一刻，山川楼台收藏的那些诗意澎湃激荡，扑面而来。

“水落鱼梁浅，天寒梦泽深。羊公碑尚在，读罢泪沾襟。”岘山就在孟浩然的老家湖北襄阳县内，鱼梁是一个小沙洲，云梦泽就是现在的洞庭湖一带。孟浩然求仕不遇，心里苦闷，登山看见羊祜的碑，想到羊祜当年镇守襄阳时，常与友人到岘山饮酒赋诗，曾经感慨“登此远望如我与卿者多矣，皆湮灭无闻，使人悲伤”。而今人们因为羊公的美德树碑以为纪念，诗人细读羊公碑，庆幸他的功业德行并没有因为历史的变迁而被遗忘，更感慨欷歔自己的寂寂无闻。江山永在，人们因为自己的多情，一次次用热泪涤荡了江山。

中国的千古诗人中，用热泪涤荡江山的一位最深情的代表，就是杜甫。

二十四岁时，贡举落榜，怀才不遇的杜甫离开长安，来到山东，看望当时做兖州司马的父亲杜闲，随后在齐鲁大地漫游，写下《望岳》[①]。年轻的杜甫少年意气，胸怀天下，被五岳之尊的泰山的宏大气势震撼，辽阔的视野随即开拓出来，“岱宗夫如何？齐鲁青未了。”这座秦皇汉武封天禅地的巍巍高山，它到底是什么样子呢？纵目四望，南方的鲁地和北方的齐地尽收眼底，绵延无尽，青绿的颜色融为一体，大地变成泰

① 岱宗夫如何？齐鲁青未了。
造化钟神秀，阴阳割昏晓。
荡胸生层云，决眦入归鸟。
会当凌绝顶，一览众山小。
[唐·杜甫《望岳》]

山的延伸。“造化钟神秀，阴阳割昏晓。”真的是大千造化，造出如此神秀的山峦！看到山南的青翠是明亮的，像早晨的霞光，山北的青翠是沉郁的，像黄昏的暮色。同一个静止的时刻，风景竟是迥异的。此一刻，“荡胸生层云，决眦入归鸟。”山峦层云迭出，胸中长风浩荡，自己的心胸中仿佛也弥漫充盈着无际的云层……飞鸟从远方直扑山巅，我的眼睛想容纳飞鸟的翱翔，眼眶几乎都睁裂了！

一个人与云朵、飞鸟、山峦都能融为一体的时候，他才能够真正懂得“会当凌绝顶，一览众山小”的境界。孔子登东山而小鲁，登泰山而小天下。每上一重山，视界拓展一个层次，就会看淡一点世间纷纭，人的精神境界也会随之产生变化。

泰山顶上有一副楹联：“海到尽头天作岸，山登绝顶我为峰。”大海有边，它的尽头真的是岸吗？还是苍天为岸能够延展到无垠。登上了山巅，人与山融为一体，山巅的孤独的个人，转变为山的一部分，大山把人融合成了自己的顶峰，这叫做“山登绝顶我为峰”。登山在中国人的观念中，不是一种人对自然的征服，而是人对自然的寻访，同时也是自然对人的接纳与成全。只有经过改造的眼睛，才能一览群山的渺小；只有经过改造的心胸，才能容纳山川的壮丽雄奇；只有经过与自然的合而为一，人在登山的时候，内心才会充满敬畏、谦卑与感恩。

我记得小的时候遇到一些过不去的事情，曾经问我的老师：“如果一个绳子打了死结，怎么努力都解不开，该怎么办呢？”以我当时的经验，解开这个扣或者斩断它，是仅有的两条出路。而我的老师告诉了我第三条路，他说：“你没到过农村，我们小时候搓麻绳也会遇到一团乱麻，解是解不开的，但是你也没必要把它扔了，我的经验就是找更多的麻把它裹进去，拧一条粗麻绳。”这样朴素的道理我记了很多年。当我们有过不去的小事时，让自己的生命变得更开阔，在一个大坐标里小事就不成回事了。在登临中，在山水间，当云扩展了我们的心胸，当鸟拓展了我们的视野，不知不觉间，我们就把生活拧成了一条结实的粗麻绳。

花近高楼伤客心，万方多难此登临

除了登山，杜甫也爱登楼，他的一生度过了很多楼上的时光。

也许相比于山川，登楼时更多了一些忧伤闭锁的意象。因为山是天地自然之物，是开放空间，所以一登山就壮观天地间，一览众山小；但楼是人造之物，是封闭空间，所以人在楼上，往往感觉到的是一种隔绝。就是疏狂如李太白，他也要说“平林漠漠烟如织，寒山一带伤心碧。暝色入高楼，有人楼上愁”。他也知道一登楼便有忧伤。

公元764年，安史之乱已经平定，流浪入蜀的杜甫已经在此客居四年多。

清·王原祁《夏山图轴》（局部）

此时，他是多么想要回到长安。可是收复后的长安又遇到了新的问题，吐蕃叛乱，藩镇割据，宦官专政，一波未平一波再起，大唐依旧在风雨飘摇中，内忧重重，外患连连。

“花近高楼伤客心，万方多难此登临。”①八年安史之乱过后，万方多难，在这样一个蓬勃的春天，独自登临，眼见鲜花繁茂，蓦然伤心。这就叫做“以乐景写哀，倍增其哀”②。山河不管伤心事，依旧春来，依旧花开，但是这季节的变化、景色的变化之中，人世间已经产生多少生离死别的故事，江山故人又有着怎样的变迁、怎样的飘零呢？楼头纵目，明媚的春光和严峻的时局从空间中滚滚而去。“锦江春色来天地，玉垒浮云变古今。”眼前，锦江的春色在天地之间如此饱满丰盈，不由使

清·王原祁《云山图轴》（局部）

① 花近高楼伤客心，
万方多难此登临。
锦江春色来天地，
玉垒浮云变古今。
北极朝廷终不改，
西山寇盗莫相侵。
可怜后主还祠庙，
日暮聊为梁甫吟。
[唐·杜甫《登楼》]

② 出自王夫之《姜斋诗话》。

人想起古今轮回的故事，玉垒是四川灌县的一个地名，在唐朝时，这里是四川和吐蕃之间的交通要道。而眼下的时局动荡又再现了历史，吐蕃再兴叛乱，这一切浮云变幻，令人感慨万千。

杜甫的身上总是昂扬着一股凛然正气，“北极朝廷终不改，西山寇盗莫相侵。可怜后主还祠庙，日暮聊为梁甫吟。”诗人知道郭子仪已经收复长安，代宗已经还朝，叛乱已经暂时平定，但是他还有隐忧。后主是指三国蜀汉时候的刘禅，刘禅当时岌岌可危的蜀汉朝廷，不正如同现今的大唐吗？《梁甫吟》是古代用做葬歌的一支民间曲调，音辞悲切凄苦。在这里，时空形成了多重交叠。杜甫多么喜欢诸葛亮，视他为自己生命的榜样，他也曾经喟叹诸葛亮的身世，“出师未捷身先死，长使英雄泪满襟。”他当然也能够深深体会诸葛亮沉郁的忧伤惆怅，看着这样一个飘摇的江山，心中藏着无尽的隐忧，这就是他的登楼。

杜甫的楼越登越高，他的忧越来越深，大历元年（公元766年），他到了夔州，登上了西汉末年公孙述在这里建成的白帝城最高楼。

“城尖径仄旌旆△愁，独立缥缈之飞楼。”①城是尖的，路是斜的，连旗帜缭绕都是含愁的。一个孤寒老病的诗人，独立缥缈之飞楼。此时他的身体悬在天地之间，他的心飘摇在时间与空间的边缘。他看到了什么呢？“峡坼云霾△△龙虎卧”，江峡裂开，云气昏晦，纵横怪石似龙盘虎踞；江清水澈，日照当空，滩石于

① 城尖径仄旌旆愁，
独立缥缈之飞楼。
峡坼云霾龙虎卧，
江清日抱鼋鼍游。
扶桑西枝对断石，
弱水东影随长流。
杖藜叹世者谁子？
泣血迸空回白头。
［唐·杜甫《白帝城最高楼》］

△ 旆（pèi）：古代旐旗末端形如燕尾的垂旒飘带。

△△ 霾（mái）：指云色昏暗。

粼粼光影隐约之中，又如鼋△鼍△△游荡。“扶桑西枝对断石，弱水东影随长流。”断石指临近的瞿塘峡，扶桑为神话中东方日出地方的神木，长可数千丈；弱水是西方昆仑山下的一条河流。诗人登到高处，视野辽阔，想象力也延展起伏：扶桑树的西枝对着瞿塘峡，弱水东边的影子似与长江相随。这一份想象，想象到了目极天边，直到天边更远处。紧接着，诗人陡然收住奔放的想象，回到楼头：“杖藜△△△叹世者谁子？泣血迸空回白头。”是谁拄着手杖，独立楼头，感叹着世间沧桑啊？那个满头白发的老人缓缓回首，他渗血的泪水迸洒在空中，在阳光下愈发动魄惊心。这就是天地之间，杜甫永远铭刻在我们心上的那个形象。

风急天高猿啸哀，渚清沙白鸟飞回。
无边落木萧萧下，不尽长江滚滚来。
万里悲秋常作客，百年多病独登台。
艰难苦恨繁霜鬓，潦倒新停浊酒杯。

杜甫的《登高》，古今推为七律之首。“风急天高猿啸哀，渚清沙白鸟飞回。”风是急风，天是高天，听到的猿啸之声，哀哀啼鸣；白净的沙洲上，只有宿鸟徘徊——这是何等迷离的意象。“无边落木萧萧下，不尽长江滚滚来。”既是写景，又蕴涵着深刻的寓意。落木萧萧，老去的是年华，凋敝的是历史；长江滚滚，扑面而来的是未来，是一代一代不可阻止的更迭。流光远

△　鼋（yuán）：《录异记·异龙》记载，“鼋，大鳖也。”

△△　鼍（tuó）：鳄形目鳄科鼍亚科鼍属的一种。又名中华鳄，扬子鳄。俗名土龙，猪婆龙。分布于长江中下游，是中国的特产动物。

△△△　藜（lí）：用藜茎制成的手杖。

清·石涛《巢湖图》（局部）

逝，曾经辉煌的历史破碎了，他曾经歌颂的那个“忆昔开元全盛日，小邑犹藏万家室”，而今不复存在。当年泰山上凌绝顶的诗人意气风发，现在已经垂垂老矣。面对山川，他轻声诉说自己的身世，“万里悲秋常作客，百年多病独登台。”作客他乡，不得归去，独自登台，孤寂深沉，又哪堪抱病之身！

杜甫的这一首诗，结句极其顿挫，“艰难苦恨繁霜鬓，潦倒新停浊酒杯。”一生的艰难困顿，人世的沧桑苦难，鬓发全部染上了霜雪；就这么一点点聊慰残生的杯中之物却又要因病而戒掉了。

登高是重阳节的一种庆典，但对于杜甫来讲，他在夔州登高那一刻，内心有一种深深的伤痛。他常年的漂泊，他老病的孤愁，都在这一刻慷慨激越，迸射而出。在美丽秋江风景的衬托下，他的家国心事愈发哀伤。这首诗被称做冠绝古今的“七言第一”，除了章法精妙，一篇之中句句皆律，将七律这一诗歌形式发挥到美的极致，还因为这首诗的深刻的悲怆回旋千古，后人难以超越。

飘飘何所似，天地一沙鸥

我们说在空间中往往交融着时光，一个人的空间往往是他的经历在高处凝定出来的风景。如果没有这样的坎坷，他又怎么会有这样的喟叹？“江山留胜迹，我辈复登临。”很多地方，很多人都到过，但每个人登临的况味不同，眼中之景、心中之境和诗中的意味就大不相同。一座著名的岳阳楼，在每个诗人的眼中，都有不同的色彩。

杜甫登上岳阳楼，已经是在他生命终结的前两年（公元768年），那个时候他真的是一个老病之人了。“昔闻洞庭水，今上岳阳楼。吴楚东南坼，乾坤日夜浮。”一个真正伟大的诗人，在成长中不断地扬弃，身躯可能会越来越孱弱，但精神会越来越蓬勃；容颜会堆积越来越多的皱纹，但心胸会变得越来越辽阔。杜甫就是如

清·石涛《醉吟图轴》（局部）

此。早就耳闻洞庭水浩渺、岳阳楼壮观，今天终于登上了岳阳楼，纵目四望，辽阔的吴、楚大地被浩渺湖水分开，日月乾坤就这样日夜漂浮在水波之上，辽阔苍茫。

“亲朋无一字，老病有孤舟。”整整一年，杜甫都飘零在一条孤舟之上。这样一个总想归乡的人，身后四十三年，才由孙子把他的灵柩送回故乡。他所感叹的一世飘零是真飘零，孤舟是他能够找到的唯一的托身之所。一叶孤舟，在烟波浩渺的洞庭水上，如一片随波的落叶，那么无助，那么孤零。但他会因为这种悲凉，而意气低迷吗？他心中记挂的更多还是国难，他最深处的忧患还在社稷江山，“戎马关山北，凭轩涕泗流”，战争还在继续，大唐还在守疆，想到这一切，双泪长流，只为这样的苍茫世相。

一座一座的山登上来，一步一步的坎坷走过去，杜甫有一种罕见的空间意识，使得他不登高时也能视界宏阔。哪怕局促在一只小船里、一间茅屋中，你也会觉得他的生命气象是辽阔的。杜甫毕生没有做过高官，没有享过荣华富贵，生前也并没有收获太多肯定和荣誉，他为什么会有如此的境界呢？我想这跟他爱登临一定有关。因为他上的楼多，登的山高，所以他的空间意识总能够把一种生命的崇高感、尊严感调动出来，让自己的气息提高到与山、与楼同等境地，流露出一派端庄气象。

江汉思归客，乾坤一腐儒。
片云天共远，永夜月同孤。
落日心犹壮，秋风病欲苏。
古来存老马，不必取长途。

这首《江汉》也是杜甫去世前两年写的。“江汉思归客，乾坤一腐儒。”这十个字概括了他的一生。他是谁呢？他是远方思归的客子，他是乾坤之间一介迂腐的儒生，如此而已。“片云天共远，永夜月同孤。”家很远，思念很长，但是有天涯一片云做伴，心托付在上面，思绪就跟它一样延伸到了远方。长夜不寐，心很凄苦，但就在耿耿长夜中，仍有明月孤悬在天上，做一份孤单的见证。“落日心犹壮，秋风病欲苏。”虽然这么大年龄，日薄西山，但是他知道他壮志未酬，他没有放下。他看到秋风乍起，想到秋高马肥，正是征战的季节，觉得自己的病快要好了。落日秋风往往都是人生的萧瑟之景，而在杜甫的暮年，却是豪迈的意象。尽管经历了那么多磨难，杜甫还有一份不甘，雄心犹在，觉得自己还有未来，“古来存老马，不必取长途。”这样的诗，空间感不大吗？乾坤仍然在他的把握中。

这就是杜甫和陶渊明不同的地方。他是一个烈士，用他自己的话来讲他的一生是“奉儒守官”，家学习染，他受儒家的教育太深了。他的这种烈士之心与陶渊明的高士之心，表现在对时光的不同态度上。在时光中抗争，这是烈士；在时光中顺应，这是高士。抗争者为了一份意义，而顺应者为了一份逍遥。我们不能说孰高孰低，其实是殊途而同归，他们的不朽都是因为他们真正地践行了自己的真诚。

比《江汉》早三年的《旅夜书怀》，是他离开成都草堂，乘舟东下时写的。“细草微风岸，危樯独夜舟。”他是怎么出蜀的呢？他是在那样一叶扁舟上，竖着高高的桅杆，沿着细草微风的岸边一点一点漂流出来的。他眼前的风景，是“星垂平野阔，月涌大江流”。星星寥落地散布在天际线上，平野伸展，与星空趋于合一，愈发辽阔；月光皎皎，随着江水涌动，滚滚东流。他很清楚自己这一生的追求和挫折，“名岂文章著，官应老病休。”就是写得一手好文章，但是因为文章而留下的名声岂是他所追求的？他所追求的是建功立业啊，但是他的仕途一直坎坷，老病之身，被迫辞官，收拾起济世的雄心，漂泊江湖。在浩渺的大江之上，在寂静的夜晚，他独自思索，天地万物之间，他是怎样一个生命呢？“飘飘何所似？天地一沙鸥。”他没有把自己标榜为鹰隼，不过就是一只普通的沙鸥，飞翔在浩渺的天地之间。

在杜甫的诗里，永远有着无尽的孤独之感。但换个角度看，沙鸥也自有其地阔天高。我为什么特别希望今天的人拿出更多的时间去登临呢？登楼也罢，登山也罢，尽可能走到我们可以抵达的更高处，因为它能够给我们空间感。也许我们居于斗室，也许我们会觉得身边的一切都是拥挤的，狭隘的，但是一个人的心可以有无穷空间。杜甫说自己是腐儒，但他是“乾坤一腐儒”；说自己是沙鸥，但他是“天地一沙鸥”。天地、乾坤永远是他的坐标，这就是空间感。

| 落日楼头，栏干拍遍 |

我们今天读诗词，会把辛弃疾当做是豪放派最典型的词人，他的祖父辛赞曾经在金朝的开封做过知府，他自己完全可以再去做金朝的官，但是他却一生力主抗金。他二十岁的时候在山东老家，就曾经集结两千人，加入耿京的起义大军。三年以后，耿京的军中出了一个叛徒张安国，杀死了耿京，解散了义军。辛弃疾带着自己身边仅有的五十多人，杀入金人的重重包围之中，活捉了张安国，束马衔枚，夜行疾驰，一路奔回了南宋的领地，到临安把张安国斩首。那一年辛弃疾只有二十三岁。这样一个人，你能只把他看做是一个文弱书生吗？

看看他的登楼，看看他的气概。辛弃疾登上京口北固山的北固亭，一眼望断长江。他的《南乡子·登京口北固亭有怀》[①]，“何处望神州？满眼风光北固楼。千古兴亡多少事？悠悠，不尽长江滚滚流！”还有什么地方能去望见他的神州啊？有多少中原大地已经在异族的铁蹄之下了，此一刻此一地，满眼北固亭楼头的风光，望见了古今的那些兴亡，悠悠远去，眼前只有这带走了千秋往事的不尽长江。

在另一座著名的楼上，辛弃疾的心事百转千回：“我来吊古，上危楼，赢得闲愁千斛。”[②]十斗是一斛，千斛得是多少？他给自己的忧愁一个量词，让后世读到的人望向天际，细细铺开千斛忧思。他上这个高高的楼头来吊古，忽然觉得心头被那么多的怅惘满满地堵塞住了。“虎踞龙蟠何处是？只有兴亡满目。”建康，如今的南京，一直被称为是虎踞龙蟠的帝王之都。而今纵目四望，看到的只是破碎的山河，朝代的兴亡。“柳外斜阳，水边归鸟，陇上吹乔木。”斜阳在袅袅烟柳外，水边有觅食的飞鸟缓缓归来，风吹着陇上的乔木黄叶萧萧。“片帆西去，一声谁喷霜竹？”水上孤帆西去，不知什么人，吹起一声笛子的悲鸣……这一刻所有的忧伤无法言说，这半阕词，悠悠喟叹着自己一眼望见的古今兴衰。

还是在建康赏心亭上，他还有另外一首最著名的词，《水龙吟·登建康赏心亭》[③]。“楚天千里清秋，水随天去秋无际。”长江水里流淌着光阴，远远望去，徐徐展开的是又一个辽阔的清秋季节。“遥岑远目，献愁供恨，玉簪螺髻。”那些小山，因为离得太远，望过去有的像美女头上的螺髻，有的像横陈的一支支玉簪。这么灵秀的江南山水，在他看来不过是“献愁供恨”而已。只有江

① 何处望神州？满眼风光北固楼。千古兴亡多少事？悠悠，不尽长江滚滚流！　年少万兜鍪，坐断东南战未休。天下英雄谁敌手？曹刘。生子当如孙仲谋！
[南宋·辛弃疾《南乡子·登京口北固亭有怀》]

② 我来吊古，上危楼，赢得闲愁千斛。虎踞龙蟠何处是？只有兴亡满目。柳外斜阳，水边归鸟，陇上吹乔木。片帆西去，一声谁喷霜竹？　却忆安石风流，东山岁晚，泪落哀筝曲。儿辈功名都付与，长日惟消棋局。宝镜难寻，碧云将暮，谁劝杯中绿？江头风怒，朝来波浪翻屋。
[南宋·辛弃疾《念奴娇》]

③ 楚天千里清秋，水随天去秋无际。遥岑远目，献愁供恨，玉簪螺髻。落日楼头，断鸿声里，江南游子。把吴钩看了，栏干拍遍，无人会、登临意。　休说鲈鱼堪脍，尽西风、季鹰归未？求田问舍，怕应羞见，刘郎才气。可惜流年，忧愁风雨，树犹如此！倩何人唤取，红巾翠袖，揾英雄泪！
[南宋·辛弃疾《水龙吟·登建康赏心亭》]

山见证了兴亡，虽然江山不改颜色，但在这个清秋的季节，还是隐隐地把那种物是人非的忧伤衬托出来。辛弃疾总想领军抗金，收复失地故乡，但是又做不到。一个山东大汉流落到了江南，自称为游子，就算腰间带吴钩，他又能够做什么？唐朝的李贺说，“男儿何不带吴钩，收取关山五十州？”可辛弃疾的吴钩此刻无处搏杀，在这个时分他能够做的事情只是：“落日楼头，断鸿声里，江南游子。把吴钩看了，栏干拍遍，无人会、登临意。”几个短短的句子，地点是落日楼头，声音是断鸿声里，主人公是江南游子，动作是拔出吴钩看了，无奈之下把栏干拍遍。为的是什么？“无人会、登临意。”

为什么我们要向古诗词学习呢？因为它会把人的情绪变得动作化。我们现在总在描写一个人心中悲伤啊，难受啊，失落啊，空虚啊，这都是什么感觉呢？辛弃疾用一连串电影画面般的动作，把夕阳迷离断鸿哀声之下无可托付的一段心事表现得酣畅淋漓。接着他连用了晋朝张翰△和三国刘备的典故。“休说鲈鱼堪脍，尽西风、季鹰归未？”我不能像西晋张季鹰，可以忘怀时事，见到秋风乍起就想起家乡苏州美味的鲈鱼，居然弃官归乡。于我而言，那不是一份安顿。“求田问舍，怕应羞见，刘郎才气。”我也不愿像只为自己置备田地房产的许汜，不然应该心存惭愧，无法去面对雄才大略的刘备吧。仅仅为安顿生计，我心有不甘。“可惜流年，忧愁风雨，树犹如此！”这里又用了东晋大将桓温之典故，桓温北伐，看着自己早年间种下的那些树苗已经几围粗，抚树流泪，“可叹流年，树犹如此，人何以堪？”树都长这么大了，人怎么能不经过流光的蹉跎？辛弃疾借此抒发年华已逝，壮志未酬的惆怅。“倩何人唤取，红巾翠袖，揾英雄泪！”当时他正在建康通判的任上，南投八九年，但一直都被闲置着，英雄蹉跎了最好的年华，犹自不得报

△ 张翰（？—？），西晋文学家。字季鹰。所作诗今仅存六首。

国。他看山看水都是愁绪，心事无法寄托，只有美人的红巾翠袖来擦掉这一把英雄之泪。

都说词小，有人认为“词”是“诗余”，就是诗人的余兴之作，所以小词往往都是儿女情长。而词也能写得如此之大，有苏东坡之旷达，辛弃疾之豪放。我们只要读一读中国诗词，它的美就在这种音韵跌宕之间回旋，境界悠远。

“年少万兜鍪△，坐断东南战未休。天下英雄谁敌手？曹刘。生子当如孙仲谋！”词人想起了当年京口这个地方曾是孙权的屯兵之地，孙吴政权的那种风光，那样一种雄迈，与曹刘对峙、鏖战时，何等英雄气概！难怪当年曹操感叹：生儿子要像孙权这样啊！这种对手之间的惺惺相惜，更让辛弃疾感叹时无大智大勇之人执掌乾坤，痛惜不已。

人在高处，会向两个方向眺望，一端眺望无比辽远的世界，另一端望见无比深邃的内心。辛弃疾就是这样一次一次向外眺望，向内反省，无限辽远，无比深沉。

辛弃疾在江西造口壁上写下来这样一首词：“郁孤台下清江水，中间多少行人泪。西北望长安，可怜无数山。”①郁孤台就在现在的赣州，他望见的那条江其实是赣江。他是向“西北望长安”吗？他以唐代的古都代指宋代的汴京，因为这时候已经是南宋了，他的痴情远望，望向的是原来的北宋汴梁，从赣州到汴梁，视线穿越了无数青山叠嶂。在这一路，像他这样不计其数从北方漂泊而来的难民洒下的泪水，都汇聚在郁孤台下滔滔的赣江中。“青山遮不

① 郁孤台下清江水，中间多少行人泪。西北望长安，可怜无数山。 青山遮不住，毕竟东流去。江晚正愁余，山深闻鹧鸪。［南宋·辛弃疾《菩萨蛮·书江西造口壁》］

△ 兜鍪（móu）：古代打仗时戴的盔，词中借指兵士。

住，毕竟东流去。江晚正愁余，山深闻鹧鸪。”伤心江水浩荡东流，即使重叠青山也阻挡不住。而他站在这样一个孤台之上，在江边听见了鹧鸪声声，越发使得自己的心缭绕在深深的忧愁之中。一座一座的楼台，连成了他的人生，一次一次登楼的兴叹，有种老将的忧伤，有种英雄的豪情，有他的不甘，有他的无奈。

但是你能想到吗？同样是登高，这样一个传奇英雄，也可以写出来缠绵辞章。

他曾经在楼头上写下这样的《鹧鸪天·代人赋》[①]。“晚日寒鸦一片愁，柳塘新绿却温柔。”晚日中寒鸦归巢，为什么牵绊出了心中的愁绪呢？柳塘新绿一片温柔，他又想起了什么样的人呢？“若教眼底无离恨，不信人间有白头。”如果人间都没有了离愁

清·石涛《山居图》（局部）

① 晚日寒鸦一片愁，柳塘新绿却温柔。若教眼底无离恨，不信人间有白头。肠已断，泪难收，相思重上小红楼。情知已被山遮断，频倚栏干不自由。［南宋·辛弃疾《鹧鸪天·代人赋》］

别恨，我们大概也就没有这些苍苍白发了吧。当鬓染霜华的时候，有多少蹉跎的心意都不得言说。“肠已断，泪难收，相思重上小红楼。”小红楼里面藏着故事，那些温柔记忆大概还在，由于相思又重来寻寻觅觅。“情知已被山遮断，频倚栏干不自由。”当年在这里留下温柔往事的那个人，已在远方，千山阻断，但是你还是想见她，所以人和自己的情思都困在楼上，“频倚栏干不自由”，心怎么也放不下，怎么也忘不了，怎么也丢不开，在栏干上这里看看，那里靠靠，终究无法展颜。这写得何等温柔曲折啊。登楼这件事，可以让我们不同的心事在高处片片洒落。不同形状、不同颜色、不同温度，种种人的情绪，都在楼头飞扬。

辛弃疾《鹧鸪天·鹅湖归病起作》[①]有句“书咄咄，且休

清·石涛《秋江渔隐图》（局部）

① 枕簟溪堂冷欲秋，断云依水晚来收。红莲相倚浑如醉，白鸟无言定自愁。　书咄咄，且休休，一丘一壑也风流。不知筋力衰多少，但觉新来懒上楼。
[南宋·辛弃疾《鹧鸪天·鹅湖归病起作》]

休，一丘一壑也风流。不知筋力衰多少，但觉新来懒上楼”。鹅湖归来，病体初愈，纵使美景如画，自己的心已自万事休休。既然英雄有志，报国无门，不如学殷浩整日书写“咄咄怪事”，不如像司空图那样建个“休休亭”做位隐士吧，就把自己安顿在山水之间去看“一丘一壑也风流”。他曾写下“了却君王天下事，赢得生前身后名，可怜白发生”，进退之间两相纠结，想要真正放下心事，也需要一个说服自己的过程：原来这颗心真的老了，虽说不清楚筋力衰了多少，“但觉新来懒上楼”。一个上遍了楼头的豪杰，终于有一天懒得上楼了。

辛弃疾还写过一首特别有人生辗转况味的小词。“少年不识愁滋味，爱上层楼。爱上层楼，为赋新词强说愁。”[①]年轻人没有真正经历过人间的离恨，但是为了写词，他总得找点忧伤的感觉，去哪儿找感觉呢？就去登楼，只要一上楼，就觉得很孤绝，就会觉得能望向无边的远方。“而今识尽愁滋味，欲说还休。欲说还休，却道天凉好个秋。”说不出的委屈才是真正的委屈，轻轻一声“天凉好个秋”，你以为他是真潇洒吗？那是无法言说的伤痛，都付与一把云淡风轻。

① 少年不识愁滋味，爱上层楼。爱上层楼，为赋新词强说愁。　而今识尽愁滋味，欲说还休。欲说还休，却道天凉好个秋。
[南宋·辛弃疾《丑奴儿·书博山道中壁》]

| 要看银山拍天浪，开窗放入大江来 |

千古楼头，还有一位此身常在、深情常在的李商隐。“荷叶生时春恨生，荷叶枯时秋恨成”，情思细密，心境随着自然万物的变化而变化。他曾写过一首《夕阳楼》[②]。“花明柳暗绕天愁，上尽重城更上楼。”花明柳暗已经是绕天愁思，他还要一步一步

② 花明柳暗绕天愁，
上尽重城更上楼。
欲问孤鸿向何处，
不知身世自悠悠。
[唐·李商隐《夕阳楼》]

上尽重城更上楼。走上楼头看见什么？“欲问孤鸿向何处，不知身世自悠悠。”目送归鸿断雁，逶迤地隐没在天际，他要走上楼头去追问身世悠悠。你的身世，我的心事，你飞往何处？我归向何方？断雁可能失群，陷落于无助无依的凄婉，而这样的一位深情款款，才华横溢的诗人，处在牛党李党的夹缝中，此生无归，这就是楼头的哀愁。

李商隐还写过一首《楚吟》[1]。“山上离宫宫上楼，楼前宫畔暮江流。”刚才是城上楼，这里是宫上楼。他是一个敢于去触摸伤痛的人，他还是一个能把心中伤痛抒写出来的人，他看

① 山上离宫宫上楼，楼前宫畔暮江流。楚天长短黄昏雨，宋玉无愁亦自愁。[唐·李商隐《楚吟》]

清·吴昌硕　《沉香亭北》（局部）

① 迢递高城百尺楼，
绿杨枝外尽汀洲。
贾生年少虚垂涕，
王粲春来更远游。
永忆江湖归白发，
欲回天地入扁舟。
不知腐鼠成滋味，
猜意鹓鸰竟未休。
[唐·李商隐《安定城楼》]

见了楼前宫畔，一道大江在沉沉的暮色中浩荡流淌。“楚天长短黄昏雨，宋玉无愁亦自愁。”想象着千年之前的诗人宋玉，要是在此刻长长短短的黄昏雨意里，就算没有哀愁，也不得不生愁思。

真正寄寓李商隐心事的是《安定城楼》[①]。“迢递高城百尺楼，绿杨枝外尽汀洲。”又是一座高楼，绵延城墙上的百尺高楼，一眼望出去，萋萋的杨柳树外，远远的汀洲可见。他突然想起了两个人，“贾生年少虚垂涕，王粲春来更远游。”他可怜贾谊当年生逢文帝盛世而不被重用，“可怜夜半虚前席，不问苍生问鬼神。”他也同情王粲，年轻时候的王粲曾经流落荆州依附刘表，寄人篱下而不得志，写了一篇《登楼赋》，表示此地风光虽好，但也只有远游。无论贾谊，还是王粲，都是有着灼灼才华而不得重用，

清·袁耀　《扬州四景》之三《万松叠翠》（局部）

就像他一样，所以他说“永忆江湖归白发，欲回天地入扁舟”。李商隐一生怀才不遇，牛党李党，一边有他的老师，一边有他的岳父，所以两党都不把他当成自己人。他像贾谊王粲那样，虚负高才，一直不得舒展，就在这种仕隐之间蹉跎着生命。“不知腐鼠成滋味，猜意鹓雏[△]竟未休。”这里用的是《庄子》中的典故：大鹏鸟从天空飞掠而过，地上一只猫头鹰刚逮着一只死耗子，觉得这可是美味啊，还没来得及吃，发现了九万里长空上的大鹏，猫头鹰吓坏了，想着它一准是来抢我的死耗子的！它东躲西藏，还仰头对大鹏发出“吓”的怒叫，而大鹏浑然不知，翩翩远去。李商隐用这个典故隐喻他的身世：这一生被这个猜，被那个忌，老觉得我是惦记这个位子、那个官职。你们觉得那死耗子是多好的滋味，哪知道大鹏鸟有什么志向！

这首诗是李商隐诗中表意相对明确的一首。他的诗构思新奇，风格浓丽，那些《无题》诗中的爱情写得缠绵悱恻，动人千古。但是他的诗也特别的隐晦、迷离，所以别人说：“诗家总爱西昆好，独恨无人作郑笺。”[①]一生辗转于党争夹缝之中，一次次上遍城上楼、宫上楼，他除了向楼头孤绝处一次次出发，又能说清楚多少人间是非呢？

① 望帝春心托杜鹃，
佳人锦色怨华年。
诗家总爱西昆好，
独恨无人作郑笺。
[金·元好问《论诗三十首》（其十二）]

柳宗元登上柳州城头的时候，写下一首诗。这首诗他同时给了四位朋友，他们分别身处漳州、封州、汀州、连州。这是几个什么样的人呢？他们有什么样的故事呢？先看这首诗。“城上高楼接

△ 鹓雏（yuānchú）：古书上指凤凰一类的鸟，用以比喻贤才或高洁之士。

① 城上高楼接大荒，海天愁思正茫茫。惊风乱飐芙蓉水，密雨斜侵薜荔墙。岭树重遮千里目，江流曲似九回肠。共来百粤文身地，犹自音书滞一乡！[唐·柳宗元《登柳州城楼寄漳、汀、封、连四州刺史》]

大荒，海天愁思正茫茫。”[①]起笔的气魄多么大啊！登楼有时候会有哀愁，如果哀愁辽阔，那也值得。因为即使我们不登楼，日子里也有烦闷，但那都是鸡毛蒜皮小烦小闷。如果我们能够拥有一次浩荡的忧伤，也会是铭心刻骨的。从柳州城上高楼极目远望，荒原茫茫，浩荡愁思一如海天交融，混沌无边。五个人同时遭贬，彼此之间应该有着相似的情怀吧，这份沉痛忧思是何等的气魄。心动一念，风雨交加。“惊风乱飐芙蓉水，密雨斜侵薜荔墙”，骤然而起的风吹动着密布荷花的水面，雨密集击打着重重叠叠的薜荔叶子。在这样的风雨苍茫中，“岭树重遮千里目，江流曲似九回肠。”这弯曲的江流恰如自己宛转的心事。他们有什么故事？他跟另外的几个人说：“共来百粤文身地，犹自音书滞一乡！”几个人去的都是些特别偏僻的地方，音书阻滞，所以他要写下这首诗赠送给身世遭遇相同的几个朋友。

这首诗有着复杂的政治背景。公元805年，唐德宗去世，太子李诵即位，就是历史上的顺宗，顺宗登基后重用了王叔文、柳宗元这样一批官员进行革新。但是这次改革，因为保守派力量实在太大，只维持了不到半年，就遭到了保守派的反击，宦官拥立顺宗的儿子李纯为皇帝，就是宪宗，顺宗被迫退位。以王叔文为首的革新派都被贬斥，王叔文第二年被赐死，王伾也在贬官后病逝，柳宗元、刘禹锡等八人被降为偏远地区的司马，这就是所谓的“二王八司马[△]事件”。十年后，宪宗元和十年（公元815年）的时候，柳宗元、韩泰、韩晔、

△ 二王八司马：“二王”指王伾、王叔文。“八司马”指韦执谊、韩泰、陈谏、柳宗元、刘禹锡、韩晔、凌准、程异，他们支持唐顺宗进行政治改革，失败后，八人同被贬为远僻地方的司马。

陈谏、刘禹锡五个人奉诏进京。但是他们赶到长安的时候，朝廷又改了主意，再次把他们分别贬到了更远的地方。“共来百粤文身地”，这些地方就是柳州、漳州、汀州、封州、连州。此时的柳宗元刚刚到柳州，夏日登楼怀友，眼见满目都是异乡风物，内心慨叹世事艰难、人事变迁。所以他一登楼望见的就是亲历的大唐兴衰。

还有很多人历尽沧桑，再登楼的时候已经不再表现为一种激越的愤慨，而是一种豁达，一种包容，是人在这个世界上一种真正的气定神闲。

比如说黄庭坚，他登的也是岳阳楼。“投荒万死鬓毛斑，生入瞿塘滟滪关△。”①这说的又是什么事情呢？在六年之前，黄庭坚被贬官到四川的虔州，过瞿塘峡，穿滟滪堆。这是长江航行最危险的一段，充满了风险。六年以后，他被赦再回来时，又来到了岳阳楼上。那样的生死坎坷，给他留下了斑斑的白发，但他还不是回来了吗？六年的贬谪，对人生来讲不算太短，而他却说得云淡风轻。“未到江南先一笑，岳阳楼上对君山。”此际人在岳阳楼上，对面的君山是个好地方，那上面有柳毅传书的井，那上面有湘妃留下来的斑竹。那么多的神话，那么多的传说，亦真亦幻，他干吗不微笑以对呢？这相逢一笑就是超越，一个人的登高有时候是出生入死以后的超越，那是他为自己生命的喝彩。

看过了这么多人的登楼诗，楼上有忧楼上有愁。登楼能超越吗？我们来看李太白的登楼。

李白在宣州谢朓楼上饯别他的叔叔校书郎李云。“弃我去者昨

① 投荒万死鬓毛斑，
生入瞿塘滟滪关。
未到江南先一笑，
岳阳楼上对君山。

满川风雨独凭栏，
绾结湘娥十二鬟。
可惜不当湖水面，
银山堆里看青山。
[北宋·黄庭坚《雨中登岳阳楼望君山二首》]

△ 滟滪（yànyù）关：滟滪堆，长江瞿塘峡口的巨石。

日之日不可留，乱我心者今日之日多烦忧。”[①]别人登楼要先看长江滚滚流，看过以后再去想千古事悠悠，从而兴慨多少英雄人物的灰飞烟灭，李白不用，他一眼就看见了心事。他在楼上看见了什么？看见那些抛弃了他的日子，从此刻一秒一秒变成了昨天。他也看见了当下能够拥有的今天。但今天有多少纷扰打乱了他的心？这就是李白的劈空道来。“长风万里送秋雁，对此可以酣高楼。”这样一个清秋天，秋风袅袅，我们就在这里开怀畅饮吧。“蓬莱文章建安骨”，这是夸他叔叔的文章能跟建安时期的诗文相提并论，“中间小谢又清发”，这是推崇南北朝的诗人谢朓的诗风清新俊逸，含着自比之意。李白特别推崇谢朓，“解道澄江静如练，令人长忆谢玄晖。”“俱怀逸兴壮思飞，欲上青天揽明月。”酒喝到酣畅处，想起古今风流人物，都有超迈之志，都有上青天揽月之想。但是明月真的可得吗？明月终究不可入怀。楼头上真的酣畅吗？楼上也有烦忧啊。所以李白说：“抽刀断水水更流，举杯销愁愁更愁。”我深知此刻你我都有烦忧，水流不断，酒意添愁。而李白之所以是李白，就在于这首诗他说出的最后一句话：“人生在世不称意，明朝散发弄扁舟。”人生就是不称意，怎么样？他可以转身离去。他跟李商隐不一样，李商隐会说自己是“永忆江湖归白发，欲回天地入扁舟”，他有纠结，他不能做到“小舟从此逝，江海寄余生”[②]。他不能超越，是

① 弃我去者昨日之日不可留，
乱我心者今日之日多烦忧。
长风万里送秋雁，对此可以酣高楼。
蓬莱文章建安骨，中间小谢又清发。
俱怀逸兴壮思飞，欲上青天揽明月。
抽刀断水水更流，举杯销愁愁更愁。
人生在世不称意，明朝散发弄扁舟。
[唐·李白《宣州谢朓楼饯别校书叔云》]

② 夜饮东坡醒复醉，归来仿佛三更。家童鼻息已雷鸣。敲门都不应，倚杖听江声。　长恨此身非我有，何时忘却营营？夜阑风静縠纹平。小舟从此逝，江海寄余生。
[北宋·苏轼《临江仙》]

因为他心有牵绊，欲仕欲隐两不相全。李白也想要济世，所以到六十岁的时候还可以去请缨，要追随永王李璘平叛。可是李白也放得下，李白说他纵有更多不称意之事，“明朝散发弄扁舟”，他也还有江湖远，山水清，他可以走得出去。

比楼更好的还是山，因为山更接了地气。今天我们的都市，山是找不到的，但是楼确实很多：我们上班进的是楼，回家上的是楼，公寓楼、写字楼，贵贵贱贱都是一方楼阁。楼上也许有阳台，阳台之外也许有风光，还能看见晚霞，还能够看见秋雨，但是楼上有什么心情呢？

古人登临是为了远眺，是为了在远方的世界望见自己的心。李白把目光投向了最远的自然，杜甫在天高地阔中望见了自我，辛弃疾在古今浩荡中托付了自己的英雄心事。他们登上楼头，便得千古不朽，一心超越。我们今天在上楼的时候，是不是也能够有这样的诗情？是不是也能够超越沧桑？

人为什么要登山？我很喜欢北宋一位很著名的军事家曾公亮[①]的诗，这位历经仁宗、英宗、神宗三朝的老臣，路过镇江的北固山，住在甘露寺里，面临大江，写下了《宿甘露僧舍》[②]，可以说回答了人喜欢登临的理由。

他先不写站在高山之上、大江之边看到了什么，而写了自己睡觉时能感受的天地之气，“枕中云气千峰近，床底松声万壑哀。”我们晚上睡觉，枕上能见什么，床下能有什么？谁能像曾公亮这样，千峰之间聚敛的云气渐渐地逼近到他的枕上，千山万壑松峰合鸣，隐隐的，那种连绵的哀声都

① 曾公亮（999—1078），北宋大臣。字明仲。为宰辅十五年，历仁、英、神宗三朝，号称老成持重。

② 枕中云气千峰近，
床底松声万壑哀。
要看银山拍天浪，
开窗放入大江来。
[北宋·曾公亮《宿甘露僧舍》]

回荡在他的床下。

“枕中云气”，“床底松声”，一个是触觉之美，一个是听觉之美，已经如此醉人。但是，还有更惊艳的视觉之美：你想让波涛像银山雪峰一样汹涌澎湃地扑入你的眼睛吗？推开窗子，把大江放进房间吧！“要看银山拍天浪，开窗放入大江来。”

我们生活在都市中，住在高楼里。我们还能够“开窗放入大江来”吗？古人登山临水，为的是欣赏高山大江的浩阔。今天，我们这些生活在城市中的人，还能够在登山临水之后，放下心中的羁绊，把平时储备的山水豪气带入寻常生活吗？

最好，我们走得再远一点，再去上几座山，再去看看临绝顶之后那一番气象。楼头山巅，只要登临，人心就会被唤醒高旷气象，带着这样的一份空间感再来我们的凡间，我们的心一定会拥有一片更广阔的气概，一定能够释放眼前细小的忧伤。这就是登临带给我们的意味。

剑啸长虹

从仗剑远游到边塞诗歌，一路豪情不断，剑气凌霄。中国人的剑气，其实一直流在我们的血脉之中。在一个不用亮剑的时代里，倘若剑气不泯，也许会化成风骨，流露在一个人的眉宇之间，昂扬、潇洒；沉润在一个人的心境之中，疏朗、辽阔。所以，真正的剑啸长虹，是惊醒我们心中的侠客大梦。

剑气长存，诗篇不老。

引子：千古文人侠客梦

千古以来，文人心里都有梦。很多人知道，文人有济世做官的梦，有名垂青史的梦，其实，他们还有一个大梦，几乎所有文人都做过，屡经挫折，一直不肯幻灭，那就是千古文人侠客梦。

中国有很多美妙的词，“琴心剑胆”，“书剑飘零”，“剑啸长虹”，离不开这一个“剑”字。“剑”这个字本身，就带着色彩，象征着正义和扬善惩恶，所以前面总是冠以一个“宝”字。在这一柄剑上，凝聚着无数文人的梦想，映衬着文人内心里对文弱的一点点蔑视。李贺诗云：

男儿何不带吴钩，
收取关山五十州？
请君暂上凌烟阁，
若个书生万户侯？[1]

这是文人对自己的一种恼怒。身为男儿，难道就只能吟诗作赋吗？为什么不手持吴钩去收取失去的江山？为什么不能在战场上搏杀，做成大功业呢？吴钩是剑的一种别称。“剑”这个字，不仅跟正义、功业有关，还跟梦想、生命有关。民间有传说，干将莫邪用生命铸剑，千古文人同样用生命与梦想，在诗歌里铸造了剑的传奇。

在很多文人心里，剑是生命中最豪情、最浪漫的配饰，不同于笔，不同于扇子，不同于吟风赏月时拿着的那些轻巧精致的玩意，

① 唐·李贺《南园十三首》（其五）。

它让人觉得心里有底。《新唐书》里记载李白，说他“喜纵横术，击剑，好任侠，轻财重施”。他是一个爱好谈论政治，爱好击剑，性情侠义、率真的人。年轻的时候，他想到世上去建功立业，“仗剑去国，辞亲远游”。都说“书剑飘零”，李白离开故乡，甚至连书都没有提，直接带着剑就走了，走得决绝，走得畅快，有这一柄剑，就有他平生“不屈己，不干人”的磊落风骨。

李白的理想和抱负是什么呢？他从年轻时就抱定大济苍生的志向，“奋其智能，愿为辅弼，使寰区大定，海县清一”[①]，这个梦想鼓舞着他诗意纵横：“心随长风去，吹散万里云。羞作济南生，九十诵古文。”[②]他的心跟着长风浩荡到远方，去追逐万里白云，去澄清长空，而不是在家里读书诵

清·石涛《松溪曳杖图》（局部）

① 出自李白《代寿山答孟少府移文书》。

② 有时忽惆怅，
匡坐至夜分。
平明空啸咤，
思欲解世纷。
心随长风去，
吹散万里云。
羞作济南生，
九十诵古文。
不然拂剑起，
沙漠收奇勋。
老死阡陌间，
何因扬清芬。
夫子今管乐，
英才冠三军。
终与同出处，
岂将沮溺群？
［唐·李白《赠何七判官昌浩》］

经，蹉跎人生。“九十诵古文”是指西汉时候的伏生，他曾是秦代的博士，很有学问。焚书坑儒的时代，很多书都被焚毁，他把书藏在自家的墙壁里，离乱中散佚了许多篇。他博闻强识，背诵篇目传授给学生。汉文帝听说他能口授《尚书》，召他入朝，但他已到了九十岁，卧床不起，无法长途跋涉到长安，汉文帝就派了晁错去他家学习。伏生所传下来的《尚书》，就是后来的《今文尚书》。在中国文化史和儒学史上，伏生是一个名垂青史、功不可没的人。李白对此却不以为然，书生再有能耐，在那个时代的功勋，不过就是快到百岁的时候，还记着前朝焚毁的文章。李白不屑于此，那他要做什么呢？“不然拂剑起，沙漠收奇勋。”他的梦想是拔剑而起，越过茫茫戈壁，在青史上建立丰功伟绩。这是李白的价值观，也是他永不舍弃的英雄梦想，不做小文人，敢当大豪客。

文人经常说“诗酒风流”，在李

清·黄向坚《剑门图》（局部）

白这里，“剑酒风流”也许更恰当。在他的生命中，剑和酒是很重要的两种东西。我们知道他酒入豪肠，可以吐出半个盛唐，但是，如果他心中没有剑气，他的生命也不会这么潇洒，也不会有如此的豪迈。他写诗说自己：“平明拂剑朝天去，薄暮垂鞭醉酒归。”①这两句写得豪气干云，上一句写仗剑建功立业，下一句写醉酒纵情任性，既是赞誉郭将军，也是描述自己向往的生活。他夸自己的朋友说：“万里横戈探虎穴，三杯拔剑舞龙泉。”②有剑在，有酒在，平定天下的志向就在，拔剑起舞的翩翩气度就在。李白的生命离不开酒，李白的生命离不开剑，他宁可不去做一个文人，但你不能剥夺他做一个剑客的资格。

李白从不满足于只做一个诗人，“已将书剑许明时”③，他想做一个有梦想的政治家，做一个有豪情的侠士剑客。写诗，不过是他剑气纵横的一种铺展。杜甫说他“笔落惊风雨，诗成泣鬼神”④，我想，真正气场很大的文人，他的内心绝不仅仅有文采。今天，很多各领域的顶级高手，他们的内在丰赡一定不限于他们的专业知识，他们会有高迈的人格、博大的气度、经世的历练，这一切都让他们的气概不同凡响。

我们夸文人，老爱说一个词，“才气”。有时候我在想，才气，不就是气场托起来的才华吗？没有气，才华怎么能流动起来呢？一个人只有才没有气，一片死气沉沉，就是死才华，呆板僵硬，没有神采。而李白有“拂剑朝天去”的潇洒，有“横戈探虎穴”的梦想，这正是他的气概。

① 将军少年出武威，
入掌银台护紫微。
平明拂剑朝天去，
薄暮垂鞭醉酒归。
爱子临风吹玉笛，
美人腾月舞罗衣。
畴昔雄豪如梦里，
相逢且欲醉春晖。
[唐·李白《赠郭将军》]

② 将军出使拥楼船，
江上旌旗拂紫烟。
万里横戈探虎穴，
三杯拔剑舞龙泉。
莫道词人无胆气，
临行将赠绕朝鞭。
[唐·李白《送羽林陶将军》]

③ 晓峰如画碧参差，
藤影风摇拂槛垂。
野径来多将犬伴，
人间归晚带樵随。
看云客倚啼猿树，
洗钵僧临失鹤池。
莫怪无心恋清境，
已将书剑许明时。
[唐·李白《别匡山》]

④ 昔年有狂客，
号尔谪仙人。
笔落惊风雨，
诗成泣鬼神。
声名从此大，
汩没一朝伸。
文彩承殊渥，
流传必绝伦。
[节选自 唐·杜甫《寄李十二白二十韵》]

长啸倚孤剑，目极心悠悠

李白有一个想象，想象着一把诗意纵横的“倚天长剑”。他说：“白日当天心，照之可以事明主。壮士愤，雄风生。安得倚天剑，跨海斩长鲸。”[1]在古代，鲸鱼这个意象常常指一些恶人，李白就是想要这样一把倚天长剑，去铲平世间不平事。

北落明星动光彩，
南征猛将如云雷。
手中电击倚天剑，
直斩长鲸海水开。[2]

这首赞美司马将军的《司马将军歌》，写的是大将征伐、建立军功的场面。平定战乱，征服反叛，劈开海水，接天连地。这份神话般的恢弘梦想，其实也就是李白想象的人生。

自视甚高的李白来到这个世界，绝不认为自己的使命就是留下些优美的辞章，他不屑于像普通读书人那样参加科举，按部就班，在官场上逢迎场合，用一生熬成青史上的一枚标签。他认为自己可以用一种超乎常规的方式，直接去实现自我。比起手中的笔，他更相信手中的剑——

拂拭倚天剑，
西登岳阳楼。

① 洞庭白波木叶稀，
燕鸿始入吴云飞。
吴云寒，燕鸿苦。
风号沙宿潇湘浦。
节士感秋泪如雨，
白日当天心，
照之可以事明主。
壮士愤，雄风生。
安得倚天剑，
跨海斩长鲸。
[唐·李白《临江王节士歌》]

② 狂风吹古月，
窃弄章华台。
北落明星动光彩，
南征猛将如云雷。
手中电击倚天剑，
直斩长鲸海水开。
我见楼船壮心目，
颇似龙骧下三蜀。
扬兵习战张虎旗，
江中白浪如银屋。
身居玉帐临河魁，
紫髯若戟冠崔嵬。
细柳开营揖天子，
始知灞上为婴孩。
羌笛横吹阿亸回，
向月楼中吹落梅。
将军自起舞长剑，
壮士呼声动九垓。
功成献凯见明主，
丹青画像麒麟台。
[唐·李白《司马将军歌》]

明 · 文徵明　　《剑浦春云图卷》

长啸万里风，

扫清胸中忧。[1]

内心的深沉忧患，不是笔尖可以拂掉的，他必须擦拭倚天长剑，面对长风万里，涤荡他的胸襟。他走在世上，步履坎坷，看的风云多，经历的挫折多，但是一直没有放下心中的壮志。他在写给朋友的诗里面说："抚剑夜吟啸，雄心日千里。誓欲斩鲸鲵，澄清洛阳水。"[2]一个一个不眠长夜，他在抚剑。因为一个一个白日青天之下，他的心有所不平，他要用这柄剑去斩尽鲸鲵，去澄清洛阳水，铲除奸恶，建功立业。

剑上闪闪的寒光是他的梦想，一个侠客的大梦，一直做

① 大梁白云起，飘飖来南洲。
裴回苍梧野，十见罗浮秋。
鳌抃山海倾，四溟扬洪流。
意欲托孤凤，从之摩天游。
凤苦道路难，翱翔还昆丘。
不肯衔我去，哀鸣惭不周。
远客谢主人，明珠难暗投。
拂拭倚天剑，西登岳阳楼。
长啸万里风，扫清胸中忧。
谁念刘越石，化为绕指柔。
[唐 · 李白《留别贾舍人至二首》（其一）]

② 想像晋末时，崩腾胡尘起。
衣冠陷锋镝，戎虏盈朝市。
石勒窥神州，刘聪劫天子。
抚剑夜吟啸，雄心日千里。
誓欲斩鲸鲵，澄清洛阳水。
[节选自　唐 · 李白《赠张相镐其二》]

到暮年，为什么一个六十岁的抱病之人，还要投笔从戎，跟随永王出去平叛？因为他的心放不下他的剑。这柄剑陪着他的孤单，陪着他的沉郁，陪着他的不甘，也陪着他的无奈。李白给好朋友崔宗之写过一首诗，描述他的抑郁不平：“日从海旁没，水向天边流。长啸倚孤剑，目极心悠悠。岁晏归去来，富贵安可求。”[①]太阳刷刷地沉下去，江水浩荡地向天边流去，一天的日子、一生的日子，就这样跟着逝水流光走远。孤零零的诗人倚着孤零零的长剑，仰天长啸，眺望远方，心思悠悠。岁暮了，归家吗？富贵不是那么容易得到的啊！他想起了陶渊明的归去来，也向往着陶渊明的田园生活。陶渊明说“富贵非吾愿，帝乡不可期”，但李白终究是回不去的，因为他的剑气太盛。能够“小舟从此

① 胡雁拂海翼，翱翔鸣素秋。
惊云辞沙朔，飘荡迷河洲。
有如飞蓬人，去逐万里游。
登高望浮云，仿佛如旧丘。
日从海旁没，水向天边流。
长啸倚孤剑，目极心悠悠。
岁晏归去来，富贵安可求。
仲尼七十说，历聘莫见收。
鲁连逃千金，珪组岂可酬。
时哉苟不会，草木为我俦。
希君同携手，长往南山幽。
[唐·李白《赠崔郎中宗之》]

逝”的人有江海，能够闭门望鸟还的人有田园。李白剑气纵横，田园那种太小的、封闭的空间，容不下他。一个人放不下剑，就归不了田。

为什么他会写《行路难》？当他的心事、他的梦想，一次一次不能实现，心事就成了烦恼，梦想就成了压在生命脊梁上的负担，所以他对着“金樽清酒斗十千”，对着“玉盘珍羞直万钱”，依旧是“停杯投箸不能食，拔剑四顾心茫然”。为什么会茫然？因为他还有梦想，对生命还有期待，这个时候，他能托付的只有这柄剑。

唐代的安史之乱，让太多文人生命心意两相蹉跎，太多人的仕途都因为这场大乱而改变。我们看过安史之乱中的王维是怎么样被逼仕伪朝，看过安史之乱中的杜甫千里奔波，追随唐肃宗，李白面对这场家国劫难，也有一种刻骨的伤痛，但李白的性情却是不妥协的。在安史之乱爆发那一年，李白在逃难的路上，遇到了一个跟他意气相投的人，把身外危险一时都忘记了，又勾起报国壮心。两个人一起喝酒，李白写下《扶风豪士歌》[①]，向这位豪士表白自己的心曲：“抚长剑，一扬眉，清水白石何离离。脱吾帽，向君笑。饮君酒，为君吟。张良未逐赤松去，桥边黄石知我心。”李白的诗里充满了动作，这些动作都是他心情的外化。因为两个人都

① 洛阳三月飞胡沙，洛阳城中人怨嗟。天津流水波赤血，白骨相撑如乱麻。我亦东奔向吴国，浮云四塞道路赊。东方日出啼早鸦，城门人开扫落花。梧桐杨柳拂金井，来醉扶风豪士家。扶风豪士天下奇，意气相倾山可移。作人不倚将军势，饮酒岂顾尚书期。雕盘绮食会众客，吴歌赵舞香风吹。原尝春陵六国时，开心写意君所知。堂中各有三千士，明日报恩知是谁。抚长剑，一扬眉，清水白石何离离。脱吾帽，向君笑。饮君酒，为君吟。张良未逐赤松去，桥边黄石知我心。[唐·李白《扶风豪士歌》]

佩剑，因为有豪气相投。一抚长剑，一扬长眉，远看近观，“清水白石何离离”——在这里，李白化用古乐府《艳歌行》的诗句剖白心迹，就算身处乱世浊世，这个世界亘古的清白不改颜色，我的心依旧高洁。摘掉帽子，就摘掉繁文缛节，摘掉身份与戒备，摘掉了自己在战乱之间的仓皇，既然意气相投，那么坦诚相见。这是一份心意的彼此相托。“饮君酒，为君吟”，喝了你的酒，为你而高歌，唱唱汉代名臣张良的故事。秦末大乱，年轻的张良为什么没有跟随赤松子跑入山野求仙学道？他的心、他的志向谁能懂呢？桥边的黄石公知道张良的志向不是个人成仙，而是安定天下匡扶乱世，所以黄石公传授给张良《太公兵法》，让他辅佐刘邦建功立业。黄石公懂得张良的心，谁了解我的心呢？你会是在桥边等待张良的黄石公吗？谁会在茫茫乱世中真正了解我的心呢？

| 愿将腰下剑，直为斩楼兰 |

李白曾经写过一个乐府旧题，叫《结袜子》，歌颂了他特别心仪的两个人：“燕南壮士吴门豪。”“燕南壮士”指的是高渐离。当年燕太子丹派荆轲刺杀秦王嬴政，在易水边告别，白衣白冠相送，高渐离击悲筑，荆轲唱和，士皆垂泪涕泣，千古传奇，永不消散，一直回荡在我们的耳边。荆轲一去不返，刺秦没有成功。乐师高渐离，当年曾经目送荆轲远去的这个人，接过义士的遗愿，来到秦宫。因为高渐离击筑实在太感人，秦王也爱听，但因为他是燕太子丹的门客，出于防备而弄瞎了他的眼。当大家都放松警惕的时候，高渐离举起灌满铅的筑循声砸向秦王。一个盲人，在防备严密的宫廷上做这样的事，是在赌命，剑客荆轲没有刺杀成秦王，高渐离也当场毙命。从此秦王再也不敢接近六国的人。

“吴门豪”说的是专诸。专诸是一名剑客，受公子光的委托刺杀吴王僚。专诸装扮成一个跛脚的厨师，烤好鱼，献给吴王僚的时候，突然抽出藏在鱼腹中的宝剑——就是后来戏曲题材上不断提到的鱼肠剑，刺死了吴王僚。这也是一个赌命的豪士，完成了任务，自然也没有生还的可能。

击筑的高渐离和刺客专诸这样的豪侠烈士，抱着必死信念的勇士，就是李白心中真正不朽的英雄，所以他要写“燕南壮士吴门豪，筑中置铅鱼隐刀。感君恩重许君命，泰山一掷轻鸿毛”。什么叫知遇之恩？一般人遇到赏识自己的君王，都愿意为他鞠躬尽瘁，尽心尽力，辅佐江山，建立功勋，这已经算是很大的回报了。在李白看来依然不够，他是“感君恩重许君命”的人，谁给他“知遇之恩”，他愿意用自己的性命去回报。司马迁[①]曾经说过：“人固有一死，或重于泰山，或轻于鸿毛。”[②]在李白看来，“感君恩重许君命，泰山一掷轻鸿毛”，生命虽然重如泰山，但必要时不惜果决一掷，可以轻如鸿毛。

李白用了一生等待可以让他性命相报的君王，而不希望自己只是一个空度时日的翰林待诏，写三首《清平调》[③]，歌颂歌舞升平。他希望君王能够让他施展治国安邦的抱负。李白曾经写过《塞下曲》[④]。“五月天山雪，无花只有寒。笛中闻折柳，春色未曾看。”这是典型的边塞诗篇。人间四月芳菲尽，但在天山之上，五月还在飞雪，没有灿烂的花，只有入骨的寒。“笛中闻折柳，春色未曾看”，“折杨柳”是离别的曲子，为什么他还心仪这个地方？因为这种曲子最常在军队里听到，他不是去观光，而是去从军，

① 司马迁（约前145或前135—？），西汉史学家、文学家、思想家。字子长。人称其书为《太史公书》，后称《史记》，是中国最早的通史。此书开创了纪传体史书的形式，书中不少传记语言生动，形象鲜明，是优秀的文学作品，对后世史学与文学都有深远的影响。

② 出自司马迁《报任安书》。

③ 云想衣裳花想容，
春风拂槛露华浓。
若非群玉山头见，
会向瑶台月下逢。

一枝红艳露凝香，
云雨巫山枉断肠。
借问汉宫谁得似？
可怜飞燕倚新妆。

名花倾国两相欢，
长得君王带笑看。
解释春风无限恨，
沉香亭北倚栏干。
[唐·李白《清平调词三首》]

④ 五月天山雪，
无花只有寒。
笛中闻折柳，
春色未曾看。
晓战随金鼓，
宵眠抱玉鞍。
愿将腰下剑，
直为斩楼兰。
[唐·李白《塞下曲六首》（其一）]

清·石涛《千山红树图》（局部）

“晓战随金鼓，宵眠抱玉鞍。愿将腰下剑，直为斩楼兰。”

边关的岁月，没有安眠的时候，永远都在征战之中，但是他们心甘情愿。李白还写过古乐府的诗题《从军行》：“百战沙场碎铁衣，城南已合数重围。突营射杀呼延将，独领残兵千骑归。”这是李白的边关梦。他想做一个英勇的将军，哪怕身上的金甲铁衣都已经破碎，哪怕遭敌军重重包围，他也能够带领自己的少数部队突入对方的大营，击杀对方的将帅，班师凯旋，建功立业。这样的气概，不是所有文人都能有的。正如同时代另一位优秀的诗人杨炯宣言的那样，“宁为百夫长，胜作一书生。”[①]他说他就算是当个小队长，都比做一个书生强。一个时代有多大的梦，要看这个时代有多大的疆场。李白这样的诗人剑客，产生在大唐，可以说是一个

① 烽火照西京，心中自不平。牙璋辞凤阙，铁骑绕龙城。雪暗凋旗画，风多杂鼓声。宁为百夫长，胜作一书生。［唐·杨炯《从军行》］

时代的气概和民族心理，成就了英雄本色。

李白一直做着他的边关梦，这个梦想蹉跎了他的一生。从十多岁“好任侠，喜击剑”开始，二十多岁的青春走过，三十多岁的壮年走过，四十岁、五十岁，暮年渐渐逼近，一直到了六十岁，李白放不下他的剑，也放不下他的浪漫、天真。美人迟暮英雄老，还有疆场可以让他驰骋吗？安史之乱，他已经六十岁，在古代算是高龄了，他遇到了永王李璘，他想跟着永王去平定史思明的叛军。怎么去平叛？他写了一首浪漫的诗：“试借君王玉马鞭，指挥戎虏坐琼筵。”[①]他说你用我吧，借我兵权一用，坐在琼宴之上，于觥筹交错之间指挥战争，马鞭一指，大军一到，俘虏就会乖乖地顺服投诚，就能把失地收复，“南风一扫胡尘静，西入长安到日边。”这是多天真的想象！拿着马鞭就可以去扫胡尘，可以让整个天下大定。李白写过《塞下曲》，写过《从军行》，知道战场的残酷，他写“指挥戎虏坐琼筵”，不是夸张的笑谈，而是他心中永远放不下的浪漫和天真。

① 试借君王玉马鞭，指挥戎虏坐琼筵。南风一扫胡尘静，西入长安到日边。［唐·李白《永王东巡十一首》（其十一）］

在一个人的生命里，宝剑既是豪情生发的依据，也是一件漂亮的配饰。剑装点了李白的豪迈，也装点了李白的天真。剑也变成了他诗中最美的一件道具，让他的生命永远有一种飞扬之势，永远不肯沉沦，永远不肯衰老。宝剑大梦纠结了他一生，也撑起他一生的气概。

捐躯赴国难，视死忽如归

边塞诗里为什么有如许无悔？为什么有如许豪迈？我们如果

向前追溯的话，可以一直追溯到建安文学。曹植[①]写下的《白马篇》[②]，开启了文人心中的英雄梦。

“白马饰金羁，连翩西北驰。借问谁家子，幽并游侠儿。”先跃入我们眼帘的不是一个英雄，我们没有看见主人公，只看见了他的马。这匹马有多漂亮呢？白马豪骏，戴着金络头，连翩飞驰。马的出场，已经足够引人瞩目，这么漂亮的宝马，要什么样的人才配得上它？它的主人就是“幽并游侠儿”。幽州、并州是现在的河北、山西一带，自古出豪士的地方。而这个游侠儿“少小去乡邑，扬声沙漠垂”，很小的时候就离开故乡，从军打仗，建功立业，沙漠边陲都在传诵着他的美名。

“宿昔秉良弓，楛矢[△]何参差。”他的手上有最好的弯弓，他的身上背着的囊中箭长长短短、参差不齐。“控弦破左的，右发摧月支。仰手接飞猱[△△]，俯身散马蹄。”他向左拉弦，射中靶子；向右发箭，也射中目标；一仰手，接住射下来的猎物；再俯身，又从马肚子下射出一箭，还是正中目标。这几个动作，左、右、上、下，几乎是一个瞬间，像一段流畅的电影画面呈现在眼前。这样一个翩翩少年，身上不仅仅有战功和美名，还有倜傥潇洒。曹植称赞他，“狡捷过猴猿，勇剽若豹螭[△△△]。”他的矫捷灵巧赛过猿猴，他的勇猛堪比豹子、飞

① 曹植（192—232），三国魏诗人。字子建，沛国谯县（今安徽亳州）人。诗歌多为五言，前期之作多抒写人生抱负及宴游之乐，也有少部分反映了社会动乱。后期诸作集中反映其受压迫的苦闷和对人生悲观失望的心情。其诗善用比兴手法，语言精练而辞采华茂，对五言诗的发展有显著影响。也善辞赋、散文，《洛神赋》尤著名。

② 白马饰金羁，连翩西北驰。
借问谁家子，幽并游侠儿。
少小去乡邑，扬声沙漠垂。
宿昔秉良弓，楛矢何参差。
控弦破左的，右发摧月支。
仰手接飞猱，俯身散马蹄。
狡捷过猴猿，勇剽若豹螭。
边城多警急，虏骑数迁移。
羽檄从北来，厉马登高堤。
长驱蹈匈奴，左顾凌鲜卑。
弃身锋刃端，性命安可怀？
父母且不顾，何言子与妻。
名编壮士籍，不得中顾私。
捐躯赴国难，视死忽如归。
［三国·魏·曹植《白马篇》］

△ 楛矢（hùshǐ）：用楛木做杆的箭。

△△ 猱（náo）：猿类，善攀缘，上下如飞。

△△△ 螭（chī）：传说中的猛兽，如龙而黄。

龙。到这里，说的还只是少年游侠的风采，如果这首诗在这里结束，留给你的印象只是他表演一样的风采而已。

真正的侠客，要看他的内心。“边城多警急，虏骑数迁移。羽檄从北来，厉马登高堤。”这个时候，国家有危难，边城连连告急，插着羽毛征召的檄文接连不断从北边飞来。少侠急促地拍着白马，登上了高处，极目远眺，说出了他的誓言，“长驱蹈匈奴，左顾凌鲜卑。弃身锋刃端，性命安可怀？”这一个“蹈”字用得好，他不是去搏杀，而是长驱直入，直接冲入匈奴腹地，把匈奴踩在脚下。“左顾凌鲜卑”，那时，匈奴、鲜卑、羯、氐、羌都是外敌，匈奴、鲜卑是两大支。这里用了两个动词，一个是“蹈”，一个是“凌”，这个“凌”也是凌驾其上，完全不把敌人放在眼中。对阵疆场，先胜利的是气概，气胜，这个人就已经胜出了。要有这种气概，就要把生死置之度外。“弃身锋刃端，性命安可怀？”在刀光剑影之间，人还想着保命吗？保命，就保不了江山，所以他完全不管性命了。那他的家人呢？“父母且不顾，何言子与妻。”中国人讲孝道，孝道是根本。但是国家有难，忠孝不得两全，他连父母都顾不上，就更顾不上自己的妻儿了。为什么这样奋不顾身？“名编壮士籍，不得中顾私。捐躯赴国难，视死忽如归。”因为自己在征兵名册上，边关有警，国家有难，不能自私，“捐躯赴国难”，死得其所，就是一个英雄的最终归宿。

这种视死如归的英雄气概，从曹植的《白马篇》中风发扬厉，千古而下。这种气概出自文人的笔端，成为文人的豪情大梦。

仔细想一想中国文人的这种传统，是一件很有意思的事情。记得在最早读《史记》△的时候，我总是陶醉于《史记》的小说笔法。高渐离击筑和专诸

△《史记》：原名《太史公书》。西汉司马迁撰。中国第一部纪传体通史。

刺吴王僚的故事，就出自《史记·刺客列传》。《刺客列传》写了六个人，每个人都栩栩如生。司马迁用他的一支凌云健笔，刻画了多少英雄豪情！在战场上，项羽△被敌人追赶，只需要回头瞋目大喝一声，赤泉侯杨喜，“人马俱惊，辟易数里”，连人带马跑多少里都勒不住。这么戏剧化的场面，谁看过呢？但是司马迁写出来了。写垓下之围，身边只剩下二十八骑，项羽对他们说：“我愿为诸君快战……溃围、斩将、刈旗。”我为你们冲出重围，杀进五千汉军的阵地，取对方将士的首级，拔了他们的旗子。这就是气概！“溃围”，把敌人的包围冲散，我们可以理解为逃生，何必还要去斩将，还要去刈旗呢？因为他是英雄，他不愿苟活，他要的是精神上昂扬的胜利，所以他说：我就算死了，也要让你们知道，是“天亡我，非战之罪”。不是因为他打仗不行，是苍天要亡他，他没有过错。最后他来到乌江边，只有一条小船，亭长摇着船等他，告诉他追赶的五千汉军没有船，让他赶快过河，回到方圆千里的江东称王。这一刻，项羽知道自己可以活下来了，于是他决定不要性命了，因为他的尊严让他不能上船：我当年带出八千子弟兵，今天无一生还。纵然江东父老爱我怜我，我有何面目见他们啊！这个时候，他展示出内心深处的柔软慈悲，连一匹马都舍不得杀，他说：我的乌骓马跟随我身经百战，我把它送给你这位忠厚长者吧。他带着最后剩下的二十多人，全部下马，持短刃迎向五千汉军。这是何等从容赴死的气度！他最后又连杀了上百人，身上那么多创伤，杀得厌倦了，他也不会死于敌人的剑下。忽然看见从楚军投到汉军的骑兵司马

△ 项羽（前232—前202），秦末农民起义军领袖。名籍，字羽，下相（今江苏宿迁市西南）人。楚将项燕之后。少有大志。秦二世元年（公元前209年），从叔父项梁在吴（今江苏苏州）起义。项梁战死后，秦将章邯围赵，楚怀王任宋义为上将军，羽为次将，率军往救。宋义到安阳（今属河南）逗留不进，他杀死宋义，亲率兵渡漳水救赵，在巨鹿之战中摧毁秦军主力。秦亡后，自立为西楚霸王，并大封诸侯王。楚汉战争中，为刘邦击败。最后从垓下（今安徽固镇东北，沱河南岸）突围到乌江（今安徽和县东北），自杀。

吕马童，项羽叫他：你原来不是我的故交吗？这个故人居然没有认出他来，项羽擦了一把脸上的血污，吕马童一惊，跟大将王翳说，这就是项王！项羽对吕马童说：我听说，得到我项上人头可以领到千两黄金，还可以封侯，今天我送你个人情。说罢拔剑自刎。

每次想起这样一个一个场面，我都能更深地理解，鲁迅先生为什么把《史记》叫做“无韵之《离骚》”。散文虽然没有韵脚，但这样的文字，长歌当哭，难道不是最伟大的诗篇吗？什么是诗？真正的诗，不是那些分行押韵、整齐错落的句式，真正的诗是一种心情，是一种状态，是一种人格，是一种人在世间的尊严和自由。

今天，我们说的是汉语，写的是汉字，我们的民族叫汉族，这一切来自于高祖刘邦所开辟的大汉，但是，在我们的观念里，高祖的形象永远比不上那个英年早逝的西楚霸王。是谁给了我们这样的成见？恰恰就是太史公司马迁。得了江山，奠定大汉，又怎么样？一直到今天，为什么那么多电影、小说，不断地改编着“楚汉之争”的题材？因为项羽失了天下，得了英名。而刘邦得了江山，却丢了名誉。司马迁写下的这些英雄侠客，一直都占据着中国人的心。

在历史判断和道德判断的夹缝中，我们看见中国文人心中永不泯灭的侠客梦。太史公是在歌颂项羽吗？太史公是一直在歌颂自己心中的大梦。不然的话，他不会为了李陵去冒死上谏，他不会对这样一个平生没有交情的人有这么深的同情，他也就不至于因此被下狱，被处以宫刑。李陵是汉代飞将军李广的嫡孙。从李广那个时候，这种征战边关的英雄豪气就已经有了。多少年后，唐人不还是在吟唱“秦时明月汉时关”吗？不是还在想“但使龙城飞将在，不教胡马度阴山”吗？何况李广的时代距离司马迁那么近，他的心中放不下李广，也放不下李陵，他要冒死去替他们辩护。他是一个书生，辩护不起作用，改变不了李陵被满门抄斩的命运，同时他还搭上了自己。他内心惨痛吗？他的人生失败吗？自历史角度来看，我觉得他太成功了。倘若不是这样，怎么能够诞生一部独成一家之言的《史记》？倘若不是这样，又怎么能够留下千古文人的侠客大梦？

热血诗情：醉卧沙场君莫笑

中国文人的这种侠气，一路浩荡而下，从未停歇；这样的一种剑气，从骨子里、血脉中，一路流传，到大唐盛世，终于开辟了一个诗派——边塞诗派。边塞是铁血英雄浪漫情怀的着陆点，在边塞，有时候为的不是功勋，不是成败，为的只是一段生命的漂亮挥洒。我们今天念起“葡萄美酒夜光杯，欲饮琵琶马上催。醉卧沙场君莫笑，古来征战几人回”[①]，这是真的去打仗吗？去了，他就为醉卧沙场；去了，他就没想过再回来。一个不为生还的死士，用自己的满腔热血，挥洒诗思豪情，只有在大唐，才能够有这样的诗派，能够有这样生命的光芒。

所以，有个人的诗篇被称为“诗上的长城”，这个人就是王昌龄。作为大唐豪情的一个样本，他写了多首《从军行》。“青海长云暗雪山，孤城遥望玉门关。黄沙百战穿金甲，不破楼兰终不还。”[②]“穿金甲”就如同李白说的“碎铁衣”，就算是一件布衣，你把它穿破穿烂穿碎，也不容易。他们身上的是金甲，那是铜做的铠甲。金属铠甲都能磨穿，那是何等艰苦险恶的环境啊！但人

① 唐·王翰《凉州词》。

② 唐·王昌龄《从军行七首》（其四）。

心还是不甘，人还不愿归来，只因为楼兰未破。边塞诗写的是成败吗？不是，它写的是一往无前、永远不死的气概。

还是《从军行》："大漠风尘日色昏，红旗半卷出辕门。前军夜战洮河北，已报生擒吐谷浑△。"[①]这是胜仗，是报捷，雷厉风行，呼啸而下。"红旗半卷出辕门"，为了减小阻力，半卷着红旗急速行军，这也让我想起来岑参[②]说的"风掣红旗冻不翻"[③]，这是朔朔大漠中的一道独特景观。旗帜本来应该猎猎招展，但是被大雪风霜打得湿透，被冻住了，飞扬不起来。在这样的环境下，战士依然勇往直前，势同破竹，"已报生擒吐谷浑"。上一首还是"不破楼兰终不还"，这一首已传捷报。

诗人往往不写战争的过程，而只写一个诗意的瞬间：边关之上，不仅有昂扬的斗志和醉酒纵歌的豪迈，也有深沉隽永的忧愁。还是王昌龄的《从军行》："烽火城西百尺楼，黄昏独坐海风秋。更吹羌笛关山月，无那金闺万里愁。"[④]你看看这个地方，烽火城已经足够远，百尺楼已经足够高，如此危耸的景象，再加上时间是黄昏，季节是深秋，心意沉沉。"更吹羌笛关山月"，这样一个雄阔、豪迈、慷慨、苍凉的战场，荒寂的原野，笛声呜咽，突然之间，涌起无边无际、如烟如缕的忧伤，那是远方的"无那金闺万里愁"。尽管人在边关征战，但在战场之外，在和平的家园，毕竟还有着遥远的牵挂……

边塞诗中，闺怨也是一个千回百转的主题。他们有埋怨，有失落，有痛楚，有忧伤，征人思亲，怨妇怀远，但我们更多看到的还

① 唐·王昌龄《从军行七首》（其五）。

② 岑参（约715—770），唐诗人。世称岑嘉州。其诗与高適齐名，并称"高岑"。长于七言歌行。由于从军西域多年，对边塞生活有深刻体验，善于描绘异域风光和战争景象。其诗气势豪迈，情辞慷慨，语言变化自如。

③ 北风卷地白草折，
胡天八月即飞雪。
忽如一夜春风来，
千树万树梨花开。
散入珠帘湿罗幕，
狐裘不暖锦衾薄。
将军角弓不得控，
都护铁衣冷难着。
瀚海栏干百丈冰，
愁云惨淡万里凝。
中军置酒饮归客，
胡琴琵琶与羌笛。
纷纷暮雪下辕门，
风掣红旗冻不翻。
轮台东门送君去，
去时雪满天山路。
山回路转不见君，
雪上空留马行处。
[唐·岑参《白雪歌送武判官归京》]

④ 唐·王昌龄《从军行七首》（其一）。

△ 吐谷（yù）浑：中国古代民族，在今甘肃、青海一带。隋唐时曾建立政权。

是诗人们在辉煌盛世的自觉。边塞是英雄生命中不可剥夺、不可磨灭的璀璨篇章。他们在大漠边陲之上，让自己的生命迸发出不同凡响的光彩。

边关之上，连风景都是不同的。王维以监察御史的身份出塞劳军，写下著名的《使至塞上》。“单车欲问边，属国过居延。征蓬出汉塞，归雁入胡天。”这时王维三十多岁，刚刚经历了他仕宦生涯中的浮沉，去边塞慰问刚刚打了胜仗的军队，轻车简从，心中有孤单，但更有豪迈。“征蓬出汉塞，归雁入胡天。”正是春天，大雁从南方飞到北方。一路前行，有什么奇特的景致呢？“大漠孤烟直，长河落日圆。”《红楼梦》里香菱学诗，就是从这首诗学起，就琢磨这个句子。“烟”和“直”，多么平常的字。他没有说孤烟渺渺，孤烟飘飘，他说孤烟是直的。只有在一望无际的空旷之地，烟才可能是直的，因为周围没有建筑，没有那些气流来回冲撞，黄沙莽莽，无边无际，没有云影，没有风痕，只有远方一缕孤烟笔直地冲上青天。“长河落日圆”，蜿蜒的河道，落日低垂在水面，河水闪着粼粼的波光，这一刻，大漠落日，红、壮、艳，都不足以形容，只有最朴素的这个“圆”字，才恰当，妥帖。没有一点点干扰的圆圆的落日，这个景象长久地在我们心里刻下烙印。“萧关逢候骑，都护在燕然。”碰到了侦察兵，前方军队已经到了燕然山。唐诗中还有一句“燕然未勒莫论功”[①]，打不到燕然山，算不上有功业；唐军已经打到燕然，说明是大捷，大胜仗。

从标准意义上来讲，王维写的还不是边塞诗。说到边塞诗，一定要说到岑参。和高適不同是，岑参不写战况，而是写战况之外的

① 刀州城北剑山东，
甲士屯云骑散风。
旌旆遍张林岭动，
豺狼驱尽塞垣空。
衔芦远雁愁萦缴，
绕树啼猿怯避弓。
为报府中诸从事，
燕然未勒莫论功。
[唐·武元衡《幕中诸公有观猎之作因继之》]

浪漫奇情。“忽如一夜春风来，千树万树梨花开”，就是岑参的名句。边塞没有梨花，时间也不是春天，而是天寒地冻的时刻。诗人没有写战士怎么苦，边关生活怎么艰辛，而是写一夜飞雪。这场雪就像春天的梨花，千树万树，雪有多大，梨花就有多盛，大雪纷飞正如梨花盛开繁密洁白。这是一幅多么奇异瑰丽的景象！大雪之美是眼前的实景，梨花之美是记忆中的虚景。大雪之美，让将士们忘记了边关的苦寒，想起了曾经看过的春天，曾经欣赏过的梨花……这样一种塞上风景，这样一种人心感动，这样一种豪气干云，今天想起来，一幅幅画面，还都栩栩如生。

我们再来看，封常清出征，岑参写下的豪迈送别诗：《走马川行奉送出师西征》①。“君不见走马川，雪海边，平沙莽莽黄入天。”起笔跌宕错落，用了乐府惯用的发问，而不像律诗整齐的句子，给你四平八稳、心境悠闲的格局，这样的起句让你觉得边塞之上，一切都是这样跌宕，这样突如其来。走马川，雪海边，平沙莽莽，一望无际，沙漠一直连向天边。“轮台九月风夜吼，一川碎石大如斗，随风满地石乱走。”三句一段，最不稳定。“轮台九月风夜吼”，我们想想江南九月是什么样，正是柔软的、丰收的、灿烂的季节，但在轮台，在边关，九月已经吹起呼呼朔风了。

① 君不见走马川，雪海边，
平沙莽莽黄入天。轮台九月风夜吼，
一川碎石大如斗，随风满地石乱走。
匈奴草黄马正肥，金山西见烟尘飞，
汉家大将西出师。将军金甲夜不脱，
半夜军行戈相拨，风头如刀面如割。
马毛带雪汗气蒸，五花连钱旋作冰，
幕中草檄砚水凝。虏骑闻之应胆慑，
料知短兵不敢接，车师西门伫献捷。
[唐·岑参《走马川行奉送出师西征》]

“一川碎石大如斗”，这句话说得太有意思了，“碎石大如斗”，有斗那么大的碎石吗？边关人眼里的“碎石”就都有斗那么大。一个人的视野，往往是主观的。他的坐标有多大，对应到他眼前的事物，就会有相应的关系。寓言“小马过河”里讲，小马去过河，遇到小松鼠，小松鼠说：“你千万不要过去，我有个同伴都淹死了，河水很深！”小马吓得往回跑，又碰见黄牛，黄牛告诉它：“你蹚过去吧，河水才没蹄子，没问题。”小马问妈妈：“它们怎么说得都不一样？”最后，它自己走过去才知道，松鼠太小，所以觉得河深，黄牛太大，所以觉得河浅。一个人的视野不也是如此吗？《逍遥游》写鲲鹏，鲲那么大，水中的一切跟它相比都是小；鹏飞那么远，当大鹏鸟展翅飞越青天的时候，那些蓬间雀又算得了什么？这就是生命坐标的对比。边塞诗为什么豪迈？边塞诗里为什么总有奇情？就是因为在这里，大如斗的石头被他们叫做“碎石”。那你就想问一问，不碎的石头得有多大啊？可能就是我们眼前的一块山包，人家看起来无非就是块石头。

这样的“碎石”，已经很大很壮观了，但它们却是“随风满地石乱走”，被风吹得像小石子一样满地乱滚，那风该有多大啊！这就解释了什么叫“轮台九月风夜吼”，呼呼朔风，满地大石乱走。这个时刻，“匈奴草黄马正肥，金山西见烟尘飞，汉家大将西出师。”又是三句，草黄马肥，是对方最有战斗力的时候，报警的烽火狼烟同匈奴铁骑卷起的尘土一起飞扬，而代表着大唐的将军，便在此时出征！“将军金甲夜不脱，半夜军行戈相拨，风头如刀面如割。”又是三句，将军夜不能寐，身上的铠甲不能脱。岑参诗里也说过“都护铁衣冷难着”，铁传导热，把身上的热气都散发出去，人穿着铁衣，冻得透心凉。为什么“金甲夜不脱”？因为是连夜急行军，“半夜军行戈相拨”，在沉沉静夜，大军趁黑疾行，铁戈相碰，当当作响。白天的大风都吹得石头遍地走，这深夜寒风吹在脸上会怎么样？“风头如刀面如割。”小说里写到北方的冬天，会有一个比喻，北风像小刀子一样割在脸上。那一刀一刀割在脸上是什么感受啊！人如此，再看战马，“马毛带雪汗气蒸，五花连钱旋作冰”。马在跑，身上的热汗蒸腾，雪落在马身上被热汗融化，天气如此冷，刚刚蒸腾出来的热气，立刻冻成铜钱形状的冰凌。这么奇特的景象，我们想是想不出来的。人、马，他们的那一点热量刚刚挥发，跟冷空气蓦然相凝，也许是零下二三十摄氏度，甚至可能会更冷。在这样的地方，人要有什么样的意志才能去征杀？这不仅是一种意志，还是一种信仰。边塞是信仰筑起的长城。行军在战场，双方下战书，要写檄文。檄文写不了，为什么呢？“幕中草檄砚水凝”。将军在前线已经支起大帐，准备指挥战斗，墨汁刚刚磨出来，就被冻上了。这得有多冷？一个蘸墨写字的时间都留不出来，砚水就凝固了。这一切在我们的经验系统之外，让我们啧啧称奇。

“虏骑闻之应胆慑，料知短兵不敢接，车师西门伫献捷。”有这样的英雄气概，还用得着打仗吗？豪情摧枯拉朽，敌人气势已然先败，所以，等待捷报吧，不久就必定会传来胜利的喜讯！

我们无法舒展开，跟着一首首边塞诗去揣度那些英雄梦想，那些侠客豪情，那些保家卫国的功勋之后的血泪，甚至生命；我们更没有办法了解，有多少“春闺梦里人”已经成了“无定河边骨”[①]。我们知道，边塞有怨，有恨，但是豪情终将战胜一切。这就是文人心中不肯凋零的英雄大梦。

① 誓扫匈奴不顾身，
五千貂锦丧胡尘。
可怜无定河边骨，
犹是春闺梦里人。
［唐·陈陶《陇西行》］

男儿何不带吴钩，收取关山五十州

不仅仅是边塞诗，豪情是整个大唐生命的基色。为什么李贺那样纤弱的诗人，都会说“男儿何不带吴钩，收取关山五十州”？因为他自己也曾经写下充满奇情的诗篇，比如他写的《雁门太守行》①。

李贺是一个特别善于使用浓郁色彩的人，他用的色彩跟中国传统文化中的色彩完全不同。我们在此前讲过各式各样的春天、秋天，朝霞暮景，明月皎皎，都是从清浅的中式水墨画中流淌出的颜色。但李贺的颜色，很像西方的油画，用得太浓了，下笔太重。短短二十七岁的生命，不用如此浓烈的色彩，不足以和这个世界抗衡。他没有太多的光阴足够从容，他留下的是那样一种与众不同的不朽。

“黑云压城城欲摧”，起笔这一句让我们蓦然心惊，很少有人这样起笔。这是什么时间？这是夜将尽天将亮的时刻，这是出征之前。这是什么气氛？是面对强敌的压抑氛围。沉沉的黑云压下来，压得城池几乎要坍塌了。这七个字给我们心上压了多重的分量！“甲光向日金鳞开”，将士们穿上铁甲，面向东方，准备出征，忽然间，一股力量升腾而起，铠甲反射出道道金光，冲破黑云。天亮了，太阳出来了，大军齐整，片片铁甲像金色的鱼鳞一样闪耀，斗志昂扬。

“角声满天秋色里，塞上燕脂凝夜紫。”这两句十四个字，是听觉和视觉，声音和颜色的混融。上一句是写听觉、声音，耳朵里悲壮的号角声此起彼伏，连绵不绝，和眼睛里的秋色融合在一

① 黑云压城城欲摧，甲光向日金鳞开。角声满天秋色里，塞上燕脂凝夜紫。半卷红旗临易水，霜重鼓寒声不起。报君黄金台上意，提携玉龙为君死。[唐·李贺《雁门太守行》]

起。什么是秋色？地上紫色的草凝成一块一块的，鲜艳，凝重，沉滞。“塞上燕脂”，指的是胭脂草，这种草可以做成美容护肤的香膏。经过一夜风霜，紫色的草仿佛凝在了一起，仿佛直接变成了可以用的胭脂。回过头再看色彩，天边黑云之下舒展开的霞光，黑色、紫色、金色，像油画的色彩吧。如此沉郁浓重，完全不是中式水墨画中常见的颜色。

“半卷红旗临易水，霜重鼓寒声不起。”军队悄悄接近了易水边。有些风景之所以让人铭心不忘，是有一个时刻，你会觉得有一种清晰的疼痛，镌刻在记忆里。鲜艳的红旗刺痛我们的眼睛，让我们永远铭记。红旗为什么是半卷？为什么不能猎猎招摇？因为它已经被秋霜打湿，太沉太重，飘不起来。同样是因为浓霜打湿了鼓面，使鼓声在沉闷中带着一种婉转低回的悲慨。

战斗在易水边发生，就是今天的河北易县，那里最著名的古迹就是黄金台，相传是战国燕昭王所筑，为了招募人才，放了千金在台上。“报君黄金台上意，提携玉龙为君死。”李白说过“感君恩重许君命”，李贺也是一样，战场上的战士们也是这样，为了报效国家，为了知遇的君恩，提携玉龙宝剑去战斗，何惜性命。

这首诗不能被归入边塞诗，但这首诗里有英雄豪情。豪情如画卷，有些墨重，有些墨轻，疏淡与浓郁之间，挥洒出每个人心中的英雄容颜。

也是在边塞，也是在一个冷冷清秋，范仲淹写下《渔家傲·秋思》[①]。大家想想，边塞上为什么不写春天？春雨属于江南，江南有杏花；秋风属于塞北，塞北骋豪情。用杏花去匹配豪情，压不

① 塞下秋来风景异，衡阳雁去无留意。四面边声连角起。千嶂里，长烟落日孤城闭。　浊酒一杯家万里，燕然未勒归无计。羌管悠悠霜满地。人不寐，将军白发征夫泪！［北宋·范仲淹《渔家傲·秋思》］

住；用大漠朔风去写春天，也不是一个调性。所以我们看见的大多数边塞诗，写的都是秋冬，北方的深秋特别早，寒冬特别长，春和夏在还没有看清的时候，一个转身就飘远了。这就是范仲淹说的“塞下秋来风景异，衡阳雁去无留意”，塞外的风景和内地不一样，你看看，大雁毫不犹豫地南飞，丝毫不愿意停留。“四面边声连角起”，这个时候，角声突然扬起，展目看去，“千嶂里，长烟落日孤城闭”。一个“闭”字，境界全出。千嶂落照，山川秋色，映着雄关，雄关肃穆掩住了大门。

雄关里的人在干什么？“浊酒一杯家万里，燕然未勒归无计。羌管悠悠霜满地。”这个时候，守着一杯浊酒，心中百转千回，也想归乡，但没办法，“燕然未勒归无计”，燕然山上还没有刻下自己的名字，还没有立下赫赫战功。“羌管悠悠霜满地”，又一次听见乐声扬起，上半阕是四面角声，下半阕是四面羌笛。角声豪迈，让人看见悲壮雄关，羌笛则勾起人的悠悠情思，“人不寐，将军白发征夫泪！”将军被羌笛催白了头，征夫被羌笛催下了泪，一代一代的戍边人，就以这样的代价守住家国。

这也不是边塞诗，但这里面也有豪迈，也有梦想。

国仇未报壮士老，匣中宝剑夜有声

再说一个人，陆游。提起他的名字，大家首先会想起“爱国”二字。他这一生，不仅没有看见大宋江山的收复，反而目睹了它的日渐颓败。陆游的剑能干什么呢？“国仇未报壮士老，匣中宝剑夜有声。”[①]国仇一直未报，人已经老去，只能把宝剑收在匣子里。

① 人生不作安期生，
醉入东海骑长鲸。
犹当出作李西平，
手枭逆贼清旧京。
金印煌煌未入手，
白发种种来无情。
成都古寺卧秋晚，
落日偏傍僧窗明。
岂其马上破贼手，
哦诗长作寒螿鸣？
兴来买尽市桥酒，
大车磊落堆长瓶。
哀丝豪竹助剧饮，
如巨野受黄河倾。
平时一滴不入口，
意气顿使千人惊。
国仇未报壮士老，
匣中宝剑夜有声。
何当凯还宴将士，
三更雪压飞狐城。
[南宋·陆游《长歌行》]

深夜人难以成寐的时候，宝剑犹自不甘，似乎也在铮铮作响。这是多么让人心惊的意象，每次读起这两句诗，我都会觉得震动，说破了多少不甘啊。

陆游的《书愤》[①]里写道：“早岁那知世事艰，中原北望气如山。”陆游年轻的时候，也有自己的青春意气、报国梦想。谁年轻的时候没有过疏狂？谁年轻的时候没有过放任？谁不心怀家国天下，自诩可以建功立业？哪知道，世事如此艰难，要耗尽一生的年华，志向却不得实现。他去过一个一个抗金的前线，“楼船夜雪瓜洲渡”，这时他在镇江，镇江对岸是瓜洲渡，水上的战斗发生在一个雪夜。“铁马秋风大散关”，这是陆地的战斗，发生在宝鸡西南的大山岭。这两句说的是他的中年。从早年到中年，凭着一腔意气行遍千山。到了晚年的时候，“塞上长城空自许，镜中衰鬓已先斑。”想当初我的心愿是为祖国扫除边患，将金兵驱逐到北方的草原，然后在那里建起长城；今天，我已垂垂老矣，终于知道“年华不待江山老”，对镜自照，衰鬓斑白，而中原还是没有收复。于是他想起当年率三军复汉室北定中原的诸葛亮，“出师一表真名世，千载谁堪伯仲间。”

① 早岁那知世事艰，中原北望气如山。楼船夜雪瓜洲渡，铁马秋风大散关。塞上长城空自许，镜中衰鬓已先斑。出师一表真名世，千载谁堪伯仲间。［南宋·陆游《书愤》］

留下来这样一份忧伤吧，留下来这样一个大梦吧，还能如何呢？年轻的时候，壮气如山，还不知道世事艰难的时候，陆游也曾经志在万里。所以他自己填词说：“当年万里觅封侯，匹马戍梁州。”[②]这里用了班超投笔从戎，立功异域取封侯的典故，不想做一介书生的陆游也曾只身策马，奔驰万里，跑遍抗金前线。这样一个“匹马戍梁州”的英雄，如今“关河梦断何处，尘暗旧貂裘”。

② 当年万里觅封侯，匹马戍梁州。关河梦断何处，尘暗旧貂裘。胡未灭，鬓先秋，泪空流。此生谁料，心在天山，身老沧洲。［南宋·陆游《诉衷情》］

陆游这样一个江南才子，满怀壮志去抗金，在前线仅仅半年就被调离，失地还没有收复，梦落在何处？只有落在自己的旧战袍上。“尘暗旧貂裘”——“貂裘”用的是苏秦的典故，苏秦在秦国不得重用，空耗岁月，貂裘残破之后失望而归——灰尘穿过岁月，当年的战袍已经暗淡，人心也暗淡了，容颜也暗淡了，江山也暗淡了，一切都在世事艰辛中暗淡下去。人已垂垂老矣，“胡未灭，鬓先秋，泪空流”，这三句放在这里，有着深沉的无奈。胡人未灭，自己先已衰老；英雄不肯轻易弹泪，陆游回首一生，想到伤心处，双泪长流。“此生谁料，心在天山，身老沧洲。”原先怎么也没有想到，这一生就这样度过了。人还在此际，心已在远方，心还在祁连山上搏杀疆场，梦想建功立业收复故国，而现实里最终身老江湖，一无所获。

陆游在弥留之际，还留下了他千古不朽的诗篇——《示儿》[1]。一个人走过八十多年的岁月，想要跟自己儿孙交代的事得有多少？在奄奄一息的时候，要用尽全身心的力气托付的，一定是最重要的事。这个时候，他以短短一首七绝，说出了他平生的心事：“死去元知万事空，但悲不见九州同。”他今天要走了，本来就知道，人一死所有的事情都已无所谓了，名、利、情都放下了，唯有一点放不下：“但悲不见九州同。”江山依旧破碎，以他的气力实在等不到家国的统一了。“王师北定中原日，家祭无忘告乃翁。”千古之后，我们读这一句，仍会蓦然心酸。他只有深深地嘱咐孩子们：不要忘了啊，大宋王师北定中原的那一天，一定要到坟头去祭奠我，告诉我这个消息。

① 死去元知万事空，
但悲不见九州同。
王师北定中原日，
家祭无忘告乃翁。
［南宋·陆游《示儿》］

他等到了吗？陆游逝世二十四年后，南宋和蒙古联手灭了金，但是六十九年后，南宋又彻底被蒙古灭亡。我一直在想，陆游的儿子们祭奠他的时候，会告诉他什么？他的孙子们祭奠他的时候，又告诉了他什么？江山风雨飘摇，蹉跎变幻，不过几十年。他的坚守，他心里的情思，是他最为深沉的死结，是文人心中最放不下的家国之忧。

辛弃疾也是一个有英雄梦想的人，所以他说："道男儿、到死心如铁。看试手，补天裂。"①他宣称自己到死，心还是不会妥协，不会更改，仍然铮铮如铁。他生命的所有价值就在于"试手补天裂"，长天如果裂开，他也能像女娲一样把它补上。他是何等英雄自许！但这个天他回得了吗？他补得成吗？"举头西北浮云，倚天万里须长剑。"②他望断过多少长空？要实现自己的志向，他需要长剑。

但是，长剑在手，志向就能实现吗？他写了一首《破阵子》③送给好朋友陈亮。"醉里挑灯看剑，梦回吹角连营。八百里分麾下炙，五十弦翻塞外声，沙场秋点兵。""醉里挑灯看剑"，就像陆游的"匣中宝剑夜有声"，因为深夜不寐，忽然想看宝剑，才会趁醉掌灯。这句话说得豪迈，这句话说得无奈，这句话说得不甘心，深夜看剑，不就是因为一个又一个白天它是被闲置过的吗？"梦回吹角连营"，这里的"梦"不是真的梦，而是抚剑遥想，想起了营房里的铮铮角声，号角吹成一片。军营里在做什么呢？"八百里分麾下炙"，"八百里"指牛，大家把牛宰了，烤牛肉吃，吃得饱饱的。"五十弦翻塞外声"，"五十

① 老大犹堪说。似而今、元龙臭味，孟公瓜葛。我病君来高歌饮，惊散楼头飞雪。笑富贵、千钧如发。硬语盘空谁来听，记当时、只有西窗月。重进酒，唤鸣瑟。　事无两样人心别。问渠侬、神州毕竟，几番离合。汗血盐车无人顾，千里空收骏骨。正目断、关河路绝。我最怜君中宵舞，道男儿、到死心如铁。看试手，补天裂。
[南宋·辛弃疾《贺新郎》]

② 举头西北浮云，倚天万里须长剑。人言此地，夜深长见，斗牛光焰。我觉山高，潭空水冷，月明星淡。待燃犀下看，凭栏却怕，风雷怒，鱼龙惨。　峡束苍江对起，过危楼，欲飞还敛。元龙老矣！不妨高卧，冰壶凉簟。千古兴亡，百年悲笑，一时登览。问何人又卸，片帆沙岸，系斜阳缆？
[南宋·辛弃疾《水龙吟·过南剑双溪楼》]

③ 醉里挑灯看剑，梦回吹角连营。八百里分麾下炙，五十弦翻塞外声，沙场秋点兵。　马作的卢飞快，弓如霹雳弦惊。了却君王天下事，赢得生前身后名，可怜白发生！
[南宋·辛弃疾《破阵子》]

弦”是瑟，奏的是苍凉的边塞曲。此一时刻“沙场秋点兵”，又是清秋节，草黄马肥，大阅兵，准备打仗。在秋意沉沉中出兵，让人感觉到一种悲壮之气。春天是思情袅袅的时候，秋天是出兵征战的时候。只是高秋时节，最能传递征战的气韵。

真正出兵之时，“马作的卢飞快，弓如霹雳弦惊。”的卢马是宝马，像离弦之箭一样飞快地冲出去。弓刷的一声，如同惊雷，弦上犹自心惊。乘宝马、射飞箭，杀入敌群。一路说来，如此豪迈，最后笔锋陡然一转，“了却君王天下事，赢得生前身后名，可怜白发生！”原本的理想生活，是替君主完成统一天下的大业，生前死后，都留下自己的英名。可是，此身已老，收不回失去的江山，空老了自己的年华，一生奔波赢得了什么？只有苍苍白发，只有最终的不甘，最终的落寞。

这样的诗篇纵观下来，琴心剑胆，浩荡千秋，剑气一直没有停歇。

今天这个时代，我们会觉得剑已经远离了我们的生活。今天可以有导弹，可以有飞船，可以有各式各样的现代武器。但是，武器这种东西仅仅用在战争中，宝剑不然，它是个人生命的道具，冷兵器时代最潇洒、最漂亮的一件道具。它装点的不是战果，而是豪情；它要的不是胜利，而是气概。一个人敢于把自己仗剑送出去，一去不返，走得无悔无怨，就是因为他们知道，人追寻梦想，就是天地之间最伟大的诗篇。

从仗剑远游到边塞歌诗，一路豪情不断，剑气凌霄。中国人的剑气，其实一直流在我们的血脉之中。在一个不用亮剑的时代里，倘若剑气不泯，也许会化成风骨，流露在一个人的眉宇之间，昂扬、潇洒；沉润在一个人的心境之中，疏朗、辽阔。所以我说，真正的剑啸长虹，是惊醒我们心中的侠客大梦。

剑气长存，诗篇不老。

诗酒流连

隔着朦胧酒意去看，中国诗词中的一切意象，最后都融贯古今，走进我们的生命里。且乐生前这一杯酒，跟着这些酣畅的酒意，把我们的生命酝酿成万古诗情。当生命真的成为一首诗，我们才是真正富有诗意的中国人。

引子：对酒当歌，人生几何

要有多少场陶醉，我们才能够酣畅今生？中国人，终其一生是离不开酒的。欢喜的时候，我们开怀畅饮；烦恼的时候，我们借酒浇愁；结婚办红喜事，我们大摆酒席；给老人送终，叫白喜事，我们也要有酒相送。在酒里面，每个人酣畅流连的，是不同的心情。千古以来，一位一位诗人，捧起酒杯，总会勾连出自己的心事，歌咏出来，就叫“诗酒流连”。曹操说——

对酒当歌，人生几何？
譬如朝露，去日苦多。
慨当以慷，忧思难忘。
何以解忧？唯有杜康。[①]

曹操这一段千古喟叹，道尽中国人的诗酒况味。只要人在成长，人生的忧患就会接踵而至。在酒里面，我们怎么样诗意纵横呢？举起这万古一杯酒，喝欢畅，喝愁烦，喝清淡，喝安宁，喝出来的是它里面的那点趣味。

中国人的诗与酒，从来不曾分开。千古文人，在诗酒流连中，一个一个呈现出殊异的风采。汉代的蔡邕△有“醉龙”之

① 对酒当歌，人生几何？
譬如朝露，去日苦多。
慨当以慷，忧思难忘。
何以解忧？唯有杜康。
青青子衿，悠悠我心。
但为君故，沉吟至今。
呦呦鹿鸣，食野之苹。
我有嘉宾，鼓瑟吹笙。
明明如月，何时可辍？
忧从中来，不可断绝。
越陌度阡，枉用相存。
契阔谈讌，心念旧恩。
月明星稀，乌鹊南飞，
绕树三匝，何枝可依？
山不厌高，海不厌深。
周公吐哺，天下归心。
[三国·曹操《短歌行》]

△ 蔡邕（133—192），东汉文学家、书法家。通经史、音律、天文，善辞章。散文长于碑记，工整典雅，多用偶句，旧时颇受推重。有《蔡中郎集》，系后人辑本。

誉，晋代的谢玄△被称为“醉虎”。唐代的白居易自号“醉吟先生”，自书《醉吟先生传》；宋代的欧阳修自称“醉翁”，写下《醉翁亭记》△△。竹林七贤中，阮籍以酒浇胸中块垒，刘伶△△△干脆以酒为名，写出了《酒德颂》。陶渊明有酒即醉，从不吝情去留，酿酒性急，摘下头上的葛巾滤酒传为美谈。诗仙李白“自称臣是酒中仙”，潇洒一生。诗圣杜甫，流离颠沛，“且尽生前有限杯”，在酒里咽下无数心中隐忧。自酿美酒的苏东坡，虽然酒量不大，仍旧留下了许多爱酒酿酒的佳话，他的好朋友黄庭坚曾经说：“东坡老人翰林公，醉时吐出胸中墨。”东坡心胸之间的学问笔墨，只有在酣畅时才会尽情挥洒……

说到诗酒纵横的年代，一定要提到酣畅淋漓的大唐盛世。大唐的酒意是什么样的呢？王维写《少年行》：“新丰美酒斗十千，咸阳游侠多少年。相逢意气为君饮，系马高楼垂柳边。”少年游侠，偶然相逢，意气相投，柳树边把马一拴，上楼畅饮，何等的豪奢呀！所有的酒都来得如此直白，所有的酒都来得毫不犹豫。只有在青春无敌的时代，人们的内心才会这样的简单，这样的爽朗，人的心中还没有被世事蹉跎，才会有澎湃的天真。这样的酒，在大唐比比皆是。

王维写的是大唐繁华胜地的酒，我们再看看大唐的边塞酒：“葡萄美酒夜光杯，欲饮琵琶马上催。醉卧沙场君莫笑，古来征战几人回。”酒是征杀前最豪迈的道具，不问归途，在沙场醉卧的那一刻，生命已经不足为

△ 谢玄（343—388），东晋名将。字幼度，陈郡阳夏（今河南太康）人。谢安之侄。

△△ 《醉翁亭记》：散文篇名。北宋欧阳修作。文中描述山中景色之美和宾主游宴之乐，表现了寄情山水的志趣和“与民同乐”的情怀。文笔精练，层次分明。多用“也”字于句尾，以造成吟咏语调，增加抒情色彩。

△△△ 刘伶（？—？），西晋沛国（今安徽濉溪县西北）人，字伯伦。“竹林七贤”之一。嗜酒，作《酒德颂》。

惜。少了这份纵横酣畅，就不是真实的盛唐。

|人生得意须尽欢，莫使金樽空对月|

酒在大唐，集中表现在一位诗仙身上，就是酣畅千秋的李太白。龚自珍评价李白："庄、屈实二，不可以并，并之以为心，自白始。"[①]庄子出世，旷达自在，是道家的代表；屈原入世，执著不悔，行为和精神都接近于儒家。出世与入世，旷达与执著，在一个人的内心很难合融共济，但在李白心中，融合无间，肆意飞扬。李白把儒道融成了自己的一颗心。"儒仙侠实三，不可以合，合之以为气，又自白始也。"[②]儒、仙、侠这三种不同的人生追求，也在李白身上统一。儒家是正统派，要修身，要养性，要济世；仙人是逍遥派，要放弃浮华，要遗世独立；而侠客是行动派，要纵横千

清·王树穀《弄胡琴图》（局部）

① 出自龚自珍《最录李白集》。

② 出自龚自珍《最录李白集》。

里，要痛快恩仇。但把它们合而为一，成为自己心中的意气，浩荡壮阔，汪洋恣肆，这又是从李白开始的。把这种种不同思想、不同气概，融合在一身，李白用的就是他的率真，他的酣畅。

关于李白，一语可以概括他的人生："长剑一杯酒，男儿方寸心。"[①]酒几乎是他的信仰。用严羽[△]评价他的话来说："一往豪情，使人不能句字赏摘。盖他人作诗用笔想，太白但用胸口一喷即是，此其长也。"胸中之气化为锦绣文章，从口中磅礴而出。这句话后来被余光中先生说成，"绣口一吐就半个盛唐"。

① 长剑一杯酒，男儿方寸心。洛阳因剧孟，托宿话胸襟。但仰山岳秀，不知江海深。长安复携手，再顾重千金。君乃辅轩佐，余叨翰墨林。高风摧秀木，虚弹落惊禽。不取回舟兴，而来命驾寻。扶摇应借便，桃李愿成阴。笑吐张仪舌，愁为庄舄吟。谁怜明月夜，肠断听秋砧。[唐·李白《赠崔侍御》]

我们重温一下《将进酒》[△△]，看一看酒入豪肠，完成的是什么豪情佳酿？

君不见黄河之水天上来，奔流到海不复回。

君不见高堂明镜悲白发，朝如青丝暮成雪。

人生得意须尽欢，莫使金樽空对月。

天生我材必有用，千金散尽还复来。

烹羊宰牛且为乐，会须一饮三百杯。

岑夫子，丹丘生，将进酒，杯莫停。

与君歌一曲，请君为我倾耳听。

△　严羽（？—？），南宋文学批评家。论诗推崇盛唐，重视诗歌的艺术特点，倡诗有"别材"、"别趣"之说，反对宋诗议论化、散文化的弊病。也能诗词。有《沧浪诗集》、《沧浪诗话》等。

△△《将（qiāng）进酒》：乐府汉《铙歌》名。古辞写宴饮赋诗之事。

钟鼓馔玉[△]不足贵，但愿长醉不复醒。

古来圣贤皆寂寞，惟有饮者留其名。

陈王昔时宴平乐，斗酒十千恣欢谑。

主人何为言少钱，径须沽取对君酌。

五花马，千金裘，呼儿将出换美酒，与尔同销万古愁。

李白劈空发问："君不见黄河之水天上来，奔流到海不复回。君不见高堂明镜悲白发，朝如青丝暮成雪。人生得意须尽欢，莫使金樽空对月。"这三句诗跌宕起伏，波澜壮阔。黄河之水自天而降，奔流到海一去不返——我们的空间如此广阔。旦暮之间，生命的容颜急速变化——我们的时光如此匆忙。这么大的世间，这么快的年华，我们该怎么办？唯有"人生得意须尽欢，莫使金樽空对月"。这就是李白一生的信仰。既然人生苦短，为什么还要蹉跎光阴？我们为什么还要让酒杯空空，对月兴叹？有酒，有月，有年华，我们不意气风发大醉一场，难道不是一种辜负吗？

"天生我材必有用，千金散尽还复来。"谁能知道天生我材一定有用呢？不是每个人都可以这样评价自己的。我们或者妄自尊大，或者妄自菲薄，或者在羡慕别人的精彩，或者在悲叹自己的不幸，有谁能像李白这样笃定，这样自信？那么，我们且散尽千金，"烹羊宰牛且为乐，会须一饮三百杯。"畅快和欢乐要怎样表现出来？李白经常说"一饮三百杯"，这个人发愁时会说"白发三千丈，缘愁似个长"，他的忧愁有三千丈，他的欢乐就有三百杯。

△ 馔（zhuàn）玉：珍美如玉的物品。

清·汪圻《五老图》(局部)

他呼唤朋友，“岑夫子，丹丘生，将进酒，杯莫停。与君歌一曲，请君为我倾耳听。”来来来，大家一起喝酒，不要停杯啊，听我给你们唱首歌，说一说我的肺腑之言。“钟鼓馔玉不足贵，但愿长醉不复醒。古来圣贤皆寂寞，惟有饮者留其名。”和今天的快乐相比，和杯中酒相比，那些功名啊利禄啊，锦衣啊美食啊，都不重要，醉乡安稳更值得珍惜。看看古代的那些圣贤，他们的生命又怎么样呢？他们只知道兢兢业业，守住一份勤苦的寂寞，而豪饮酣畅的人，才会千古流芳。魏晋时代那些倜傥风流的人，谁不是在酒中酩酊的呀？“陈王昔时宴平乐，斗酒十千恣欢谑。”陈思王曹植当年大宴宾客，一斗美酒十千钱，那真是纵情痛饮啊！咱们也要喝到酣畅，不要吝惜酒，不要吝惜钱。“主人何为言少钱，径须沽取对君酌。”别说钱多钱少，你拿酒就是。“五花马，千金裘，呼儿将出换美酒，与尔同销万古愁。”典裘当马，换成美酒，我和你畅饮销尽这万古长愁，换取此一刻的心情酣畅！

醉中自有真天地

在这个世界上，每个人都有自己的信仰，每个人的信仰里都包含着自己的身世和经历。对李白来讲，杯中之物可以消忧寄傲，可以倜傥千古。酒是李白之所以成为李白的理由，没了酒就没了他的精神，没了他的气概。李白也常常被自己的忧思困顿住，他要解脱，他要飞扬，酒就是他的一条出路。我们看一看李白的《行路难》：

金樽清酒斗十千，玉盘珍羞直万钱。
停杯投箸不能食，拔剑四顾心茫然。
欲渡黄河冰塞川，将登太行雪满山。
闲来垂钓碧溪上，忽复乘舟梦日边。
行路难，行路难，多歧路，今安在？
长风破浪会有时，直挂云帆济沧海！

眼前有“金樽清酒斗十千，玉盘珍羞直万钱”，但是蓦然间，“停杯投箸

明末清初·陈洪绶《歌诗图》（局部）

不能食，拔剑四顾心茫然。”有酒盈樽，面对珍馐美味，他还是一顿酒杯，一甩筷子，铮的一声，拔出了长剑。此一刻他的心中有多少难言之隐啊！“欲渡黄河冰塞川，将登太行雪满山。闲来垂钓碧溪上，忽复乘舟梦日边。”在这个世界上，一个人总归是要行走，选择某一条路追求某一个目标，但是哪一条路都不好走。想要渡黄河吧，黄河被冰雪封住了；想要登太行吧，大雪满山无法攀登。水路走不得，陆路行不了，还可以去退隐吧，“闲来垂钓碧溪上”，与世无争可以吗？这句诗用典，说的是姜子牙未遇周文王之前，曾经在磻溪上钓鱼，是谓“姜太公钓鱼——愿者上钩”，后来得遇周文王，助周灭商。下一句“忽复乘舟梦日边”，也是用典故，伊尹是商朝的名臣，他在出仕之前曾梦见自己飞过太阳旁边，没多久，商汤就发现了他，从此他辅佐商汤取得天下。姜子牙和伊尹都曾辅佐帝王建立过不朽功业，李白借此表明自己仍然抱有远大的志向，但是回首现实：“行路难，行路难，多歧路，今安在？”人生的路啊，这么多不同的歧途，我该如何抉择？“长风破浪会有时，直挂云帆济沧海！”面对人生的抉择，踌躇犹豫的时候，李白毕竟就是李白，他会一瞬间跳脱开来。以他的爽朗自信，凭着酒力诗情，他相信自己终于可以长风破浪，实现大济苍生的志向。

李白为什么能跳出来？我想起一个禅宗故事。学佛的李翱△去问师父：“如果我有一个瓶子，在里面养了一只小鹅，每天给它喂食，鹅一点一点长大了，终于满满地塞在这个瓶子里。现在我不想打破瓶子，我又想让鹅出来，怎么才能办得到？”听了这句话，师父低头不语，突然之间断喝了一声：“李翱！”李翱听见叫他，本能地答应了一声：“在。”师父一笑：“出来了。”

△ 李翱（772—836），唐散文家、哲学家。文风平易。所作《来南录》，为传世很早的日记体文章。思想上颇受佛学影响。有《李文公集》。

在成长的过程中，人的一份事业，或是一份感情，都是在一个瓶子里从小精心养大的。有一天你感觉到束缚在，但又不忍打破瓶子，可不打破，自己就没了自由。遇到这种苦恼的时候，怎么才能既不打破又能出来？为什么棒喝你的名字，你会本能地说“在”？有自我在，那一声之下，心就出来了，人也就出来了。出不来的人，是因为他已经没了自己，只剩下束缚和成长之间的纠结。如果“我”还在，心就能解脱。

为什么说李白的酒是他的出路？因为他的自我始终都在。大多数人喝酒，越喝越糊涂，但李白的酒，有时候喝到很清醒；大多数人喝酒，是为了忘却，但是李白喝酒，是为了记得。他的自我从不迷惑。所以李白的酒甚至是一句誓言，他写了一首《襄阳歌》①，宣称：“百年三万六千日，一日须倾三百杯。”人要是活一百年，也就三万六千日吧，这要每天都喝上三百杯呢。除了李白，谁能有这样的奇思异想！《古诗十九首》②里说：“生年不满百，常怀千岁忧。”我们都觉得今生苦短，来不及去实现自己的愿望，但是李白觉得，他生命的流光很畅快，因为他天天都可以喝酒。

李白爱酒，美丽的山水，在他眼中也都变成了酒。“遥看汉水鸭头绿，恰似葡萄初酦醅。”已经酿好还没有过滤的新酒叫“酦醅”，远远望去，这一江春水绿如酦醅，正像新酿的葡萄酒！“此江若变作春酒，垒曲便筑糟丘台。”如果整条汉江的水都变成了酒，酿这些酒的酒糟该有多少？把它们压实，筑成高台吧！谁想过以江为酒，以糟筑台？这就是李白壮阔的

① 落日欲没岘山西，
倒着接䍦花下迷。
襄阳小儿齐拍手，
拦街争唱《白铜鞮》。
旁人借问笑何事，
笑杀山公醉似泥。
鸬鹚杓，鹦鹉杯。
百年三万六千日，
一日须倾三百杯。
遥看汉水鸭头绿，
恰似葡萄初酦醅。
此江若变作春酒，
垒曲便筑糟丘台。
千金骏马换小妾，
醉坐雕鞍歌《落梅》。
车旁侧挂一壶酒，
凤笙龙管行相催。
咸阳市中叹黄犬，
何如月下倾金罍？
君不见晋朝羊公一片石，
龟头剥落生莓苔。
泪亦不能为之堕，
心亦不能为之哀。
清风朗月不用一钱买，
玉山自倒非人推。
舒州杓，力士铛，
李白与尔同死生。
襄王云雨今安在？
江水东流猿夜声。
[唐·李白《襄阳歌》]

② 生年不满百，常怀千岁忧。
昼短苦夜长，何不秉烛游！
为乐当及时，何能待来兹？
愚者爱惜费，但为后世嗤。
仙人王子乔，难可与等期。
[东汉·无名氏《古诗十九首》（其十五）]

近代·齐白石《菊酒延年》（局部）

“酒世界”！“清风朗月不用一钱买，玉山自倒非人推。”在这个世界里，清风朗月不用花一分钱，我喝得陶然大醉就像玉山一样倾倒了，用不着别人来推。“玉山倒”的典故，来自竹林七贤中最令人心仪的嵇康。《世说新语》形容嵇康的风神：醒着的时候，“岩岩若孤松之独立”，醉了的时候，“傀俄若玉山之将崩”。李白想起了嵇康，陶醉于清风朗月，那才是我真的酣畅的时候。他不禁发了个誓言：“舒州杓，力士铛，李白与尔同死生。”“舒州杓”和“力士铛”都是装酒的酒具。他说，眼前这些装了美酒的盘盘碗碗，我和你们同生共死，只要一息尚存，就一步不离你们！流传在长江边的另一个浪漫的故事，就是宋玉《高唐赋》里写过的，楚襄王和巫山神女的传奇，“襄王云雨今安在？江水东流猿夜声。”历史上虚无缥缈的故事，现在都随着逝水东流，淹没在哀哀猿声之中了吗？但是，眼前这一杯美酒常在，

近代·齐白石 《寿酒》（局部）

美酒中酣畅的心情一瞬就是永恒。

李白在现实中也一直爱神仙，一生好入大山，游仙问道，他行动的超然，使他变成世间的仙人。在《拟古十二首》（其三）[1]里，他说："长绳难系日，自古共悲辛。"日头你抓得住吗，它不是一下就西沉了吗？"黄金高北斗，不惜买阳春。"时光守不住，用钱能买回来吗？用筑到北斗星那么高的黄金，也赎买不回将逝的青春啊！"石火无留光，还如世中人。"电光石火，转瞬即逝，我们的生命自万古观察，不也是一瞬间吗？"即事已如梦，后来我谁身？"世间事，刚刚发生，就变成了幻梦，我们

① 长绳难系日，
自古共悲辛。
黄金高北斗，
不惜买阳春。
石火无留光，
还如世中人。
即事已如梦，
后来我谁身？
提壶莫辞贫，
取酒会四邻。
仙人殊恍惚，
未若醉中真。
[唐·李白《拟古十二首》（其三）]

所正在经历的一切，真的是自己的生命吗？庄生梦蝶，是焉非焉？谁知道真的自我又是谁呢？问完了这一切，恍惚不定，李白得出来的结论不是无奈，而是有为，做什么呢？“提壶莫辞贫，取酒会四邻。仙人殊恍惚，未若醉中真。”为什么我说他醉得清醒？你看，他拿着酒壶，别管现在是家贫还是家贵，有点酒就可以呼朋唤友，四邻皆聚，仙人到底在哪儿呢？仙人的生活虚无缥缈，还不如酣然一醉欢畅得真切！

我们总说，人要清醒地生活，不要迷失自己。其实，人清醒的时候，未必明白什么是“真的真实”，不过是在清醒的逻辑关系下把握了取舍的标准。而人在酣畅陶醉之后，是从感性的角度更真实地认识自我，这就叫“未若醉中真”。为什么都说酒后吐真言？平时不敢说的话，仗着酒胆说出来了，平时觉得说出来被人笑话的话，如今不吐不快，所以说酒有时候可以喝得很真。喝到不失控的酣畅，挥洒出那么一点儿带着莽撞的天之本真，醉里自有真天地。

三杯吐然诺，五岳倒为轻

有酒为伴，李白的一生过得潇洒，他的《拟古十二首》（其十）[①]里说：“琴弹松里风，杯劝天上月。风月长相知，世人何倏忽？”人有琴、有酒、有风、有月，这一相知，就算是今生苦短，也可以有莫大的安慰。

这样一位诗仙酒仙，在朝中也做过三年官。他做官的时候是什么样呢？在他写给朋友辛判官的诗里说：“昔在长安醉花柳，五侯

① 仙人骑彩凤，
昨下阆风岑。
海水三清浅，
桃源一见寻。
遗我绿玉杯，
兼之紫琼琴。
杯以倾美酒，
琴以闲素心。
二物非世有，
何论珠与金？
琴弹松里风，
杯劝天上月。
风月长相知，
世人何倏忽？
［唐·李白《拟古十二首》（其十）］

七贵同杯酒。气岸遥凌豪士前，风流肯落他人后？”[①]人在暮年，写回忆录的时候，都愿意写自己生命里的光荣，喋喋不休对朋友、对子孙说个没完。李白最大的光荣是什么？不是天子的器重，不是名垂青史的功勋，而是他在长安的潇洒风流。贵胄同席畅饮，而我这个人“气岸遥凌豪士前”。气度要有多么孤傲清高，才能遥遥地超越在别人之前？“风流肯落他人后”，这是一个反问句，倘若比起倜傥风流，我李太白怎么能落在任何人之后呢？他这番风骨岸傲，这份卓尔不群，一切都在别人之先。凭什么呢？凭酒。他对辛判官说：遥想当年，“夫子红颜我少年，章台走马著金鞭。文章献纳麒麟殿，歌舞淹留玳瑁筵。”那是什么样的时光？你我正是少年红颜，春风得意，我们在章台走马，在麒麟殿妙手挥洒文章，沉醉在歌舞盛宴上。这样的日子，用我们今天的词来概括，叫做声色犬马，甚至可以叫做骄奢淫逸。而李白从来都不去标榜他有多清高，事实上他也的确不算清高。他就是要说，这就是他在长安真实的日子。酒是他生命的真意。

在长安，这份疏狂倜傥有人呼应，贺知章就是李白的知己，称呼李白为“谪仙人”。当年两人喝酒，酣畅淋漓，喝到没钱了，贺知章拿出身上的金龟换酒接着喝。在唐代，佩金龟是身份的象征，要官至三品以上方有资格以之为饰。贺知章去世后，李白想起他，写下《对酒忆贺监》[②]。“四明有狂客，风流贺季真。长安一相见，呼我谪仙人。”当年这位“四明狂客”，与我蓦然相逢，惊呼我为天上贬下来的仙人。“昔好杯中物，翻为松下尘。金龟换酒处，却忆泪沾巾。”你过去喜欢喝酒，如今化为松下尘

① 昔在长安醉花柳，
五侯七贵同杯酒。
气岸遥凌豪士前，
风流肯落他人后？
夫子红颜我少年，
章台走马著金鞭。
文章献纳麒麟殿，
歌舞淹留玳瑁筵。
与君自谓长如此，
宁知草动风尘起！
函谷忽惊胡马来，
秦宫桃李向明开。
我愁远谪夜郎去，
何日金鸡放赦回？
[唐·李白《流夜郎赠辛判官》]

② 四明有狂客，
风流贺季真。
长安一相见，
呼我谪仙人。
昔好杯中物，
翻为松下尘。
金龟换酒处，
却忆泪沾巾。
[唐·李白《对酒忆贺监二首》（其一）]

① 去岁左迁夜郎道，
琉璃砚水长枯槁。
今年敕放巫山阳，
蛟龙笔翰生辉光。
圣主还听《子虚赋》，
相如却与论文章。
愿扫鹦鹉洲，
与君醉百场。
啸起白云飞七泽，
歌吟渌水动三湘。
莫惜连船沽美酒，
千金一掷买春芳。
[唐·李白《自汉阳病酒归寄王明府》]

清·苏六朋《太白醉酒图》（局部）

土。我又来到金龟换酒的地方，独自喝酒，想起当年和你喝酒的欢乐，不禁泪下沾巾。

跟不同的朋友，李白都有以酒为典的故事。李白在《自汉阳病酒归寄王明府》[①]中说：“愿扫鹦鹉洲，与君醉百场。”这时，他的身体已经被酒所伤，好不容易好起来，看到长江中的鹦鹉洲，忽然想起了朋友，说他愿意把鹦鹉洲扫平，与君大醉百场！“啸起白云飞七泽，歌吟渌水动三湘”，喝到畅快时，纵声长啸，啸声穿越白云，飞到长江边的七大湖泊上。楚地有七泽，我们常说的云梦泽就是其中之一。不仅长啸，而且高歌，歌声震撼了三湘的滔滔碧波。“莫惜连船沽美酒，千金一

清·周王寻《进酒图》（局部）

掷买春芳。”我们在鹦鹉洲上畅饮，卖酒的船一条一条地靠过来，不要心疼钱啊，千金一掷，我们买来最好的酒，喝到畅快。“春芳”是酒名，这是个饶有意趣的事情，唐代的酒名往往带着一个“春”字，一年之计在于春，人生难得春光好，想必喝酒的感受就是想留住少年春光，留住生命中最美丽、最浪漫的年华和感受。

再看看《江夏赠韦南陵冰》[①]，李白跟这位朋友又说什么呢？这首诗写于公元759年他遇赦回来的路上，这个时候，李白已是暮年。首先他有烦闷：“人闷还心闷，苦辛长苦辛。”人闷当然是心闷，心外面关了一道门，不就是个“闷”吗？虽然“门”字是声符，但从

① 胡骄马惊沙尘起，
胡雏饮马天津水。
君为张掖近酒泉，
我窜三巴九千里。
天地再新法令宽，
夜郎迁客带霜寒。
西忆故人不可见，
东风吹梦到长安。
宁期此地忽相遇，
惊喜茫如堕烟雾。
玉箫金管喧四筵，
苦心不得申长句。
昨日绣衣倾绿樽，
病如桃李竟何言。
昔骑天子大宛马，
今乘款段诸侯门。
赖遇南平豁方寸，
复兼夫子持清论。
有似山开万里云，
四望青天解人闷。
人闷还心闷，
苦辛长苦辛。
愁来饮酒二千石，
寒灰重暖生阳春。
山公醉后能骑马，
别是风流贤主人。
头陀云月多僧气，
山水何曾称人意。
不然鸣笳按鼓戏沧流，
呼取江南女儿歌棹讴。
我且为君捶碎黄鹤楼，
君亦为吾倒却鹦鹉洲。
赤壁争雄如梦里，
且须歌舞宽离忧。
［唐·李白《江夏赠韦南陵冰》］

会意上理解也很形象。他要怎么解开呢？“愁来饮酒二千石，寒灰重暖生阳春。”好在他遇到了韦冰。极度的忧烦中，他痛饮了二千石，就好像已经冷去的灰烬，渐渐重新回暖，寒冷至极的心情，被酒重新点燃。“山公醉后能骑马，别是风流贤主人。”这一句是恭维请他喝酒的韦冰。这位主人朋友酩酊大醉后骑着骏马，倒着头巾的样子就像晋朝的山简。都说魏晋风流，你醉酒骑马的样子才是真风流。“头陀云月多僧气，山水何曾称人意。”我遇赦回家，路过此地，你款待我，带我游庙逛寺，游山玩水，可是寺庙充满苦行僧人气，山水也不称我心如我意啊。“不然鸣笳按鼓戏沧流，呼取江南女儿歌棹讴。”还不如去乘船游长江吧，叫来乐手和歌女，有笳有鼓，有江南歌女，我们歌舞怡情！醉眼看风景，黄鹤楼，鹦鹉洲，醉眼惺忪的李白那一刻必定紧紧拉住他的朋友说：“我且为君捶碎黄鹤楼，君亦为吾倒却鹦鹉洲。”我就为你捶碎这座千古黄鹤楼，你为我颠倒这著名的鹦鹉洲，如此摧枯拉朽之势，才真是酣畅至极的豪情啊！

李白后来又写了一首诗：《醉后答丁十八以诗讥余捶碎黄鹤楼》①：“黄鹤高楼已捶碎，黄鹤仙人无所依。黄鹤上天诉玉帝，却放黄鹤江南归。神明太守再雕饰，新图粉壁还芳菲。”说黄鹤楼捶碎以后，黄鹤没地方待，上天到玉帝那里告状，玉帝没有责怪我，又让神仙新修了一座黄鹤楼，让黄鹤飞回来。李白的醉里天真，真可以纵横千古，颠倒乾坤。

后人评《江夏赠韦南陵冰》这首诗：“气吞云梦，笔扫虹

① 黄鹤高楼已捶碎，
黄鹤仙人无所依。
黄鹤上天诉玉帝，
却放黄鹤江南归。
神明太守再雕饰，
新图粉壁还芳菲。
一州笑我为狂客，
少年往往来相讥。
君平帘下谁家子，
云是辽东丁令威。
作诗调我惊逸兴，
白云绕笔窗前飞。
待取明朝酒醒罢，
与君烂漫寻春晖。
[唐·李白《醉后答丁十八以诗讥余捶碎黄鹤楼》]

霓。”李白的气概，除了仙气、酒气，还有三分剑气侠气，所以他见到朋友，喝完几杯酒，可以“三杯吐然诺，五岳倒为轻”[①]。人在几杯酒里，一旦心意相投，许下诺言，三山五岳，就算都倾倒了，比起这份诺言来讲，根本就不值一提。

这种侠气不仅飘逸在外，而且浸润入骨，李白宣称：“纵死侠骨香，不惭世上英。”我们的肉身寂灭之后，人到底能够有什么样的精神传承？老子说，得其所在的人才能长久，虽死不亡的人才叫长寿，生年难以过百，但是你肉身老去，你做过的事情，你的操守，你的精神，还在这个世界上成为传说，那么这个人就是永远活着。李白说，他的身后只希望留下一段诗酒铸就的铮铮侠骨香。

① 赵客缦胡缨，
吴钩霜雪明。
银鞍照白马，
飒沓如流星。
十步杀一人，
千里不留行。
事了拂衣去，
深藏身与名。
闲过信陵饮，
脱剑膝前横。
将炙啖朱亥，
持觞劝侯嬴。
三杯吐然诺，
五岳倒为轻。
眼花耳热后，
意气素霓生。
救赵挥金槌，
邯郸先震惊。
千秋二壮士，
烜赫大梁城。
纵死侠骨香，
不惭世上英。
谁能书阁下，
白首太玄经。
［唐·李白《侠客行》］

|且就洞庭赊月色，将船买酒白云边|

在这个世界上，天涯思归，人人念故乡，人人要回去。李白却未必这样。他的《客中作》里写走到一个地方，喝到好酒：“兰陵美酒郁金香，玉碗盛来琥珀光。但使主人能醉客，不知何处是他乡。”这么好的酒，这么美的宴，让我酣然陶醉，让我可以不问什么地方是故乡，什么地方是他乡。李白是个快意恩仇的人，曾经为朋友散尽千金，所以自己走到哪里也容易交下好朋友。虽然他一生经历过太多挫折，却并不感到自己过分的困顿，因为他有一个酣畅的自我。苏东坡说得好：“此心安处是吾乡”[②]。我们的今生，哪里才真正叫做故乡呢？其实未必是你生长的那个地方，而是一颗心可以安放的地方。对李白来讲，只要有酒，此心可以安放，可以陶醉，

② 常羡人间琢玉郎，天教分付点酥娘。自作清歌传皓齿，风起，雪飞炎海变清凉。　万里归来年愈少，微笑，笑时犹带岭梅香。试问岭南应不好？却道，此心安处是吾乡。
［北宋·苏轼《定风波》］

处处皆为故乡。

李白的诗酒纵横可以一瞬改变客观世界，而今当我们过分纠结于琐事的时候，李白豁然开朗的视野或许也令我们眼前一亮。李白暮年投奔他的族叔李阳冰，一起游览洞庭，酩酊大醉，写下“刬却君山好，平铺湘水流。巴陵无限酒，醉杀洞庭秋”[①]。在岳阳楼上远望洞庭，一带青山，优美隐约，但李白看着碍眼，他说把君山给铲了，让湘水平铺在大地上任意流淌，如此浩荡的湖水，如果都变成酒，那我就会“醉杀洞庭秋”。为什么满山秋色都含着暖红？那应该就是山川醉酒之后的酡颜吧。好一个奇思异想！居然要把整个洞庭湖的水都变成美酒，用来陶醉天地，造一个酣畅清秋。

一个有酒的人，他的生命太辽阔，一个爱酒的人，

① 唐·李白《陪侍郎叔游洞庭醉后三首》（其三）。

近代·齐白石《盗酒图》（局部）

他的诗情能够打破所有的边界与规矩。酒总是不够喝，身边的钱也总是不够花，有的时候没有金龟和五花马千金裘，怎么办？李白也有办法。还是游洞庭，还是跟他的族叔李阳冰一起，“南湖秋水夜无烟，耐可乘流直上天。且就洞庭赊月色，将船买酒白云边。”[①]南湖平静下来，烟波不起，天青月朗，这样的美景，何不趁着浩渺的水波月河直上青天。到天上和月亮商量商量，你赊我点月色，我拿月色换酒去。“将船买酒白云边”，这说的是人间事还是天上事？一个人真正酒酣兴浓的时候，人间天上就混为一体了。

李白浪漫时如大鹏飘举，安静时如闲庭落花。“对酒不觉暝，落花盈我衣。醉起步溪月，鸟还人亦

近代·齐白石《蟹酒》（局部）

① 唐·李白《陪族叔刑部侍郎晔及中书贾舍人至游洞庭五首》（其二）。

稀。”[1]对着酒，我就忘记了时光，暝色渐起，落花满襟，醉中起身，一路摇晃着溪中的月色。静静的山川，寂寥的行人，飞鸟还家。这一点宁静的醉意，安顿了山野落花中的大自然。

李白也会跟朋友一起喝酒，“两人对酌山花开，一杯一杯复一杯。”[2]花一朵一朵又一朵地盛开，酒一杯一杯复一杯地畅饮。这番闲酌的况味，清浅如同儿歌。“我醉欲眠卿且去，明朝有意抱琴来。”微醺的这一刻，李白想起了陶渊明。陶渊明有一把无弦琴，喝酒适意的时候，随手抚琴，酒醉时就告诉朋友：“我醉欲眠卿可去”。所以李白说，如果你意犹未尽，明天你抱琴再来，咱们继续喝酒，共赏山花，陶然忘机。这又是一个宁静的李太白。李白这个谪仙人，豁达时需要有酒，宁静时酒也在身边；酒中有他向外的张扬，酒中还有他心灵的内敛。无论是他的张，还是他的敛，都如同美酒，泛着流光。

李白自有一番人生不得不爱酒的大道理，千年之后的我们听了，也不得不喟叹。在月下独酌的时候，一个人望着月亮，琢磨着：“天若不爱酒，酒星不在天。”[3]抬头望天，看见酒旗星。想到苍天应该是爱酒的，不然天上怎么有个酒星呢？“地若不爱酒，地应无酒泉。”大地应该也爱酒吧？不然甘肃应该就不会有酒泉这个地名啊。“天地既爱酒，爱酒不愧天。”天和地都爱酒，我爱酒也无愧于天地啊。“已闻清比圣，复道浊如贤。”魏晋时有过禁酒令，人们偷偷买卖酒，给酒起绰号，把过滤后的清酒叫圣人，管没过滤的浊酒叫贤人，喝酒时不说喝什么酒，而是说“咱是找圣人还是找贤人”。“贤圣既已饮，何必求神仙。”

① 唐·李白《自遣》。

② 两人对酌山花开，一杯一杯复一杯。我醉欲眠卿且去，明朝有意抱琴来。[唐·李白《山中与幽人对酌》]

③ 天若不爱酒，酒星不在天。地若不爱酒，地应无酒泉。天地既爱酒，爱酒不愧天。已闻清比圣，复道浊如贤。贤圣既已饮，何必求神仙。三杯通大道，一斗合自然。但得酒中趣，勿为醒者传。[唐·李白《月下独酌四首》（其二）]

圣、贤都已和美酒比附在一起了，我何必再去求神拜仙？“三杯通大道，一斗合自然。”喝三杯，就可以领悟到天地大道，喝一斗，可以与自然合而为一！“但得酒中趣，勿为醒者传。”这样的酒中意趣，咱们喝酒的人自然就明白，那些滴酒不沾的人，就懒得跟他们说。通常，我们清醒的人，喜欢去教育醉鬼，很少有醉酒的人敢于教育清醒的人。但李白敢，因为李白不是醉鬼，他是醉仙，他在酒中得道，在酒中彻悟，在酒中解脱。

说了这么多的道理，喝了这么多的美酒，李白的人生观，可以归纳在他的一句诗里：“且乐生前一杯酒，何须身后千载名？”[①]抓得住今生的李白，就不会有辛弃疾那样的惆怅，“了却君王天下事，赢得生前身后名。可怜白发生。”李白还说：“人生飘忽百年内，且须酣畅万古情。”[②]以百年有限身，酣畅万古不了情，这才是真正的李太白。

酒，是打开李白心灵的一把钥匙。如果没有陪他真正酣畅，我们就不能触摸到那种滚烫的诗情。李白的诗可以炙烤我们冷去的人性，李白的诗可以陶醉古今，关键是我们要懂得他，陪他酣畅今生。

另一个酣畅今生的样本是杜甫。“莫思身外无穷事，且尽生前有限杯。”[③]别去思量无穷无尽的身外烦恼事了，在有限的人生，赶快把有限的酒喝完吧。人生有限，酒也有限。杜甫到了晚年，抱病独登台的时候，“艰难苦恨繁霜鬓，潦倒新停浊酒杯。”最后连酒都喝不成，被迫“停杯”，那是何等痛切！

① 有耳莫洗颍川水，
有口莫食首阳蕨。
含光混世贵无名，
何用孤高比云月。
吾观自古贤达人，
功成不退皆殒身。
子胥既弃吴江上，
屈原终投湘水滨。
陆机雄才岂自保？
李斯税驾苦不早。
华亭鹤唳讵可闻？
上蔡苍鹰何足道！
君不见吴中张翰称达生，
秋风忽忆江东行。
且乐生前一杯酒，
何须身后千载名？
[唐·李白《行路难三首》（其三）]

② 昨夜吴中雪，
子猷佳兴发。
万里浮云卷碧山，
青天中道流孤月。
孤月沧浪河汉清，
北斗错落长庚明。
怀余对酒夜霜白，
玉床金井冰峥嵘。
人生飘忽百年内，
且须酣畅万古情。
[节选自　唐·李白《答王十二寒夜独酌有怀》]

③ 二月已破三月来，
渐老逢春能几回。
莫思身外无穷事，
且尽生前有限杯。
[唐·杜甫《绝句漫兴九首》（其四）]

“朝回日日典春衣，每日江头尽醉归。”[1]这是杜甫写在春日曲江上的诗，时值暮春，杜甫在做左拾遗，郁郁不得志，他下朝回来直接进当铺把春衣典当，换酒喝。把当季的衣裳都典当了，这就太癫狂了，每天在曲江头大醉而归。“酒债寻常行处有，人生七十古来稀。”到处欠有酒债，那又怎么样呢？因为人生有限，“七十古来稀”。在有限的人生里，为什么不尽兴酣饮呢？写这首诗的时候，杜甫四十六七岁，终年也只有五十九岁。长安曲江池的春天，是著名的游览之地，大醉而归的杜甫，带着醉意看世界，看出一份天真，看出一份深情。“穿花蛱蝶深深见，点水蜻蜓款款飞。”蝴蝶飞进花丛，人的视线黏在它的翅膀上，不肯放开，它在花丛里钻来钻去，飞到花丛深处，人的眼睛也追到深处，捕捉住它的美丽，这就叫“穿花蛱蝶深深见”。水面上，“点水蜻蜓款款飞”。蝴蝶、蜻蜓，都不是重要的东西，但是人喝了酒就天真，像孩子一样去捕蝶去追蜻蜓，这是他难得的快乐。“传语风光共流转，暂时相赏莫相违。”他趁着酒意和蝴蝶、蜻蜓说话，让它们捎话给风，给光，给水，给花，给眼前的美景：就让我的深情跟着春光“流转”，停得久一点再久一点吧。时间正是春天，诗人正自酣畅，在春光中挥洒这一把生命天真。

在盛唐，饮尽有限杯的杜甫和酣畅无限情的李白相得益彰，成了一对好朋友。天宝四年（公元745年），两人相伴漫游齐鲁大地，在秋天的时候分手，杜甫写了一首《赠李白》[2]。“秋来相顾尚飘蓬，未就丹砂愧葛洪。”秋天到了，我们刚刚相聚，又要分

①朝回日日典春衣，
每日江头尽醉归。
酒债寻常行处有，
人生七十古来稀。
穿花蛱蝶深深见，
点水蜻蜓款款飞。
传语风光共流转，
暂时相赏莫相违。
[唐·杜甫《曲江二首》（其二）]

②秋来相顾尚飘蓬，
未就丹砂愧葛洪。
痛饮狂歌空度日，
飞扬跋扈为谁雄。
[唐·杜甫《赠李白》]

手，像飘蓬一样天各一方。分别的时候，李白爽快，杜甫则是关切、叮咛：分手后你要干什么？李白说他想炼丹，想求仙，“未就丹砂愧葛洪”，以前愧对道家炼丹的祖师爷葛洪，分手之后要好好炼丹、求仙。杜甫听了，为李白一笔勾出了速写像：“痛饮狂歌空度日，飞扬跋扈为谁雄。”你天天痛饮狂歌，歌似虚度时日；你倜傥风流，举止飞扬，就算无人赏识你的雄迈，你也是这天地之间一个无主的真英雄！李贺说得好：“不须浪饮丁都护，世上英雄本无主。”[①]这里的“丁都护”，既是用典故——六朝乐府里有“丁都护歌”，辞曲悲切，是有名的“哀歌”——又是实指李贺的丁姓朋友：世间真正的英雄其实都是无主英雄，由于他们风骨峥嵘，永远不与世俗同流合污，不受权势礼法约束，所以桀骜不驯，豪放飘逸，也就成就了不需要标签的真自我。

“痛饮狂歌空度日，飞扬跋扈为谁雄”，这个“飞扬跋扈”的人就是真李白。千古以来，唯有这句写到了李白的真精神，真魂魄。所以李杜相交，惺惺相惜。就在这一年，杜甫还有一首诗，记录两人漫游齐鲁的场景：“醉眠秋共被，携手日同行。”[②]两个人喝醉了，就盖一床大被酣酣睡去，睡醒了，起来携手同行，赏天地美景。这首诗写在秋天，两人分手之前。李白写给杜甫的赠别诗说：“飞蓬各自远，且尽手中杯。”同游时天天喝酒，分手时依依惜别的话说的还是酒，李杜之交，很大的默契在于他们的诗酒精神，无须言传，只须畅饮。李杜这一杯酒，风流千古。

① 南风吹山作平地，
帝遣天吴移海水。
王母桃花千遍红，
彭祖巫咸几回死。
青毛骢马参差钱，
娇春杨柳含细烟。
筝人劝我金屈卮，
神血未凝身问谁。
不须浪饮丁都护，
世上英雄本无主。
买丝绣作平原君，
有酒惟浇赵州土。
漏催水咽玉蟾蜍，
卫娘发薄不胜梳。
看见秋眉换新绿，
二十男儿那刺促。
[唐·李贺《浩歌》]

② 李侯有佳句，
往往似阴铿。
余亦东蒙客，
怜君如弟兄。
醉眠秋共被，
携手日同行。
更想幽期处，
还寻北郭生。
入门高兴发，
侍立小童清。
落景闻寒杵，
屯云对古城。
向来吟橘颂，
谁与讨莼羹。
不愿论簪笏，
悠悠沧海情。
[唐·杜甫《与李十二白同寻范十隐居》]

且将新火试新茶，诗酒趁年华

走过辉煌盛唐，我们再来看三位宋人。首先是北宋的柳永，自称“奉旨填词柳三变”。他填词填得太好，行为又放肆无忌，有名句“忍把浮名，换了浅酌低唱”，他考功名，皇上讥笑他：且去填词，还要功名何干？他索性就说自己是“奉旨填词”，是“白衣卿相”。柳永一生不得志，留在世上的只有他的词，只有他的真情，只有他的无数酣畅传说。

柳永的《蝶恋花》[①]，写一个人独立楼头，“伫倚危楼风细细，望极春愁，黯黯生天际。”站在高耸的楼头，细细的春风，吹开远方茫茫芳草，带着黯黯的春愁，从天边飘过来。“草色烟光残照里，无言谁会凭栏意。”这如茵的草色，笼罩在残照里，泛着迷离烟光，默默无语。谁会知道我倚着栏干到底有什么心事呢？他的心中，远远地牵挂着一个人，放不下，也解不开……“拟把疏狂图一醉，对酒当歌，强乐还无味。”就把这样一番沉沉的相思之心，酣然而醉吧，那种欢乐是真欢乐吗？强说是欢乐，实际上却没有一点欢乐的滋味。那么，就豁出去吧，“衣带渐宽终不悔，为伊消得人憔悴。”酒不能让我忘却你，醉不能让我远离你，那就让自己日渐憔悴下去吧，衣带渐宽，终将不悔，一切为了伊人。这种深情，浓烈，痛快！

我们再来看这首词的意象，危楼、春草、残照，这些我们以前都讲过的意象，被柳永一一拈来，勇敢地叠加在一起。中国诗词之美，美在可以找到这么多意象，勾起我们的浮想联翩，让我们触摸

① 伫倚危楼风细细，望极春愁，黯黯生天际。草色烟光残照里，无言谁会凭栏意。　拟把疏狂图一醉，对酒当歌，强乐还无味。衣带渐宽终不悔，为伊消得人憔悴。
[北宋·柳永《蝶恋花》]

诗人心中的深情，感受他藏在心底的热烈和勇敢。王国维很欣赏柳永这种“一切景语皆情语”的写法，说“衣带渐宽终不悔，为伊消得人憔悴”这句词是“专做情语而绝妙者……求之古今词人中曾不多见”。不理解深情，不感受勇敢，怎么能够体会到“衣带渐宽终不悔”的抑扬顿挫、斩钉截铁？

也有很多人衣带渐宽了，被生活折磨得憔悴了，心中有悔也有怨。关键不在于人在什么样的际遇中，而在于人能不能安于此刻。柳永对于此刻是认账的，他的心安顿，无悔，无怨。这个世界上，求仁得仁，每个人想要得到什么，一旦得到了，对他来讲，就是最好的生命奖赏。如果相思不可望，伊人不可得，那么“疏狂一醉”，就算憔悴下去，这也是他无愧于心的一种认可。

苏轼也是爱酒的人，稍饮就醉，醉得有味道，也有情趣。《江城子·密州出猎》[①]是苏轼反对新法，外任密州时写的。起笔就是“老夫聊发少年狂”，这位老夫当年不过三十九岁而已。我们今天管四十岁以下的人还叫青年，东坡已经自称“老夫”，为什么？坎坷世事，身历沧桑，心有暮气。但是东坡一旦喝了酒，豪情就出来了，“左牵黄，右擎苍，锦帽貂裘，千骑卷平冈。”左牵黄狗，右擎苍鹰，头戴锦帽，身披貂裘，千骑随从，浩浩荡荡席卷平冈。干什么去呢？“为报倾城随太守，亲射虎，看孙郎。”满城出动，跟着太守打猎。大家随我打猎，期待也有机会像当年孙权那样，亲手射杀猛虎。虽然是被贬官外放，寂寞英雄不得驰骋征杀，他依旧胸怀壮志。“酒酣胸胆尚开张，鬓微霜，又何妨。”酒兴越来越浓，胸襟越来越宽，胸胆开张才可以蔑视

① 老夫聊发少年狂，左牵黄，右擎苍。锦帽貂裘，千骑卷平冈。为报倾城随太守，亲射虎，看孙郎。　酒酣胸胆尚开张，鬓微霜，又何妨。持节云中，何日遣冯唐？会挽雕弓如满月，西北望，射天狼。
[北宋·苏轼《江城子·密州出猎》]

年华，添了几根白发又怎么样呢？纵马打猎，让他感觉到自己还有充沛的精力，还有机会实现理想和抱负。“持节云中，何日遣冯唐？”汉代的冯唐，曾经持节去赦免云中太守魏尚，朝廷重新起用我的信使，什么时候才会来呢？“会挽雕弓如满月，西北望，射天狼。”等到那一天，我可以把雕弓拉得像满月一样，箭射西北天狼星！天狼星主侵略掠夺，北宋积弱，西北方的西夏时时侵扰，苏轼要箭射西北，消弭边关的战争。这是何等的气概，何等的豪情。词从五代以下，多是缠绵悱恻，很少有如此豪言壮语，但是苏东坡写出来了。

有激越就有安宁，东坡在酒里也可以喝得安定。到了暮年，他再次被贬官，来到黄州，当年在密州的不甘之气平息了很多。“夜饮东坡醒复醉”，这话说得有意思。我们都是醉复醒，先醉了然后醒过来。他不然，醒过来以后接着喝，喝到再次沉醉。心事要沉沦多少次，才会终于安宁？人要经历多少清醒的痛楚，才终究甘于陶醉？这个长夜连饮，他是醒复醉，带着醉意回家，“归来仿佛三更”。“仿佛”二字用得好，喝多的人不知道时间，反正已是夜很深。敲门，家童贪睡，他在门口都能听见家童打呼噜，“家童鼻息已雷鸣。敲门都不应，倚杖听江声。”到了家门，进不去，就在这儿拄着拐杖听听江水声吧。这一刻，内心渐渐醒来，隐隐醉意中感觉到了生命的遗憾，“长恨此身非我有，何时忘却营营？”我的生命不是被我自己支配的，在这些营营碌碌的世间琐事中，渐渐就蹉跎了此生。值此一刻，“夜阑风静縠纹△平”，静谧的夜，没有风，水面上细微的水纹平缓地漾开。在一片静寂中，他说出自己的梦想，“小舟从此逝，江海寄余生。”驾一叶扁舟，随波而逝，潇洒到放下一切，把余生托付给江海。这就是心的安宁。

△ 縠（hú）纹：水中细小的波纹。

不同的人喝不同的酒，可以喝出不同的况味。南宋辛弃疾的酒就喝得很有趣。他因为报国无门，豪情柔肠千回百转，都寄托在酒中。《西江月·遣兴》[1]，就是首醉后小词。“醉里且贪欢笑，要愁那得工夫。”在酒里，人就要喝高兴，哪有发愁的工夫啊？其实，这是他强给自己宽心。人心心念念的，往往是自己真正缺少的东西。“近来始觉古人书，信着全无是处。”最近才感觉到古人的书里头，简直一无是处，没什么道理。这话说得愤懑，读书是为了经世报国，但自己蹉跎一生，壮志不得舒展，读书连个遣兴解烦都做不到。“昨夜松边醉倒，问松‘我醉何如’。”醉出酣态了，在松树边酩酊大醉，跟松树聊天，你觉得我醉得如何啊？“只疑松动要来扶，以手推松曰：‘去！’”觉得松树晃晃悠悠要来扶他，他一手推开松树，说：一边去，不要管我。这一句惟妙惟肖，我们今天读到的是一点趣味，但是在辛弃疾，趣味深处酝酿了多少辛酸。

① 醉里且贪欢笑，要愁那得工夫。近来始觉古人书，信着全无是处。　昨夜松边醉倒，问松“我醉何如”。只疑松动要来扶，以手推松曰：“去！”
[南宋·辛弃疾《西江月·遣兴》]

人欢乐时找酒，痛楚时找酒。从古至今，有酒的岁月一路行来。对着酒，读着诗，寻常日子里，我喜欢的境界，还是白居易的《问刘十九》。之所以喜欢，是因为这杯酒喝得清浅宁静。酒若是用来消愁，伤心伤身，愁会转得更深；酒若是用来狂喜，就会有很多放诞。在今天这个世道，酒更多是用来求人，无论是谋官还是谈生意，都少不了一杯酒。《问刘十九》这首诗，无功无利无喜无愁。“绿蚁新醅酒，红泥小火炉。晚来天欲雪，能饮一杯无？”老朋友，我这里有新酿的酒——酒很新鲜，还没有过滤，漂浮着绿色小泡沫，还有温暖的红泥小火炉，傍晚天气像是要下雪了，能跟我喝一杯吗？这就是喝酒的好境界。我真的希望我们今天喝一点不带那么多功利的酒，喝一点不带那么深情绪的酒。苏东坡说得好：“休对故人思故国，且将新火试新茶。诗酒趁年华。”[1]我们也不妨用清浅的酒意酝酿新鲜的诗情，舒展开此一刻的眉宇，给自己多一些诗酒流连的好年华。

毛主席的诗词里说到一段年轻的心情，叫做“把酒酹滔滔，心潮逐浪高”[2]，这万古一杯酒，有烦恼，有欢畅，有浓烈，有安宁，心潮逐浪，清浊浓淡折射的都是世事沧桑。

隔着朦胧酒意去看，中国诗词中的一切意象，最后都融贯古今，走进我们的生命里。且乐生前这一杯酒，跟着这些酣畅的酒意，把我们的生命酝酿成万古诗情。当生命真的成为一首诗，我们也就是富有诗意的中国人。

① 春未老，风细柳斜斜。试上超然台上看，半壕春水一城花。烟雨暗千家。　寒食后，酒醒却咨嗟。休对故人思故国，且将新火试新茶。诗酒趁年华。
[北宋·苏轼《望江南·超然台作》]

② 茫茫九派流中国，沉沉一线穿南北。烟雨莽苍苍，龟蛇锁大江。　黄鹤知何去？剩有游人处。把酒酹滔滔，心潮逐浪高！
[毛泽东《菩萨蛮·黄鹤楼》]

享受诗意，成就最美的人生（代跋）

我们的诗词里可以有多少意象呢？

春草夏雨、秋风冬雪、孤灯、柴扉、夕阳、寒蝉……一点一点地排列下来，中国古典诗词中有特定意义的意象应该数以百千计。在有限的时间里，解说意象，是为了让我们的心对诗意有一种接近和信任。很多时候，我们面临复杂细腻的心境，找不到载体。我们最后拿出一首诗来，看一看意象作为载体到底有什么意味，这就是李商隐的《锦瑟》：

锦瑟无端五十弦，一弦一柱思华年。
庄生晓梦迷蝴蝶，望帝春心托杜鹃。
沧海月明珠有泪，蓝田日暖玉生烟。
此情可待成追忆，只是当时已惘然。

所谓一篇《锦瑟》解人难。我把这首诗放到最后讲，它到底写的是什么呢？起句劈空问来："锦瑟无端五十弦，一弦一柱思华年。"问得好突兀！美丽的瑟为什么会有这么多琴弦呢？一个人有无数心事才会这么无端发问。"一弦一柱思华年"，锦瑟之所以有如此多的弦，是因为一弦一柱系着太多回忆。心事太多的诗人隔着流光，回望年华，凝神于繁复的锦瑟，无从收拾起，也无从发付去。

接着他用了一组意象。

"庄生晓梦迷蝴蝶"，当庄子梦见身化蝴蝶，翩翩然而飞，一瞬迷情。究竟是蝴蝶变成了庄生呢，还是庄生变成了蝴蝶？我们在经历人生中一些大喜大悲的时候，到底是在梦里还是在梦外呢？我们有时梦里肝肠寸断，醒来以后拊掌称快；有时我们梦里忘却了现实的伤痛，醒来后知道那是一晌贪欢，黯然垂泪。人生有多少梦里梦外呢？这一个“迷”字，准确地勾勒出那个迷茫的人生的轮廓。

“望帝春心托杜鹃”，望帝那不甘的心迹可以托杜鹃传达。望帝名为杜宇，传死后化为杜鹃，声声啼血，叫声为“不如归去”。他到底有多么重的心事，我们又有多少愁绪呢？这里用了一个“托”字，此心可托，此情可寄吗？我们往往把很多心事闷在胸中成块垒，不得言说，其实哪怕声声啼血也终是一种托付。这一句又让人觉得他的毕生心事还在迷茫中。

“沧海月明珠有泪”，大海深处藏着月明珠。传说珍珠是鲛人的眼泪。要有多少隐情，终至无言的时候才会黯然化为珠泪？今天我们从蚌壳里取出的珍珠，还真是蚌的泪滴。蚌用分泌物裹住沙子，减轻自己受磨砺的痛楚，久而久之就形成了珍珠。沙粒进得越多，分泌物包裹得越浓，这个珍珠就越大。可以说珍珠的品质和蚌经历的痛楚是成正比的。这颗眼泪最大最圆，说明这个生命此生经历的困顿也许最苦。

李商隐是一个春愁秋恨连绵更迭的人，此身常在，深情常在。“蓝田日暖玉生烟”，远远地望去蓝田山内，阳光映照暖玉生烟，迷离袅娜。这个世界到处都有着一些秘密的信息，深情的人易感的心，愿意寻找的时候，那个秘密就撞上了你的目光。

这连续用的四组意象说的是什么呢？“庄生晓梦迷蝴蝶”，人生如梦，往事如烟。“望帝春心托杜鹃”，心事茫茫仍然无可托付。“沧海月明珠有泪”，难言苦痛，已经化泪为珠。“蓝田日暖玉生烟”，青天朗日之下，多少人间前尘往事袅如烟痕……真正的答案只有诗人独自解得。

“此情可待成追忆，只是当时已惘然。”人在经历的时候体会不到的惊心动魄，在这些日子中一天天流走，多年以后蓦然开悟，原来那就是一生的刻骨铭心。只是，明白时已自惘然。

一篇《锦瑟》为什么解读难？就是因为它的意象繁复。这首玉谿生的压卷之作为什么被我们屡屡念起？也是因为它有华美的意象。每个人的生命其实都如锦瑟一般，都有锦瑟奏响自己年华的乐章，一弦一柱都藏着许许多多的痕迹。怎样可堪言说？怎样才叫做不负今生？我们的今生不仅仅是一世，比一世更深沉的是我们灵魂里面的那些梦想，和梦想里的泪痕笑影。笑颜可能很迷茫，泪痕可能很清晰，我们真的留下了吗？我们真的带走了吗？这一点生命的诗意，当我们找到可托付的事物，就有了特定的意象，我们也许就找到一种方式可以把它留下来。

我一直深深地相信，每一个中国人生命的深处都蛰伏着诗意，不要对此不屑，不要认为这些风花雪月只是少年痴谈。人的年岁越是增长，就越需要一种温暖，需要生命年华中的浪漫，让我们在现实的纠葛之外找到一种挣脱地心引力的力量。当激情被唤起，当我们的心意不吐不快时，便是诗意的苏醒。同时我们也会为它寻找合适的载体，有如罡风突然拂过，有如黑夜的精灵骤然降临，当灵感带着这个载体来到我们面前，便是我们追寻的完美意象。诗情和意象，离我们并不远。

年华有限，但诗意无穷。在有限生命中，享受天地之间回荡着的这些诗意，那么我们也就成全了自己最美的人生。